大鱼文化传媒　大鱼文学

因为有万万千千个疑问,生命才拥有了延续下去的渴望。为什么海和天都是蓝色的?为什么人要长大?为什么相爱的人会拥抱亲吻?为什么总会有那么一个人一直埋在心里无法忘记?为什么人们总在朝着一个叫"未来"的方向努力奔去?

为什么恋人会有分别,又会有重逢?

关于隐匿在漫长时间里的疑问,是否会在将来的某天找到答案?如果再次遇见与谜底有关的那个人,在不小心被忘掉的回忆旁边,是否还会有一个叫作"找回密码"的按钮,等待着我们轻轻一点,就可以走回回忆里呢?

或许关于时间的答案,只需要你笃定的双眸。

回答时间的恋人

王宇昆 作品

JI DA SHI JIAN DE LIAN REN

河北出版传媒集团
花山文艺出版社

图书在版编目（CIP）数据

回答时间的恋人 / 王宇昆著. —石家庄：花山文艺出版社，2016.6（2020.3重印）
ISBN 978-7-5511-2856-8
Ⅰ.①回… Ⅱ.①王… Ⅲ.①长篇小说－中国－当代 Ⅳ.①I247.5
中国版本图书馆CIP数据核字(2016)第124915号

书　　名：	回答时间的恋人
著　　者：	王宇昆
策划统筹：	张采鑫
特约编辑：	宋惜菲　廖晓霞
责任编辑：	卢水淹
责任校对：	齐　欣
封面设计：	颜老八
内文设计：	曾　珠
美术编辑：	许宝坤
出版发行：	花山文艺出版社（邮政编码：050061）
	（河北省石家庄市友谊北大街330号）
销售热线：	0311-88643221/29/35/26
传　　真：	0311-88643225
印　　刷：	三河市华东印刷有限公司
经　　销：	新华书店
开　　本：	880×1230　1/32
印　　张：	8.5
字　　数：	246千字
版　　次：	2016年8月第1版
	2020年3月第2次印刷
书　　号：	ISBN 978-7-5511-2856-8
定　　价：	45.00元

|第一章|
001／那年长崎九十九岛的风

|第二章|
019／全宇宙最可爱的鳕鱼子小姐

|第三章|
045／回到故土的旅人

|第四章|
069／原来我们曾那么不动声色地喜欢着彼此

|第五章|
091／那大概是冬日里最深刻美好的画面

|第六章|
113／你知道那种奔向恋人的感觉吗

|第七章|
如果真的喜欢就要勇敢地去追逐 ／135

|第八章|
所有这些改变无非都是为了某个人 ／155

|第九章|
只想我最喜欢最喜欢的人可以活下来 ／175

|第十章|
这封信的收件人现在就在我怀里 ／201

|第十一章|
那个她爱了一整个青春的少年 ／211

|尾声|
若是年少的喜欢能变成厮守一生的爱 ／241

第一章

那年长崎九十九岛的风

【芝士生蚝】

初恋的美好之处在于这是人生中第一次体会到关于爱的温暖，就像第一口被香浓芝士包裹着的鲜美生蚝，温暖的中央是对爱情满含新鲜感的触碰。

同样在与味蕾贴身拥抱过后，芝士生蚝所留在唇齿间挥之不去的浓醇回忆，也恰好如同初恋之于每个人的青春，是回忆的珍藏，幸福的绵长。

【"食"间の恋人】

01

秋凉,气温26℃,又到了一年一度头发开始大把干枯分叉的时节。

为了让持续郁郁不振的心情变得好一些,崔芒芒今天下血本打包了几大桶肯德基回家,清一色的吮指原味鸡,崔芒芒一块一块地数下来,一共五十六块。

崔芒芒把五十六块鸡肉整齐地码好,然后去冰箱里拿可乐和冰块,等待着八点准时开始直播。

其间还去洗手间清理了一把像茅草一样的头发,看着镜子里闷闷不乐的脸上,黑眼圈像两片傲人的胎记悬挂在眼睛下方,她搓了搓脸蛋,想让自己在开播前可以精神点,从来不化妆的她最后还是随便用母亲的化妆品稍稍盖了下浓重的黑眼圈。

其实不开心的原因不仅仅是生活拮据而连续半个月没有吃肉了,更多的是不久前和母亲之间发生的一次剧烈争吵。

争吵的原因是母亲不满已经大学毕业快一年的崔芒芒不仅没有找到一份正儿八经的工作,还整日宅在家里好吃懒做、游手好闲。

一脸委屈的崔芒芒不管怎么跟母亲解释自己目前所从事的就是正儿八经的工作,母亲都不愿意理解,一怒之下扯断电脑和摄像头之间数据线的同时,还不小心摔坏了崔芒芒的一条项链。傻眼的崔芒芒看着显示屏的画面一瞬间失去信号,又目睹了自己最心爱的项链无辜身亡,终于按捺不住委屈朝母亲反驳。

"张雪梅!你三天两头不回家,整天就知道在外面捯饬你那些破皮革,你有没有考虑过我的感受!我之前要继续读研究生是你说女生学历太高不好嫁,硬是把我拦了下来。我去找工作,找到了你又不满意,不找你又说我是无业游民啃老族!行啊,怎么说都是你有理，怎么解释都是我的错！那好，从今天开始，我的事不用你操心了，是死是活我一个人看着办！"

崔芒芒盯着比自己矮出半个脑袋的母亲，对方气得身体发抖，整个房间的气氛变得燥热起来。

争吵对于母女来说，简直是家常便饭，崔芒芒的毒舌也是在张雪梅的训练之下一步步成长起来的。

母亲当然不是善罢甘休的主儿，拿出崔芒芒的种种恶习予以回击，甚至扬言要断了崔芒芒的生活费。

"小丫头片子翅膀硬了是不是！当初在关东，老娘你这个岁数的时候，可是一个人赚钱养活一家子，到现在，'张雪梅'这仨字还没有人敢当着我用这种语气喊出来的。你再看看你，大学都毕业了，还整天就知道窝在家里像个痴呆一样24小时对着电脑，我就看看你嘴巴里说的什么'直播''主播'的不把你拨去喝西北风……既然如此，崔芒芒我告诉你，从今天起你就自己过吧，生活费没有了也别再恬不知耻找我要！"

本来以为对方还会跟自己喋喋不休大战个三百回合，没想到母亲什么话也没说只是颤抖地跑回了房间，开始大包小包地整理东西。

崔芒芒觉得自己刚才的话是不是有点儿严重了，可听到母亲"砰"的一声把门关上，女生还是不服气地"喊"了一声，继续准备晚上直播的食材。

两天之后又和往常一样，张雪梅一大早就披着她那看起来一副暴发户模样的皮绒外套离开了家。

和母亲作为"皮毛公司老板"的职业身份不同，崔芒芒的职业不需要像母亲那样全国各地出差，也不需要每天忙碌着跟无数陌生人打交道。

但也并非母亲口中所言的"不务正业"，而是时下刚刚兴起的一种SOHO式工作形态——靠着向成千上万的观众直播自己吃饭的画面取得收入与报酬，收入除了网站给予的固定工资，还包括观众粉丝的礼物与打赏。工作时间主要是在晚上，除了时间，工作环境也相对灵活，可以在家中也可以在室外。只需要话筒摄像头等简单的装备，就可以开始直播工作。

几个月前，刚刚加入的崔芒芒显然是个菜鸟，每天辛勤地直播，也只有那么一两百个人收看，礼物和打赏更是寥寥无几。加上母亲对于这种工作形式的完全不信任，继续做下去的决心几乎到达放弃的边缘。但在崔芒芒身上，一直有一个让人匪夷所思的地方，那就是她神秘的胃，也正是因为这令人诧异的"胃"让她找到了一些新的希望。

02

时间到了八点，崔芒芒已经准备就绪，被盖住的黑眼圈让她整个人变得精神许多。

在开启直播之前已经有几千名观众在等候了，加之今天打出的直播标题是"大胃王挑战之五十六块吮指原味鸡"，让观众的数量比以往多了一倍。

果然大家都是肉食动物啊。

在母亲离开家之后的半个月，真的像狠话中说的那样，断了崔芒芒的生活费，甚至连水电费网费都要自己付。缴清了所有费用后的崔芒芒，便只能终日靠着素食挨日子，直到今天视频网站给她银行卡里汇来了上个月的工资，才终于可以底气十足地去吃一顿肉，于是一口气买了五十六块炸鸡。

吸了一大口可乐，崔芒芒点开了直播按钮。一时间，聊天区域的公屏刷新速度更加迅猛，陌生的万千观众将热闹的气氛通过这一小块聊天区域传递到了崔芒芒面前。

她开始朝大家打招呼，说着"好久不见""今天终于吃肉了"之类的话，在正式开始挑战这五十六块炸鸡之前，向大家介绍着自己特制的一款搭配酱料。

"用新鲜的柚子和蜂蜜一起制作的蜂蜜柚子酱，把它稍微冷藏一下,然后挤在鸡块上一起吃,味道会更上一层楼哦,那么接下来,我就要开始挑战啦!"

一声令下,崔芒芒开始一边挤酱汁,一边优雅地咀嚼炸鸡。

很难想象一个女孩子对着电脑摄像头一边手舞足蹈地做着动作,一边津津有味地啃着炸鸡。所以母亲对女儿这种职业产生莫大的怀疑和不理解,也是情有可原的。

于崔芒芒来说,自从找到直播招揽观众的新突破口——"大胃王"开始,每天就必须变着法子通过食物本身和品尝食物的过程来获得观众的认可和喜爱。虽然说是天生的"好胃口"给予了崔芒芒莫大的恩惠,但从事这种看起来轻松日常的工作其实也有着旁人无法深知的辛苦。不过每当她看到聊天区域的公屏上有人发出"吃那么多竟然还那么瘦"的诧异时,心里多多少少也会暗喜,仿佛找到了人生充满自豪感和小骄傲的支撑点。

的确像观众们所说的那样,就连崔芒芒自己也对于"胃口很大很能吃,却吃不胖"的体质感到莫名惊讶。去医院检查过,也并未发现什么异常,只是说胃部收缩的范围是常人的两倍。所以面对无数人的疑惑,崔芒芒只好悻悻回答,说可能因为母亲完美的料理技术才培养了她这么大的胃口吧。

"最后一块啦!"

崔芒芒举着最后一块鸡肉冲着摄像头挥了挥。

直播了有一个多小时,其间还要不时和观众来些互动。五十五块鸡肉就这样一点一点变成了一座堆成小山的鸡骨头。最后一块下肚,终于有了如释重负的感觉,但好像只有七分饱。所以只好去冰箱里再拿来一块芝士蛋糕,也算调剂一下嘴巴里的味道。柔软的芝士蛋糕很快下肚,本来还想继续直播跟观众们聊一会儿天,这时突然传来了钥匙开门的声音。

一定是她回来了!如果她看见我这副样子一定又会发火的!

崔芒芒一下子变得紧张起来,也没有继续跟观众们聊天,而是直接关闭了直播通道,不过值得开心的是,在临结束时,收到了几位粉丝观众送来的打赏礼物。

匆忙地开始整理电脑屏幕前的战争现场，鸡骨头还有吃剩的渣滓，母亲高跟鞋发出的"咯噔咯噔"声越发接近。

在那身貂皮大衣威风凛凛地出现在崔芒芒的面前时，崔芒芒赶忙把那个印着超大 logo 的外带桶藏在身后，冲着又是半个多月未见的母亲说了一声"嘿"。

03

"送给你的。"
当母亲从包里拿出蒂芙尼项链的盒子时，崔芒芒有些诧异。
"我？"
崔芒芒指了指自己，直到母亲从盒子中取出项链帮她戴在了脖子上，因为惊讶而怦怦直跳的心脏才因为这项链贴上皮肤的质感而安稳下来。

但随之而来的，是一种不祥的预感。

明明半个多月前才跟母亲大吵了一架，对方甚至断了自己的粮和钱，怎么半个月后，会突然买一条价格不菲的项链送给自己呢？从来不承认自己错了的张雪梅今天难道要主动向我道歉？

崔芒芒揣测地道："为什么突然送我项链？很贵的啊。"

"这条项链不是你之前在专柜相中的嘛，我没给你买你还要脾气，上次我不是不小心弄坏了你那条项链，所以就买了这款赔给你咯。也搞不明白你，那条假水晶项链跟个宝贝似的供着。"

原来崔芒芒母亲口中所指的那条水晶项链就是上次吵架她不小心摔坏的那条。

"张小姐，您不生气了？"

母亲拿来镜子，崔芒芒抚摸着脖颈间发着光的项链，打量着镜子中的自己。

"我？当然还在生气！"

"生气还花钱买项链，你怎么想的？不过嘛，我已经不生气了。"

说着，崔芒芒从口袋里掏出一张银行卡，拍在了母亲面前。

"喏，这里面有五千一，是我上个月做直播赚来的，家里的水电费都已经缴清了。这下你可别再跟我说，我是一分钱不赚的啃老族了，没有你，我这个月也没到去马路边要饭的地步哦。"崔芒芒叉着腰，一副小有成就感的样子。

"还挺厉害，不过像你这样三天打鱼，两天晒网的性子，很难坚持下去吧。"

"喂喂，张女士，三十年河东三十年河西，可别小看我啊，不信，咱俩走着瞧。"

崔芒芒被母亲这话一激，拍着胸脯回应道。

母亲紧接着又从自己的皮包里掏出一张卡，两根手指头夹着递给崔芒芒，俨然一副霸道女总裁的神态。

"这里面的钱你拿好，下个礼拜三上午十点的飞机，你去日本陪陪你外婆。"

果然是不祥的预感，就知道母亲这鼓里蒙的药可不是那么简简单单的。崔芒芒来回摸索项链的手指突然停了下来。

"什么！去日本？就我一个人？"崔芒芒一脸蒙圈，"你连当事人的意见都不问一下吗？"

"这不就是在问你吗？再说了，你又没有一个需要正儿八经坐班的工作，整天就是宅在家里，正好去日本当旅行了，费用老娘都给你包了。"

"谁说我不需要工作啊。"崔芒芒指了指远处的电脑。

"在哪里不是播啊。你外婆重要，还是播这些乱七八糟的东西重要？我工作那么忙脱不开身，叫你去陪她老人家住几个月有什么过分的地方吗？"

和张雪梅待在一起就够折磨生命的了，何况一个性格比张雪梅还难搞一百倍的老太太呢？崔芒芒的脑袋里浮现与外婆有关的零散记忆，外婆那张脸让她心里产生越发强烈的抵触感。

"几个月？张雪梅你给我说清楚，为什么突然要去陪她老人家呢？之前不也生活得好好的嘛。"

"哦，对了，你的头发该打理打理了。"

母亲瞥了一眼崔芒芒后起身走去自己的房间，伸手将那件威风的大衣潇洒地丢在了沙发上。

04

原因很简单，外婆的第二个老伴因为心脏病去世了，担心外婆因为这件事而变得萎靡不振，自己的工作太忙又无法抽出时间，母亲才会擅自做决定叫崔芒芒去日本陪外婆住上一段时间。

往好处想，就当做去日本度假了，为什么崔芒芒却这么不情愿呢。这要从崔芒芒外婆那一辈开始说起。

土生土长在日本的外婆年轻时嫁给了一个在日本留学的中国男人，生下了崔芒芒的母亲。崔芒芒的母亲从小在日本长大，后来嫁给了一个中国男人，也就是崔芒芒的父亲，但崔芒芒还不到三岁时，父母就离婚了。母亲当时自己开了一家皮草公司，工作忙得团团转，根本没有心思照顾年幼的崔芒芒，于是把女儿送去了日本的外婆家，由外婆照顾。当时外婆家还不在东京，崔芒芒和外婆一起住在乡下，直到上了中学，一家子才搬去东京。

作为崔芒芒四分之一日本血统的来源，外婆更像是崔芒芒的母亲，陪伴着她走过了童年、青春期。但这个老太婆似乎并没有收获崔芒芒百分百的喜爱，相反，一提起这个人，崔芒芒甚至会觉得有一些不知所措。

在崔芒芒的记忆中，外婆这个年纪是自己好几倍的女人，不仅脸上看不出任何岁月的痕迹，心理上也有许许多多和同龄人大相径庭的地方。比如刻意的浓妆艳抹，对于自己的事情总抱着极为夸张的好奇心，说话做事也丝毫看不出有老年人该有的样子，当然还有她那极为糟糕的料理手艺和对于爱情永远旺盛的激情。

正因为这颗仿佛没了爱情就会枯萎的心脏，所以才会在单调的人生中嫁给过两个男人吧，也保不准，将来还会有第三个、第四个……

琐琐碎碎的记忆堆砌出小时候和外婆朝夕相处的画面，外婆燃烧的红唇，短过膝盖的短裙，模仿年轻人说话时出的洋相，没完没了的唠叨，训斥自己时扭曲的脸，以及难吃的晚饭，当然最可怕的还是外婆那张霸道又刻薄的嘴。

每一个画面无一不让崔芒芒皱眉头，难以想象接下来的时日自己又要重新回到过去，和一个比张雪梅战斗力还强的女人一起生活。

但话说回来，没有了爱情就会失去光泽的人，面对爱人的死亡，现在应该是万分悲恸的吧。想到这里，崔芒芒又对外婆的处境感到同情。

无论如何，毕竟是抚育自己长大的人，所以当对方身陷难过的绝境时，自己总不能因为那点儿自私的小抵触就不去好好地拉一把。摆脱了执拗，崔芒芒没有继续跟母亲磨蹭，乖乖地答应了下来。

05

距离去日本倒计时四天，母亲又出差了，气温依旧是26℃，崔芒芒拿母亲的会员卡去理发店做了护理，毛糙的头发终于出现了柔顺的痕迹。

一路高兴地回家，脑袋里不时回放洗头时，店员对自己脖子上这条新项链的称赞。哼着小曲迈出电梯，一拐角就看见了背着挎包，正朝自己招手的邱毅浓。

"心情不错嘛，大老远就听见你在那儿'苍茫的天涯是我的爱'……"

面对突然出现在自己家门口的邱毅浓，崔芒芒一时没反应过来，刚才还优哉游哉的心情转眼晴转多云，拎着奶茶的手开始摸后屁股兜，准备摸钥匙。

"你跑到我家来做什么？"

"做什么？大姐，你少给我装傻，稿子呢？你答应我3P版面的稿子呢？我周一可是要出片的，整个杂志社可就剩我一个人没交了。

你是不是想害我被炒鱿鱼啊,小姑奶奶。"

"果然就是为这事来的。"

崔芒芒小声地自言自语,看到身后的电梯门打开了,把手上的奶茶朝邱毅浓猛地丢过去,准备开溜。虽然对方被奶茶狠狠打中了脑袋,但崔芒芒还是没能成功跑路,围巾被男生一把抓住。

"行行行,真是怕了你了。写还不成嘛!"

崔芒芒尴尬地回头,一把揪过横亘在两人中央的围巾,瞪了对方一眼,拿出钥匙开门。邱毅浓跟着走进了崔芒芒的家。

"哎?你难道还要在我家里盯着我写啊!"崔芒芒伸手拦住立在门口准备脱鞋的邱毅浓。

"新的项链不错哟。"

邱毅浓朝崔芒芒挑了下眉毛。女生看着比自己高出一个头的男生色眯眯地盯着自己的胸前,赶紧收回手挡住,却恰好中了男生的计,邱毅浓脱了鞋飞快地溜进了崔芒芒的家里。

说起邱毅浓,这位从崔芒芒回到中国上大学后就成为同校校友的男生,人生三分之一交给了床,三分之一交给了吃,剩下的三分之一就是宅在家里打游戏了。如果崔芒芒可以为其开场批斗大会,那绝对可以吐槽个三天三夜。

因为吃货的共同属性,邱毅浓成为崔芒芒大学期间唯一要好的男性朋友,男生毕业后进入了一家美食杂志做编辑,便推荐待业在家的崔芒芒作为手下美食专栏的主笔,就这样两个人的生活并没有因为毕业而各分东西,反而重新联系在了一起。

虽然稿酬微薄,但这件事情可以成为维系友情热度的一座桥梁,因而崔芒芒身上又多了一重身份——美食专栏作家。

"初恋,初恋!本小姐的初恋都是六七年前陈芝麻烂谷子的事了,你要我写这个还不如让我去背英语单词呢,还非要和什么芝士生蚝扯在一起,这根本就是八竿子打不着的两件事情。我说,邱毅浓,你们杂志社到底是收了这家生蚝店多少钱啊,有钱就直接在封面打广告啊，干吗非要把好端端的专栏搞得跟软文似的。"

崔芒芒望着一片空白的 word 文档揉脑袋，客厅的邱毅浓正激烈地打着游戏。

"我说小姑奶奶，就凭您那天马行空的想象力和金丹换骨的文学造诣，别说初恋和生蚝了，就算黄昏恋和水蜜桃在您的笔下那也是小菜一碟啊。再说了，初恋这种东西对你来说再简单不过了，你就写写你那个远在异国的小竹马咯。"

邱毅浓这句话刚说完，后脑勺就被崔芒芒突然丢过来的抱枕给正中靶心。

"哪壶不开提哪壶！再给我提他我现在就把你放进锅里和猪肘子一起炖了。"

崔芒芒好像有点儿不开心，按着删除键把刚才费尽脑力开篇的几行字统统删除。

邱毅浓揉了揉脑袋，放下游戏机，走过来。

"不过话说回来了，人家虽然在日本可是一直对你念念不忘啊，你怎么就铁了心肠连封信都不回给人家啊？崔芒芒，你心里怎么想的我还不清楚吗？暂且不提你身边放着我这么一个宇宙无敌大美男，大学四年校草跟在屁股后面可劲儿追，你可是连眼皮都不抬一下啊。其实你心里还一直装着那个荒……"

"还说，你就是找打！再说了，校草这种人，整天屁股后面跟的全是花痴，我可不想变成她们的公敌。"崔芒芒就差把手边的键盘朝男生拍过去了。

"你就是狡辩！难道，这次日本之行就不打算去见见人家？"

邱毅浓一副不依不饶的样子，于是整个人连鞋子还没来得及换就被崔芒芒丢出了门外。

"别忘了我的稿子啊，今晚 24 点前发我邮箱！哦，对了，你家的信箱也该清清了，我今天上楼的时候看见那信都快溢出来了。"

门被"砰"的一声关上，在门外的邱毅浓扒在门上朝里面喊，话还没说完，门又突然打开，邱毅浓的两只鞋子连同一句"等着被你们主编炒鱿鱼吧你"被一块儿扔了出来。

"你就嘴硬吧你。"邱毅浓瞪了一眼门自言自语着穿好鞋,结果一转身就被自己的鞋带给绊了一跤。

06

对于食物来说,烹调者越是怀着饱满的情绪去烹调,食物也就会变得越发打动人心。食客可以从这份蕴含了热忱的食物当中体味出这种感情。

通过这种方式来判断一份料理是否全心全意,是对食材本身和味蕾最大的虔诚。

所以在舌尖触碰到芝士生蚝的那一瞬间,是否会激发起有关初恋的种种画面呢?崔芒芒并没有对其抱有太大的希望,打开刚刚送来的外卖盒子,自己配了一小杯红酒。

和芝士融为一体的生蚝,被泛着光泽的金色外套包裹得严严实实,但依旧可以闻到生蚝所散发出来的鲜美味道。丰盈的肉质活像一个大胖小子,送入嘴中的那一瞬间,芝士的香郁浓稠与生蚝滑弹的质感瞬间与舌尖碰撞出激烈的火花,牙齿在咬下去时,惊喜依旧,芝士的浓郁继续铺陈开来,生蚝的鲜美像是火山爆发似的瞬间迸发出来,吃完生蚝,再吮尽剩下的汤汁,整个人仿佛沉溺在浓郁与鲜美并存的海洋里。

崔芒芒小呷了几口红酒,记忆的潮汐伴着微醺的神经让她重新漂洋过海。

长崎九十九岛一年一度的生蚝节,那是崔芒芒人生当中关于生蚝最美好的回忆,2月的生蚝吸收了一整个秋冬的营养,变得绝对鲜美。她和他围着一个小小的烤炉,一边聊天一边看着生蚝吐出泡泡。聊到尽兴,生蚝已经烤好了,趁着鲜劲,什么调料也不需要,"刺溜"一声生蚝就下肚了,天堂般的味道却依旧留在唇齿间。

虽然不是同样的做法,也没有添加芝士,但这么多年后似乎还能任凭味蕾将那份深藏在抽屉里的味觉记忆重新找出来。那年2月的冬季冷风，因为坐在对面忙碌炙烤生蚝的人，还有这停不下来的美味，丝毫影响不到她瘦弱的身体，反而觉得倍加温暖。

就像被芝士包裹住的生蚝本身，也会感受到这种绵延无尽的温暖吧。

灵感乍现，崔芒芒顾不上吃掉剩下的几只生蚝，擦擦手就开始敲键盘。

生蚝的香味布满了整个房间，但最终还是随着时间的消耗，美味打了折扣。时间十一点一刻，崔芒芒敲完最后一个字，伸了一个大大的懒腰。

已经冷掉的生蚝变得鲜美不再、死气沉沉，就连芝士拉扯起来的丝都变得有气无力。崔芒芒把剩下的食物拿去微波炉加热，想起刚刚拿外卖时顺便把挤爆的信箱清理了一下，乱七八糟的信件被堆成一团丢在了茶几上。

业务管理费催缴单、信用卡还款单、保险广告……甚至还发现了已经过期的稿费汇款单。挠了挠头，想起这个信箱的确已经有几个月没有打开过了。崔芒芒把没用的信件捋了捋扔进垃圾桶，却突然看到了混在其中的一封。

地址、姓名、字体都再熟悉不过，甚至连邮票也还是那款她最喜欢的哆啦A梦。

女生心里冒出了细细密密的羽毛，它们攒动着触碰着她的情绪。她的视线停驻在那封信上良久，仿佛那年长崎九十九岛的风又一次袭来，让她掩埋的怀念无处躲藏。

崔芒芒把这封四个月前从大洋彼岸寄来的信拿了起来，犹豫了半天还是决定打开它。

07

要相逢的都会相逢，就像2月寒风笼罩下的长崎，降落在地面的雪，化成水，变成汽，重新升入高空，躲进云朵里，然后在某个时刻又变成一场白茫茫，重新与那片土壤相见。

是否有可能有这样一片雪，因为没有凝结成好看的形状，害怕再见到那熟悉的土壤、成群的房屋与孩子们赞叹雪花真美时的笑脸，而渴求一场大风，让自己在重逢之前就偏离轨道呢。

"叮"的一声，崔芒芒回过神来，把那封信塞进自己房间的抽屉里，去拿微波炉里的食物。

食物因为温度找回了一些美好的味道，她却像是游离一般，看着手机里的照片根本无法完全投入到品尝生蚝的味道中去。

邱毅浓传来微信，夸奖崔芒芒这篇专栏写得不错。

她却无法因为这条夸赞而心情好转，满腹心事地在输入框里打好一句话又删掉，来来回回好几次。

她看着那张合影。照片就是那年在长崎拍的，他们烤完生蚝，天就下起大雪来，她和他站在大雪里，连鼻子上脏脏的煤灰都没来得及擦干净，就拍下了这张照片。她总是抱怨照片中的她脏兮兮的像个烧煤工，但后来跟今天相同的许多个时刻，她再看到这张照片时，却觉得那时的她心里装着旁人难以想象的幸福，即使灰头垢面也是开心的。

美好的瞬间总是短暂，眷恋的回忆却无尽蔓延。然而现在照片外的她有着满面的羡慕，心里又掺杂了数不清的遗憾。

电子钟发出"嘀"的声音，到十二点了。崔芒芒按下了屏幕右下角的删除键，这张照片消失在了安静的空气中。

"荒木启写信说他搬去东京了。"

崔芒芒最终还是把这句话发送了出去。

08

星期三，起了一个早，崔芒芒看着镜子里的自己，头发变得柔顺许多，黑眼圈也减轻了不少，心情随着这秋日的大太阳终于晴朗起来。

母亲打来电话说已经跟外婆打好招呼了，然后把外婆家的地址发了过来。

上午十点，告别了在大厅送机的邱毅浓，带着摄像头和直播设备的崔芒芒登上了飞往东京的航班。

并没有确切的归期，崔芒芒想着和那个老太婆生活不超过两天，自己可能就要打退堂鼓了。或许，外婆并不会很快从悲伤中走出来，那么自己就要一直在日本停留下去，也难说这未必不是逃离自己庸碌生活的一条捷径。但总之，这即将到来的迷茫生活，就像飞机前方被层层遮蔽住的云朵，只有昂首冲过去，才能看到真正的方向。

如果实在忍受不下去了，一定要找个冠冕堂皇又合情合理的理由卷铺盖走人才行。想着想着，崔芒芒挂上眼罩睡着了。

飞机着陆后随即到来一场淅淅沥沥的秋雨，崔芒芒嚼着从机场便利店买来的樱花口味木糖醇找到了母亲之前发来的地址。

长路跋涉，嘴巴里的木糖醇已经嚼得失去了味道，刚下电车走了没多久的崔芒芒甩开行李，也不管雨水打湿了台阶，整个人像散架似的一屁股坐了下去。

外婆家离车站路程不远，雨滴敲打地面的声音映衬着电车到站发出的声响。这座带着小院子的房屋位于一个较为偏僻的小胡同里，电车声一消弭，仿佛就进入了一个异常安静的世界。

歇息了一会儿，崔芒芒抖抖身上的雨珠，推开院子的门，朝着这座散发着木质味道的房子走去。

在屋子外面脱掉沾满泥的鞋子时，一只黄白相间的猫飞快地从跟前掠过，吓得崔芒芒脑袋磕到了低矮的门楣上。想起小的时候，外婆就养过好几只小猫，自己离开日本的时候它们全都以衰老告别了这个世界，掐指一算，原来距离最后一次见到外婆已经有将近五年的时间了。

屋子里燃着茶树香薰，让人一闻到身体就放松下来，再看看四周时髦的装饰，完全不像是一个老年人居住的地方。崔芒芒瞧见了墙壁上的一张照片，是化了浓妆的外婆穿着波西米亚风格的裙子在照相馆里拍的艺术照，夸张的眼影和眼角大把的皱纹形成了鲜明的对比，看起来是有些滑稽，崔芒芒没忍住笑了出来。

"有那么好笑吗？小丫头！"

屋子里的水晶灯被啪地打亮，朝声音传来的方向扭过身去，就看见了这个跟照片里长得不太一样的老太太。

崔芒芒看到外婆的时候，显然对于这种反差没能及时缓冲过来，她看着面色苍白的小老太太变得有些驼背，穿着白色碎花棉布长裙，冲着自己抛来一个严肃的表情。

"去，把你的脏脚丫子洗干净再进来。"

对于刚进来的外孙女，外婆做的第一件事并不像别的老人一样端来美味可口的点心或是水果，而是把崔芒芒赶了出去，然后端了一盆水出来。

"瞧你脏的。"外婆躲在门框里，看着外面的崔芒芒小脚丫在木盆里踩来踩去。

"都这么多年了，洁癖反而更加严重了吗？"

崔芒芒看着清水转眼变成了泥汤，朝身后的外婆挤了挤眼睛。

"倒是你，虽是变好看了，不再像原来那个假小子模样，可怎么还是这么大大咧咧，女孩子这样可是嫁不出去的。"

崔芒芒不屑地瞥了一眼，不仅没有因为这个小老太太的话而生气，反而更加确定外婆还是小时候自己心中那个讨厌兮兮的小老太太。

"我肚子饿了。"

崔芒芒揉了揉肚子，拖着长音，然后把木盆里的水泼到了院子里。被雨水打湿的院子，杂草丛生，让人看上去有些不舒服，这和爱打理爱修整的外婆完全不符。

"那就吃我昨天剩下的那些饭菜吧，今天不舒服，懒得做。"

外婆懒洋洋地说着，然后趁崔芒芒盯着院子的时候，悄悄把墙壁上自己那张艺术照给取了下来。

这下崔芒芒终于有些不耐烦了。

"人家刚来第一天，就打算这样招待吗？给您的亲外孙女吃昨天的剩饭？"

"爱吃不吃，嫌弃的话，就自己做。哦，对了，里屋那间客房一直住着猫，还没来得及打扫，从今天起你就睡在客厅好了。"

外婆的声音不知道从哪间屋子里传出来，仍待在门外的崔芒芒泄气地踢着眼前的雨帘。

"什么人嘛，叫我来果然就是受她虐待的！"

"你说什么？"

"我说你真是一个善良的好外婆……"

崔芒芒赶快改口。

没多久，房间就安静得只能听见雨声了，崔芒芒呼吸着室外这清新透亮的空气，打了个呵欠。

第二章

全宇宙最可爱的鳕鱼子小姐

HUDASHUANDE
LIANREN

【麻婆豆腐】

爱情里总会有一些不期而遇,就像麻婆豆腐里潮红的辣椒撞上白嫩的豆腐,看似巧合的相遇却开启了一段全新的味蕾旅程。

然而就是在这布满巧合与惊喜的旅途之中,所有瞬间倾泻在舌尖上的激烈,都变成了视线交错一刻、呼吸的紧张与心跳的慌忙。

["食" 间 の 恋人]

01

东京的变化真大呀，马路边的店家全换了新的门匾，大街上的年轻人也换了更时尚的妆容，高楼林立四面折射着太阳光芒，把整座城市渲染得明亮透彻。仔细观察，从外婆家向东远远望去的那座小山，还保留着记忆中乌青乌青的颜色和温柔的轮廓。

雨停了，趴在窗户前的崔芒芒托着腮，发出轻柔的喘息，一会儿回想起这一路观察到的东京新变化，一会儿又呆呆地盯着远方。

挂在墙上的时钟准点报时，外婆拍了一下崔芒芒撅起来的屁股，吆喝着吃饭了。

谁也没想到，抵达东京后的第一顿晚餐，竟然是外婆叫的寿司外卖。

崔芒芒一边听外婆念叨自己，一边拿起一块鳗鱼寿司塞进嘴里。

鳗鱼的口感有些老了，米粒也没什么嚼劲，和在中国时叫的寿司外卖一样难吃。崔芒芒皱眉，喝了一大口味噌汤，把嗓子眼儿里顽固的寿司强咽下去。

"老顾客了？在会员记录卡上看到你这个月叫了十几次外卖，今天这才几号啊。不会这个月就没开过伙吧。"

外婆一副装作没听见的表情，起身说要去厨房再添一碗味噌汤。

看着外婆瘦削的后背，崔芒芒脑补起外婆这一个月每天靠着这家寿司外卖过活的画面，嗓子里的寿司立刻变得苦涩。

"怎么可以这样对待自己的生活呢！"崔芒芒起身跟去厨房，一打眼就看见房间里已经发臭的剩菜剩饭、没有清洗的碗筷和地面随意丢弃的垃圾。

一片狼藉的场面被外孙女看见，这让外婆有些尴尬，她推了推崔芒芒。

"知道你要来,专门留给你的,吃完饭就打扫干净了吧。"

明显就是一个月没有开伙的样子,崔芒芒看着比自己矮出一个头的外婆,叉起腰。

"老太婆,不要再给自己找台阶下了,就算再难过,也要生活啊。你怎么对待生活,生活就会怎么对待你,你当年的那些坚强和勇敢,那些霸道和不依不饶,怎么全都不见了?就算有难过的事情,起码也要好好吃饭啊……"

外婆端着那碗味噌汤,从崔芒芒身旁的缝隙中钻了出去,一声不吭,把她还有她那关心的话都晾在了厨房混浊的空气里。

晚饭后,外婆从冰箱里拿出一盘草莓大福,泡了两杯速溶抹茶,和崔芒芒坐在屋子里看着那台小小的电视。

窗子外面已经全暗了下来,除了电视机里综艺节目的笑声,只能听见秋风簌簌的声音,屋子里茶树香薰的味道让人有点儿想睡觉。

崔芒芒一边涂着护手霜,一边用吸管嘬着杯子里的抹茶,发出刺耳的声音,故意吸引外婆的注意力。

"窗户上的贴纸都有些黄了呢,没有想过摘下来吗,现在看上去着实有点儿碍眼呢。"

下午趴在窗户前发呆时,发现窗户的玻璃、框和窗帘全都换新了,但窗上自己高中偷偷粘上去的贴纸竟然还完好地保留着,记得当时外婆还为此狠狠教训了崔芒芒一顿。

"本来是要摘下来的,可是你外公说他很喜欢,就留着了。"

外公竟然会喜欢哆啦A梦?崔芒芒"哈"地笑了一声,看着窗户上的贴纸,突然反应过来。

"外公?哪个外公?第一个,还是第二个?"

"第二个!没大没小。"

外婆吃下一颗草莓大福,脸上浮现幸福的表情,嘴边呢喃了一句"还真是个童真的人啊"。

提到了已经离开的人,崔芒芒不知道该如何安慰外婆,只好闷声不说话,拿起一颗草莓大福。

已经冰冻过的大福,让裹覆在外表的糯米有了凉爽的口感,一口咬下去,冰凉之余还能体会到大福里面草莓的香甜多汁,软软的糯米和甘甜的草莓相互交织,像是把人从闷热的秋气中拎去了清凉的海边,每一秒都是幸福感,和对这份甜蜜满满的眷恋。

"听你妈讲,一直没交男朋友吗?"外婆一口大福一口抹茶的节奏,中间还能插上一句话。

崔芒芒点头,又赶忙解释着:"别乱想哦,只不过是没有遇见合适的。"

"看来我优秀的爱情基因就要在你身上断带了,你妈当初可是在我的眼皮子底下交了不少男朋友呢。"

外婆看了一眼坐在身旁的崔芒芒,叹了一口气。

"不过这个也不能完全怪你,你要是多遗传一点儿我的美貌,情况也不至于这么糟糕。"

这个嘴巴不饶人的老太太似乎找到了当年的感觉,来了精神似的,崔芒芒当然也不善罢甘休。

"那是因为青春不再,所以只能站在黄昏里嫉妒奔跑在朝阳里的人吧。"

这句话呛到了外婆,身旁的老太太扬起手假装用力拽了一下崔芒芒的头发。

"嘴巴倒是一点儿不比我弱。"

崔芒芒看着外婆被自己气得动手,忍不住大笑起来,站起身摆出奥运冠军胜利后披着国旗飞奔的样子围着屋子跑起来。

"看吧,只有我在你才不会那么无聊,要不然每天对着寿司自言自语的日子得多难过啊!"

崔芒芒突然停下来,猛地抱住盘腿坐着的外婆,手指挠了挠她胳肢窝下面下垂的肉。

死气沉沉的房间好像的确一下子活泛了起来,外婆看着倒在自己怀里的崔芒芒,又看了看电视里正在搞怪的主持人,嘴角终于向上扬了扬。

02

花了整整一个星期的时间，才将家里里外外打扫干净。看着光洁如新的厨房和褪去杂草的院子，崔芒芒双手击了个掌，然后一边扭着屁股一边拿着手机在院子里自拍。

不知不觉在日本度过一周时间，除了调整时差，适应这个嘴巴刻薄、动不动就挑刺的老太太，崔芒芒还得谋划着如何将直播急速减退的人气重新拉回来。换到一个陌生的环境，就连吃的东西也几乎是不同的，要想让所有的观众都能接受，还真不是一个那么简单的问题。

但无论生活有多少不开心的事情，都不能妨碍人们开心地欣赏这世间的美丽事物——比如自己。

"哗啦"一声，木质门被推开了，一个头发乱糟糟的脑袋冒了出来。

"有时间拍照，没有时间做早餐吗？臭丫头，一大早就在这里扰民。"

外婆又"哗"的一声把门关上，崔芒芒悬在高空四十五度角的手尴尬地举着，用力地锁屏，然后朝着屋子里跑去。

"哪，自己看，自己看，现在都几点了。"

崔芒芒指着那个挂在墙壁上的钟表，叉着腰。

"一觉睡到中午十二点的人，您要是再多睡一会儿，干脆把午餐也省了。"

外婆的肚子发出"咕"的叫声，盘腿坐在外孙女面前，撒娇似的发出一声"好饿"。

十分钟后，一顿丰盛的午餐摆满了整个桌子。

"黄瓜炒鸡蛋、番茄炒鸡蛋、荷包蛋、溏心蛋、肉末炖蛋、蛋炒饭，怎么样，有没有很丰盛啊？"

崔芒芒打了个响指，双手合十，宣布准备开动，可外婆刚拿起的筷子又"啪"的一声回到了桌面上。

"确定做熟了？你是跟鸡蛋有仇吗？"

"不然咧，你家除了一箱子马上就快要烂掉的鸡蛋，就剩下一根黄瓜、两个番茄和一块鸡腿肉。这一桌我可是忙活了一上午呢，如果不喜欢吃那就继续叫外卖好了。"

崔芒芒故意把眼前的几盘菜全部搅到自己面前，对面的外婆沉重地叹出一口气，大概是想起最近的一周几乎把周边的外卖全吃过一遍了，只能无奈地拿起筷子。

"还真是怀念你外公做的麻婆豆腐啊，豆腐软软嫩嫩，辣豆豉的味道全部被吸收进了豆腐里，再撒上香喷喷的肉末，让人想起来就流口水。"

外婆吃着一口蛋炒饭，闭上眼睛，津津有味地咂着嘴。

"你说，这二外公怎么会看上你啊？"

"当然是因为我的美貌和气质。哦，对了，你大外公的手艺其实更好，尤其是他自己做的咖喱，那个味道更是能让人吃一口就升天呢。"

崔芒芒夹起一块蛋到外婆的碗里，看她闭着眼睛的表情不禁笑出声来。

果然真实的爱情，往往历久弥新啊，即使两个爱人都已经离开了自己，还是能记得对方的优点和长处，也难怪外婆年轻的时候那样招人喜欢。虽然心里是这样想的，但一看到外婆自恋的样子，崔芒芒还是忍不住打断她。

"哦对了，今天打扫院子的时候，顺便清理了信箱，这些，我想你应该试一试。"

说着，三张广告单摆在了外婆面前。

"料理师专门学校秋季招生、樱井老师的老年交谊舞培训班，以及老年大学开设的十字绣布艺课堂，这三个可是我精心挑选出来的，选一个痛痛快快、敞开心扉地去参加吧！"

"纳尼（什么）？"

外婆瞪着眼睛，又是摇头又是摆手。

"一把年纪了,参加这些无聊的活动,还不如每天发发呆、看看电视来得自在。不去,不去,不去了吧。"

"不是不承认自己老了嘛,现在怎么又开始畏畏缩缩了?如果还对自己的魅力抱有一丝信心,就去试试看啊,既能交到许多同龄的朋友,生活说不定还能找到新的方向呢。"

外婆继续埋头吃饭,不想搭理崔芒芒。

"说到底,是害怕自己的魅力不敌当年的岚子小姐吧。"

激将法果然奏效,外婆夹菜的动作停住。

"谁说的,我是不愿意去给那些老太太施加压力,你要这么说,可真是小瞧了我这个老太太,可别忘了,你当初上高中的时候,还是我教的你化妆呢。"

"那到底要不要去一展当年的风采呢?"

外婆好像有点儿被说动了,但又迟迟没有点头。其实,心里还是"咚咚"敲着鼓,有点儿畏惧。

"如果还是不愿意迈出这一步,那就算咯。"

"等一下。"

"嗯?"

"我答应你,不过你也要答应我一个要求。"

崔芒芒放下筷子,两只手托着腮直勾勾盯着外婆。

"再多陪我住几个月,好吗?"

"……"

03

最终崔芒芒答应了外婆在日本多陪她几个月,虽然不知道接下来是否能和外婆和睦地相处下去,但就目前的状态来说,要比整天听张雪梅的唠叨优哉多了。

礼拜一,老年交谊舞培训班报到的时间,岚子小姐起了一个大早,待在自己的房间里梳妆打扮。

暗淡的唇涂上了艳丽的红色,睫毛颀长弯曲得像一把刷子,扑了一层厚实的粉，脸上的皱褶一下子消减了许多，整张脸焕发出光芒。如果没有看见她化妆前的样子，真的很难猜想镜子前的这位老年人已经六十多岁了。

崔芒芒在一旁帮着外婆梳头发，发现老太太的发丛中央藏匿着大片白色。

"五年前还是一头亮丽的黑发，没想到现在也能在里面看见雪花的影子了。"

外婆似乎也发现了这醒目的白色，自己打趣地说着，手上搽粉的动作停了下来，她侧侧头，看看镜子里的头发，眼睛里的光芒变暗许多。

哪怕青春再顽固的人，终究要卷入时间的洪流中，被带去那个节奏缓慢的岛屿上去吧，那里的黄昏很美丽，那里的人习惯了蹒跚。可是她就算年过半百，依旧喜欢别人称呼她"岚子小姐"而非"岚子奶奶"。岚子小姐好像是一只逆流而上的鱼，她不愿意自己离开清晨的朝阳，即使做着一些无谓的挣扎，也要把那份逐渐模糊的美好多多温存一会儿。

突然，外婆叫了崔芒芒的名字。

"芒子，帮我染个头发吧。"

崔芒芒调配好了染发膏，小心翼翼地帮外婆染着头发。看着白色一点点变成黑色，她想起了小的时候，外婆教她涂指甲油，十根手指分别是不一样的颜色，一点一点地汇聚成一条彩虹，第二天去学校的时候被其他女孩子羡慕得不得了。虽然后来完全变成一副假小子模样的她再也没有涂过指甲油，但每每回忆起这个画面竟也觉得少女心在炽烈地燃烧。

"等会儿再固定一下颜色，我们就出发吧。第一天去上课，要给所有人留下好印象哦。"

外婆那头亮丽的黑发又回来了，配上精致的妆容，仿佛又变回了小时候的崔芒芒眼睛里，那个年轻又爱美的岚子小姐。

"白头发虽然不见了，但心里还是有一些恐惧，像一只小鹿似的，在心里跳个不停。"

外婆握了握崔芒芒的手。

"小鹿乱撞？咱这又不是去约会，别怕。"

"我们要不然不去了吧，换一节课再去，好不好？"

"喂，已经跟樱井老师打过招呼了，就这么放人家鸽子太不好了，我还特地拜托樱井老师给你安排了一位非常不错的舞伴呢，就冲着这份心意也要去的吧。"自从爱人去世后，外婆就变得郁郁寡欢，很少与人接触，所以突然被鼓动着去参加集体活动，肯定会有些胆怯。

崔芒芒双手托起外婆的脸，调皮地向上举了举："不要害怕，有我陪着你呢，放心吧，你肯定会受到大家的喜欢的。"

但要走进晴朗的新生活，这又是不得不跨出的一步。

"加油！"崔芒芒双手握拳。

外婆点了点头，松下一口气，跑去洗手间。

崔芒芒看着她的背影，也对自己小声说了一句加油。

04

第一堂课是在上午的十点钟，崔芒芒和外婆到达的时候已经有人在舞蹈房间里练习了。崔芒芒偷偷地叫住外婆，然后把张雪梅送自己的项链系在了外婆的脖子上。

还俏皮地附上了一句："自信的女人最美丽！"

教室不大不小，加上外婆和她的舞伴，刚好一共七对。

开课前，樱井小姐在和外婆聊天，然后把她的舞伴柴本中圭先生介绍了一下。

岚子小姐打量着眼前的男人，有着五十出头的稳重帅气，穿着比其他男士更加鲜艳的舞蹈服装，一头黑发中看不到一丝白色，说话的时候不自觉地会踮起脚来，声音很温柔，像今早在路上感受到的阳光。

就在岚子小姐和中圭先生握手的时候，音响突然被开启了，紧接着夸张的声音就传了过来。

"嘿！嘿！嘿！美女帅哥们看过来！"

众人的视线汇聚到前方的崔芒芒身上，只见坐在大音响上的她一跃而下，在众人面前转了一个圈。

"我呢，也是一名舞蹈老师，虽然没有樱井老师厉害，但听说各位美女帅哥都十分热爱舞蹈，所以特别来给大家上一节具有强身健体功效的预热舞蹈课，音乐响起，大家跟我一起动起来好吗？"

远处的崔芒芒朝着岚子小姐和樱井老师挥了挥话筒，和善的樱井老师率先鼓起了掌，接下来全场掌声雷动，倒是新来的岚子小姐和中圭先生站在原地有些不知所措。

"Music！ Start！"一声之后，舞蹈房里响起日文版的《最炫民族风》，一群迷茫的人在崔芒芒的带领下重复着简单的舞蹈动作。

"来，左边的大妈动起来！"

"右边的大叔你也别停歇！"

"跟着我舞动身体！嘿！嘿！嘿！"

崔芒芒带领着大叔大妈们跳得不亦乐乎，瞥见一旁的外婆和中圭先生还戳着，便跑过来把两个人一起拉到了所有人面前。被逼无奈，外婆和中圭先生只好配合崔芒芒尴尬地扭动身体，其间，外婆还不小心把黏在眼睛上的假睫毛给甩掉了。

"好啦，感谢这位芒子老师教给我们的新舞蹈，大家喜不喜欢？"

音乐结束，一旁的樱井老师鼓掌带动大家一起感谢崔芒芒。

"芒子小姐，跳完这个舞，清晨的疲倦和无精打采真的都不见了！以后常来吧。"人群中一个大妈大声对崔芒芒夸奖着，还比了一个大拇指。

"谢谢大家的捧场，以后一定会多来跟大家跳舞的，不过也希望大家能够多多关照我身旁的这对新人。"

岚子小姐扭了崔芒芒的胳膊一下，这才意识到自己用词错误的崔芒芒朝着站在外婆身旁的中圭先生尴尬一笑，赶快改口。

"是这对刚刚来学习交谊舞的新人，大家一定要多多帮助他们进步哦。"

崔芒芒伸出手张开五指朝两个老人晃动着，岚子小姐和中圭先生干笑着点头。

这样一个极具戏剧色彩的夸张开场方式的确让场子热闹了起来，岚子向众人介绍着崔芒芒是自己的外孙女，引来众人的一片羡慕声。尽管尴尬是不可避免的，不过外婆也算是在崔芒芒的帮助下很快融入了舞蹈训练班的大集体，跳舞的时候，就连舞伴中圭先生也不停地赞叹崔芒芒真是一个可爱的女孩子。

舞蹈课在岚子小姐妆快要花掉之前终于结束了，在舞蹈房待了一上午的崔芒芒已经在椅子上打起瞌睡来，下课的外婆和中圭先生道别，小跑着过来拍醒崔芒芒。

"臭丫头，别睡啦，今天可是要被你害惨了。"

崔芒芒被外婆这一拍给惊醒，还被口水给呛了一下。

"下，下……下课了啊，我这梦里还没啃完汉堡包呢，你这就下课了……"

崔芒芒一脸"被外婆扫了兴"的无奈表情，起身开始收拾东西。

就在这时，一个男生突然跑了过来。

"岚子外婆，我是中圭先生的孙子，我爷爷很感谢您今天的关照，所以想请您和您的外孙女一起到我家吃晚餐，不知道您是否方便呢？"

穿着棒球衫的男生有着一头微微泛黄的头发，鼻梁高挺，嘴唇很薄，眉毛又浓又密，戴着黑色细框的眼镜，浑身散发着一股清爽的气质，冲着岚子小姐一笑，左侧脸颊还有一个深深的酒窝。

"原来中圭的孙子这么帅气啊！"外婆也冲着男生眯着眼睛微笑，手指偷偷戳了戳正背着身子收拾东西的崔芒芒。

"芒子，有人要请你吃饭。"

"要请吃饭？那再好不过啦，省得我做……"

崔芒芒一边叠着毛巾，一边转身，当视线聚焦到男生的脸颊时，整个人像是凝固了一般，紧接着，她以迅雷不及掩耳之势压低了帽檐，猛地捂住肚子，说自己肚子难受要去上洗手间。

"肚子怎么会突然难受？"

外婆看着飞速跑去洗手间的崔芒芒一脸疑惑，又看了眼面前也一头雾水的男生，尴尬地耸了耸肩。

等了一会儿，仍不见崔芒芒回来，外婆只好婉言拒绝了中圭先生的请求。

"真的不好意思啦，这个鬼丫头恐怕是吃坏肚子了。"

"没关系，那我们改日再约，一定好好招待您。时候不早了，您也早点儿回去吧。"男生道别的时候，腕表发出了整点的响声。

岚子小姐下意识地看了看自己的腕表。

"你的手表好像快了 10 秒钟。"

"不过，反正是年轻人，表调得快一点儿也不是什么坏事。"

男生的手突然抖了一下，左手紧张地盖住了表盘，又抬起来挠了挠头发。

"是啊，是啊，因为有迟到的毛病所以才会调快时间，让您见笑了。"

如果只是为了避免迟到，调快 10 秒钟会起到多大的作用吗？尽管觉得不可思议，岚子小姐还是附和着笑了笑。

05

"不是说肚子痛吗？怎么还敢喝凉水。"

晚饭后，看见崔芒芒正大口灌着凉水，外婆忍不住唠叨。

"呃，已经好了，年轻人的肠胃哪里有你说的那么脆弱嘛。"崔芒芒强词夺理，赶快话锋一转，"话说，今天就不打算感谢我一下吗？多亏了我这一身'舞林绝技'，才让那些老头老太太对你刮目相看呢。"

"真没看出来你还会跳舞，不过一个女孩子，跳成那样就跟老太太似的，太不好看了。"

刚想解释这是源于中国的广场舞时，崔芒芒被外婆这句话硬是给堵了回去。

"懂不懂欣赏啊，这可是中国最流行的舞蹈，反正明天我可是不陪你去了，坐那儿一上午快给我坐成抑郁症了。"

外婆挪了挪屁股，嘴巴凑近崔芒芒的耳朵。

"其实你肚子痛的原因，是见了中圭先生的孙子太害羞，对不对？"

崔芒芒像是被鞭炮炸了似的，一下子蹿起来。

"喂，老太婆你可别乱讲，我害羞？我崔芒芒才不会害羞呢！"
崔芒芒说着脑海里浮现今天看到男生的画面，心跳扑通扑通地加速。

岚子小姐嘟着嘴，一副"还在这儿给我装蒜"的表情，朝崔芒芒瞟了一眼。

"嚯嚯，有些人真是没见过世面，一个小帅哥就把她吓住了，真是一点儿没遗传我处乱不惊的大将作风哦。"

外婆踱着步子，说着风凉话回到房间，留下崔芒芒一个人在电视机前面。她拿起杯子继续咕咚咕咚地喝凉水，像是要把泛上心头的火苗给压下去。

"崔芒芒，你真是太没见过世面了！"崔芒芒在心底冲着自己呢喃了一句。

"我说'小公举'，咱这个月的专栏啥时候交啊？"

Facetime 里邱毅浓正吃着一碗泡面，收了收沙发上的臭袜子，以避免被镜头扫到。

"别藏啦，你那些袜子都能走路了，你一个大男人就不能稍微注重下个人卫生吗？"

"少给我扯别的，我问你专栏啥时候交。"

"喂，邱毅浓，我好像摊上大事了。"

"有什么事能够比交专栏还大吗？"

视频里的邱毅浓翻了一个白眼，继续吸溜着面条。

"我、好像、碰上、荒、木、启、了……"

邱毅浓刚喝完的一口面汤"噗"地被喷了出来。

"姐们儿，你确定你没在唬我？"

邱毅浓看着视频里的崔芒芒点了点头，猛然打了一个响指。

"我就说吧，有情人终成眷属，老情人必定找堵，这不，堵你的来了，哈！哈！哈！哈！哈！"

"堵你个大头鬼啊，别提今天有多怂了……"

崔芒芒回忆起上午的场景，当她一回眸发现站在面前的就是荒木启时，感觉天都要塌下来了，像南极洲的冰融化成水把她卷去宇宙的黑洞里。心跳从未如此剧烈，但又害怕面对重逢又将自己拉回记忆里。只好趁对方还没认出自己之前，赶快逃跑。

"跑什么啊，你当时就应该冲上去狠狠吻住他，说老娘等你等得大学都毕业了。"

"去死吧你！眼下，看来是没办法再陪我外婆去舞蹈班了。"

"那你就打算这么一直躲着？还有啊，你的那个直播不是这周五就要重新开播了吗？我看着人气排名下滑得很厉害呢，不整点儿新妖招揽招揽观众？"

"怎么整啊，这每天一摊子事都忙不完，还直播。"

"既然在日本就播日本料理呗，肯定有喜欢日料的新观众涌进来，顺便还可以教大家做一些简单易学的日本料理啊。"

被邱毅浓这么一说，崔芒芒的脑袋好像突然开窍似的。

"行啊，小子，这么多年没看出你的大脑里还有智商这种东西呀。"

邱毅浓摇头晃脑一顿嘚瑟。

"那当然，这些年光顾着靠脸吃饭了。行了，少贫，专栏得给我麻溜儿写着，这期主题自定，周日前给我交上，不然信不信我杀到日本去。"

"行、行、行，被你这个八婆整天叨叨得都神经衰弱了，对了，今天我跟你说的事你可别给我说出去哦。还有，你少吃点儿泡面，小心吃得你不孕不育，看你找谁哭去。"

崔芒芒冲着视频里的邱毅浓竖起中指，然后关掉了视频。

既可以让直播多一些花样，又可以给外婆做一些好吃的，忽然想起之前看到过一个料理师专门学校的招生广告，崔芒芒费劲地从垃圾桶里扒拉出被自己丢掉的报名表，松下一口气，整个人四仰八叉地倒在了榻榻米上，视线望向天花板，耳朵听着窗外秋风的声音，顷刻就要掉进温暖的梦境。

"还真是变帅了不少。"

06

"鳕鱼子，还真是变漂亮了不少。"

当小心翼翼地把崔芒芒的帽檐抬起来时，他不由得发出了这样一声感叹。

当终于看清对方脸颊的那一秒，心已经要从空荡荡的身体里跳出来，他有些不敢看崔芒芒的眼睛，因为他害怕自己又回忆起高中岁月他们一起度过的每一分每一秒，回忆起那些这么多年里日思夜想的画面，想起每个深夜，孤独在案边为信封贴上哆啦A梦邮票时的心情。他的手轻轻地划过她的脸，皮肤的灼热追赶着身体里的潮汐。

想要再多沉溺在这久别重逢的欣喜中，时间却不会允许他再多逗留一秒。

"喂，荒木前辈，你还好吧？"

回过神来的荒木启，不小心晃洒了手里的咖啡。

"该死，怎么在这个时候休眠了。"荒木小声地嘀咕，接过对面女生递来的纸巾，擦好咖啡渍，装作什么都没有发生的样子。

"啊，刚才不好意思，可能是今天的演出太累了，所以脑袋才会不听话自己打了一会儿盹儿。"

刚才正喝着咖啡与对面女生闲聊的荒木，突然整个人像是被点了穴似的凝固在了原地。

"为了这场音乐会，你可是下了太多功夫了，不过你竟然可以站着打盹儿，还是睁着眼睛，可是把我给吓坏了。"

荒木有些不好意思，笑着点头。

"所以一定要注意休息呀，明天的课程如果实在不行，就请假吧。"

荒木拍了拍女生的肩膀,摇摇头说自己没事。

"那明天学校见啦。"

女生冲着荒木挥了挥手,微笑着后退几步,才转身离开。

荒木看着对方的笑容,也挥了挥手,直到对方彻底消失,才像个泄了气的皮球似的"刺溜"一声靠到墙上。

明明作为被暗恋的一方,荒木应该感到无比轻松和风光,可为什么每当面对这位叫作一梨的女生时,心里却始终觉得别扭呢?

说起一梨,这位荒木启所在乐团新入团的小提琴手,可是从美国进修回来的音乐系高材生,留着一头及腰的长发,说话和眼神中都透着一股无法匹敌的艺术家气质。虽然同样作为乐团的提琴手,但每当见到一梨,荒木都不禁肯定,自己和她完完全全是两个世界的人。

要说原因,这大概就是大提琴和小提琴之间的距离吧。

荒木噘噘嘴,看了一眼手表,又看了眼墙上的电子钟,发现那超前的 10 秒已经不见了,准备合上背包的时候,包里的文件夹不小心撒了出来。

"该死!"看着满地白花花的文件,就在荒木不耐烦地蹲下身去收拾时,视线忽然凝固在了其中某个熟悉的名字上。

07

巧合之于现实人生的意义是什么呢?就像在超市转角发现打折商品的同时看见了自己暗恋的人。无非让生活在按部就班之外偶遇小概率事件的刺激与快乐,虽然会觉得它所指向的未来往往让人无解,却不得不肯定的一点是——

它让每个人的生活有了新的可能。

周四,收到料理师专门学校通知短信的第二天,崔芒芒带着学好料理、振兴事业的满腔热血出发去上课,却不小心在电车上睡过站,活生生迟到了一个小时。

想着这下死定了的崔芒芒在料理教室的门外犹豫了许久,终于鼓起"大不了一死百了"的勇气敲门时,身后忽然传来一个女生的声音。

"你,是新来的学员吧?"

崔芒芒转过身,看到一个长发的女生正朝着自己打招呼。

"你好,我叫月岛一梨。"

安静的楼道里除了料理房间传来"哆哆哆"的切菜声,就只剩下了面前这位女生细软的嗓音。

如此好看的女生都来学习料理了吗?是要逼死我们这些女屌丝吗?崔芒芒偷偷嘀咕了一句,跟女生友好地握手,也介绍了自己的名字。

"看见你拎着大包小包的道具和锅具,就知道你是新来的啦,我第一次来上课的时候,比你背得还要多呢。"

一梨瞄了一眼崔芒芒的装备,上前帮她分担了一些重量。

"通知短信上就只潦草地说了报到地点和时间,为了避免没有厨具的尴尬,所以就带上啦,现在看来真的是多此一举。"

"没关系,再等一会儿就下课啦,现在里面上的是刀工课,差不多还有十分钟下课,然后就是料理课,每节课都会教一道菜品呢。"

一梨拉着崔芒芒的手坐在了靠近墙壁的地板上。

"那我们不要进去听一下刀工课的内容吗?"崔芒芒看到一梨不慌不忙的神态有些疑惑。

"这个老头儿讲课最没劲了,现在进去不但会被记名,还会被训斥一通,还不如就待在这里静静地等待下课呢。说实话,如果不是为了料理课,我才不会来听呢。"

一梨捂着嘴巴偷笑,崔芒芒抻着脖子看了眼教室里的情况,也只好安心地坐在原地等待下课了。

所以料理课到底得有多大的魅力啊。

十分钟后宣布下课，崔芒芒和一梨在老师离开后赶快溜进教室，准备接下来的料理课。

"哪，头绳，把头发扎起来吧，这样油污就不会沾到啦。"

一梨把手上的头绳分了崔芒芒一个，崔芒芒看着窗户投射下来的阳光照在一梨那头泛着金光的头发上，不由自主地发出"好美"的称赞。

就在眼睛沉溺于一梨的美丽光芒中时，崔芒芒突然被众人齐声喊的一句"荒木老师，上午好"给震得吓了一跳。

众人前方的男生，穿着厨师服，白色的衣服衬托得他越发清俊，连穿这种制服都能如此帅气，崔芒芒不得不感慨一番。

当她看着和一周前自己在舞蹈班看到的男生有着一模一样长相的老师走向讲台，朝所有人鞠了个躬时，仿佛感觉到有一颗炸弹在自己面前的锅具里轰然爆炸。

"怎么了？"

一梨问候了一声傻站在灶台前不说话的崔芒芒。

"这个老师的全名叫什么？"

"荒木启啊，他可是拿过国际料理大奖的人呢。"

崔芒芒的眼神有点儿恍惚，像只被猫发现了的老鼠，四处巡睃寻觅着逃跑的途径。

"该死，为什么只有一个前门啊！"

崔芒芒看了眼就在荒木旁边的前门，又看了眼一侧的窗户，心底抱怨真是走了狗屎运，在这里都能碰见荒木启。趁着老师在前面和别人寒暄，崔芒芒赶忙捂着脸偷偷蹽去了更角落的灶台。

"那位，对，就是那位低着头的女生。"

荒木的声音引来全班同学的视线，就在崔芒芒焦急地犹豫着要不要现在就从窗户跳下去的时候，荒木已经走到了她面前。

"没错，就是你，这位害羞的新同学。"

视线顺着 VANS 运动鞋、露出脚踝的九分裤、厨师服的白色下摆……往上，最后定格在那一副"终于抓到你"的狡黠笑容上。崔芒芒惊慌失措不知道该如何是好的时候，荒木启忽然伸出手，示意要跟崔芒芒握手。

"好久不见。"

这四个字顷刻间变成了温柔的匕首刺入崔芒芒的皮肤，在众人视线的逼迫之下，崔芒芒尴尬地抬起手，她真正感受到了来自内心的紧张和焦灼，可万万没想到，就在已经要碰触到对方的时候，荒木的手突然闪开，转而帮女生挽起了袖子。

"烹饪料理之前的步骤之一，就是要把邋遢的袖子挽好。"

没想到对方来了这样一出的崔芒芒，看着眼角闪出一丝光芒的荒木启对自己轻声说了一句——"要记住哦，鳕鱼子同学。"

接着转身拍了拍手，他扩大音量对着所有人喊道："同学们，我今天要教大家做的是日式中华料理——麻婆豆腐！"

崔芒芒看着他的背影，忽然想起一句王菲的歌词"狭路相逢，终不能幸免"。

08

"首先来看一下做这道料理，我们需要的食材：木棉豆腐、味淋、猪肉、豆豉、辣椒……"

荒木在前面井井有条地介绍着麻婆豆腐要用到的食材，后排角落里的崔芒芒抱着胳膊，没好气地看着窗外的风景。

"然后需要说明一下日式麻婆豆腐和中华传统料理麻婆豆腐的一些区别：日式麻婆豆腐豆腐味道更加松软滑嫩，口感没有中华麻婆豆腐那么辣，反倒有一些甜度……"正在认真讲课的荒木瞄到后排漫不经心的崔芒芒，视线对上的一刻，女生竟然还对自己翻了一个白眼。

"那么接下来，请大家看着我的演示一起烹饪，今天要选谁做我的帮手呢？"

帅气的荒木刚说完，下面的女学员们就已经迫不及待地举手示意了。

崔芒芒看到一旁的一梨，为了让荒木看到自己，刚才还端庄、淑女到不行，现在恨不得把脚都踮起来了。

"我说这课怎么这么热门呢，这男的在讲台上都快把电放到学生的菜板子上了，合着你们都是冲着他才来学料理的吧。"

崔芒芒把锅子从灶台上拿到地板上，反扣过来一屁股坐了上去。她想起高中时荒木启转学来的第一天，当着全班自我介绍的时候，教室里的女生们口水都要流到作业本上了。

"偷着乐吧你，你不知道荒木老师的料理课有多难报上吗？要想入选，拿到名额我们可都是要先考试的，通过了才能来上课呢！"

"考试？"

"对啊，要有起码的料理基础才能通过呢。"

听一梨这么一说，崔芒芒好像一下子恍然大悟，原来这一切根本没那么简单。

崔芒芒看着最前面嬉皮笑脸的荒木启，心里崩溃地呐喊了一句："完了，肯定是中了对方的圈套！"

而就在这一瞬间，她与荒木启的视线再度交会，她看见荒木启的眼神像一个箭头戳中了自己。

"那就选，今天刚来上课的这位新同学吧，大家鼓掌欢迎！"

那一瞬间的感觉就仿佛大学无聊的课上，在你毫无防备的情况下，老师突然把你叫起来回答一下问题。

教室里立刻发出阵阵"为什么不是我"之类的唉声叹气，一旁的一梨快要伸到天上的手也有气无力地垂了下来。

"哼，故意的是吧，那我就跟你奉陪到底。"昂首挺胸走上前的崔芒芒心里狠狠地念道。

虽然能熟练使用微波炉和电饭煲，也会简单将鸡蛋和蔬菜混合翻炒，但面对麻婆豆腐这种料理，表面上云淡风轻的崔芒芒心里还是有些战战兢兢。

……

"接下来，翻炒肉末的时候，一定要小心油不要溅到自己！"

话音刚落,一旁正在炒肉末的崔芒芒吓得差点儿把炒勺丢出去。

"荒木启,你没告诉我会溅油啊!"

"那我现在说一遍,听到了吗?"

"啊!荒木启,这肉末,怎么都变黑了,你快来看看啊!"

"你火开太大了,煳了当然变黑了,行了,行了,你去把豆腐切好,我来炒肉。"

荒木启一副生无可恋的表情支开崔芒芒,叫她去把豆腐切成小块。

半分钟后。

"崔芒芒!我让你把豆腐切成小块,不是让你切成渣!"

"你不早说嘛,哎呀,你快看着点儿你的锅,怎么有点儿着火了啊!"

荒木启回神的时刻,锅子突然冒出火花来。

"你是不是又往锅里倒油了,崔芒芒,你……"

就在荒木启话刚说到一半的时候,崔芒芒不知道什么时候已经接好了一盆水朝着锅子泼过来,然而,因为荒木没来得及躲开,一盆水有一半泼到了荒木身上。

当头半盆的水把荒木"你……真是个灾难……"这几个字也给冲成了碎片,衣服和头发都湿透的荒木看着一旁捂住眼睛的崔芒芒,沉重地闭上了眼睛。

崔芒芒从手指露出的缝隙里,看着狼狈的荒木启,心里大喊了一声:"bingo!"

09

可以称得上是人生中最失败的一节课,一边拧着滴水的衣服一边把剩下的半节课苟延残喘地上完了。

布置完下节课需要大家带来的食材,荒木启把刚才自己重新做好的麻婆豆腐装进了一个保温桶里。

时间十一点零九分,荒木启来不及收拾一片狼藉的灾难现场,径直跑出了料理教室。

"崔芒芒!"

荒木朝着那个穿着皮衣外套的女生大喊一声,对方没有回头,男生这才意识到自己叫错了人,正沮丧地向周围看过去的时候,身后突然传来熟悉的声音。

"叫本公主干吗?"

荒木回头看见把头发披下来的崔芒芒抱着胳膊。

"你不是穿着皮衣来的吗?"

"哎哟,你还知道本公主今天穿的是皮衣?知道是皮衣,你还敢卷袖子啊,五六七八给我翻了整整九个褶!还在那儿给我假惺惺的'做好料理的第一步',我看第一步倒是应该给你这个猪脑子一记大铁拳,修理一下你的智商问题。"

荒木看着崔芒芒手里抱着的皮衣袖子,情不自禁地哈哈大笑起来。

"干吗那么凶嘛,再说你不也报仇了吗?害我在所有人面前出了那么大的糗。"

"报仇?那是你自己太笨好不好,就这机灵劲儿我看动物园里的大黑熊都能拿料理冠军了。"

崔芒芒趾高气扬地冲比自己高出一个头的男生,倒着比了一个大拇指。可谁知,男生突然用自己的手把女生倒着的大拇指给正了过来。

"好啦,别生气了,这么多年第一次见面,就弄得大敌当前似的,看在我为了今天给你上这第一堂课,早起做了一个小时发型的分上,总该点个赞吧。"说着荒木还伸出手摸了一下自己的头发,撒娇似的一笑又露出那颗小酒窝。

男生拎出了那个保温桶。

"里面不会装着炸弹吧?"

"我怎么舍得炸全宇宙最可爱的鳕鱼子小姐,你带回家就知道了。"荒木把保温桶塞进崔芒芒的怀里,然后又从包里掏出一支笔和一张便利贴。

"这是我的电话号码,记得回去给我发条短信。"

荒木启飞快地写完电话号码,然后"啪"的一声把便利粘贴在了崔芒芒的脑门儿上。

自从高中有一次荒木启的篮球突然砸中崔芒芒的脑门儿后,男生似乎就和女生的大脑门儿过意不去了,因为崔芒芒的脑门儿太过于饱满,所以男生总拿这个故意取笑对方,为此崔芒芒没少和荒木启打过架。

"下节课见咯,鳕鱼子同学。"

当听到男生又喊了一遍这个外号时,崔芒芒差点儿直接把手里的保温桶冲着男生扔过去。看着荒木很快跑掉,崔芒芒恼火地把脑门儿上的便利贴摘下,然后又狠狠地丢在地上踩了几脚。

"芒子?怎么还不走呀?"

不知道一梨是什么时候出现的,她看了眼地面上的便利贴,捡起来递给了崔芒芒。

"啊!没什么,就刚才去洗手间整理了一下外套上的油污。你呢,怎么也还没走呢?"

一梨吐出一口气,举起手里的保温桶。

"本来做了一些糕点,想要送给荒木,结果下课后把东西从保温箱里拿出来就找不到他人了。要不然就送给你吧,味道不错呢。"

崔芒芒本来想要推辞,可是盛情难却,只好接受了。

"不过,感觉你好像跟荒木之前就认识的样子,你跟他是什么关系啊?"

崔芒芒各拎着一个保温桶的手立刻摆了摆:"啊,是认识,我跟他原来是高中同学,但已经好几年没见过面了。不过,我能看出来,你应该很喜欢他的,对吧?"

一梨的脸泛起红晕,抿着嘴点了点头。

"既然喜欢就要勇敢追啊,你这么漂亮一定会成功的。"

虽然是在鼓励别人勇敢追求自己所爱,但为什么说出这句话的时候,崔芒芒突然感觉到自己有种口是心非的感觉。

果然会喜欢上荒木启的女生都是这种白天鹅一般的存在，崔芒芒记得高中时那些整天围绕在荒木身边的女生，又看了看现在的一梨，心里面那个嘲笑自己的小人好像又跳了出来。

回到家的时候正好赶上午饭点，外婆还没有下课。崔芒芒抱着两个保温桶像抱着两个孩子似的，被暖得整个胸膛都火辣辣的。

好奇地赶快打开保温桶，首先看到的竟然是一张字条。

"哟嘿，在院子里就闻到香味了，让我猜猜是麻婆豆腐对不对。"

外婆突然推开门框，笑眯眯地走进来，吓得崔芒芒赶紧把那张字条握在了手心里。

"鬼鬼祟祟的，一定是在偷吃吧，让我看看都是什么好吃的。"外婆看着保温桶里色泽诱人、飘散香气的麻婆豆腐，口水都快要流成瀑布了。

"让我看看这个里面是什么？"她顺手又打开了另一个保温桶，映入眼帘的是一个红色心形蛋糕。

"啊，这些都是今天在料理学校，同学送的。"崔芒芒解释。

"蛋糕看起来也非常诱人哦，看来上料理学校真的可以蹭到不少好吃的呢。不过，这么大一颗红心看起来怪怪的，怎么跟要表白似的……好啦，快去帮外婆煲一锅热气腾腾的香米饭，今天中午要把这一大盆麻婆豆腐全部干光！"

崔芒芒看着那颗红色的心又回忆起一梨对自己说的话，愣了好久。岚子外婆督促了她一声，崔芒芒才赶快起身去厨房煮饭。

合上了厨房的推拉门，一直紧紧攥着的手掌终于可以松开，崔芒芒不知道为什么竟感觉有些紧张。

她看着字条上的每一个字，乍才缓过来的胸膛又一次燃烧起来——

你在报名表上为什么想学料理那一栏里写"因为想给外婆做一次外公曾经给她做过的麻婆豆腐"，所以又帮你实现了一次愿望咯。

回答时间的恋人

HUI DA SHI JIAN DE LIAN REN

[第三章]

回到故土的旅人

【奶油山药饭】

恋爱最美好的阶段应该是那段模糊不清、暧昧不明的时光。如冒着热气的奶油山药饭，粘稠的山药泥象征时暗时明的关系，将所有暧昧时的怦然心跳，像裹覆米粒似的，紧靠着彼此贴近的身体。

那时，没有海角天涯，也没有悲欢离合。所有关于未来的答案，都比不上这一刻这一秒，在满足饭饱的酣畅淋漓后，静静坐在他身旁。

「"食"间の恋人」

01

"近日，台东区的盛野川附近连续发生多起入室盗窃、当街抢劫案件，目前犯罪嫌疑人已经初步确定，如果您发现身边有可疑人员……"

料理课结束，回家的电车上，身旁的小伙子正专心看着手里的时事新闻，手机没电，无聊的崔芒芒就偷偷瞄着一起看，不料被对方截获视线，到站时还收获了一个嫌弃的眼神。

还真是有些丢人啊。

到站下车，崔芒芒顺道拐去旁边的便利超市买了一些番茄和鸡蛋。

可从便利店出来后，就总感觉身后有个人影一直鬼鬼祟祟地跟着自己。脑袋里不由自主地回忆起刚才在电车上看到的新闻，虽然不在盛野川，但也算是紧挨着，而且现在罪犯还没抓到，万一……崔芒芒越想越觉得害怕，一阵阵的凉意爬上后背。

崔芒芒假装镇定地继续走，却发现周遭的人越发稀少。身后一直跟随着的那双眼睛和窸窣的脚步声让她有些不知所措，愣了几秒，她下定决心突然侧身快速走进了一个深巷中。

"怎么办，我不会真的那么倒霉，刚来日本就摊上这种事情吧？"崔芒芒苦苦祈祷的表情扭成一团。

显然是求爷爷告奶奶也不管用的时刻了，崔芒芒才发现自己手上还拿着刚买的鸡蛋和西红柿。她把身子紧紧地贴在马路一边拐角的墙上，听着那个脚步声离自己越来越近。

心里倒数到一的那一瞬间，崔芒芒突然一套连环鸡蛋杀，然后

/047

又朝着对方狠狠砸了四个大番茄,正准备撒腿就跑,却听出那几声惨绝人寰的号叫竟然来自荒木启。

"怎么是你啊?你竟然在跟踪我!"

连崔芒芒自己都被眼前这张被鸡蛋和番茄弄得稀巴烂的脸给惊悚得捂住了嘴。

荒木启把鸡蛋壳、鸡蛋液还有烂番茄从脸上抹去,揉着被砸痛的眼睛,冲着崔芒芒一脸崩溃。

"你这功夫不传下去可真是令人扼腕叹息了!我这双炯炯有神的大眼睛被你这番茄和鸡蛋一边来了一下。"

荒木启痛得直叫唤,惹得崔芒芒在一旁哈哈大笑。

"你这是活该,老实交代,干吗跟踪我?!"

"喂,鳕鱼子,你可别乱诬陷人好不好,我只不过是刚好路过。"荒木启故意装作底气十足的样子,手背在腰后,眼睛朝天空看去。

"你是不是有病啊,荒木启!"

"对啊,我就是有病,相思病!"荒木启嬉皮笑脸地对着崔芒芒。

"有病就去找医生看病。"

崔芒芒没好气地看了一眼男生,怎料到对方一下子抓住自己的手。

"我这不挂了四年的号,就是为了来找你看病嘛。"

女生一下子被对方这句话给命中,迈出去的步子停了下来。

荒木启一把将崔芒芒拉回自己面前,紧紧盯着对方的双眼,一副知错求饶的表情。

"好、好、好,我承认我刚才是在跟踪你,谁叫你一直不搭理我。给了你电话号码却一直等不到你的消息,一周好不容易就上三节课,每次上课都躲得老远,一下课连一句话都顾不上说,人就不见了,这次要不是我紧紧跟着,你肯定又溜了。你就这么不想跟我说话吗?作为一个大男人,你这样让我很没面子好不好。"

崔芒芒"噗"的一声笑出来,脸立刻恢复严肃,伸手管荒木启要来手机。以为对方要把手机号写给自己的荒木启,一扫刚才的苦瓜脸，像只小狗似的挑了挑眉毛。

"喂？是警察局吗？我被一个坏人……"

"喂，你这是要干吗啊？"荒木启立刻夺回自己的手机。

崔芒芒看到荒木启吓得脸都白了，忽然举起手捏住荒木启的脸。

"哈哈哈，臭小子，瞧你那胆小劲儿！"

荒木长呼一口气，抬起下巴，脸向着崔芒芒靠近。

崔芒芒被这个举动搞得来不及躲闪，心脏不由得怦怦直跳，仿佛高空蹦极坠落下去的前一秒，呼吸都要紧张到窒息了。

"怎么办！怎么办！老娘的初吻啊这是！"崔芒芒在心里面狂吼着。

就在彼此的嘴唇快要到达咫尺的距离时，对方却突然停了下来。

"就不打算帮我揉一揉吗？鳕鱼子同学。"

双脚马上要离地坠落时，才发现自己玩的不是蹦极而是蹦蹦床，紧张的心情一瞬间又变回扫兴一般失落。崔芒芒心里那艘火箭还没飞出平流层就爆炸了。

"揉你个大头鬼！"说着，崔芒芒又冲着荒木启那贱兮兮的脑门儿来了一下子。

"下次再敢跟踪我，你就等着去见警察叔叔吧！"崔芒芒放了句狠话，潇洒地转身离开。

背对着荒木启走远的崔芒芒舔了一下有点儿发干的嘴唇，叹了口气。

"喂，鳕鱼子，周末不要忘了叫咱外婆一起来聚餐啊！"

荒木启反应过来自己差点儿把最重要的事情忘记了的时候，崔芒芒已经到了路的尽头，本以为对方没有听见，没想到崔芒芒在远处停住了脚，转身朝他大喊了一句："想得美！"

"果然还跟高中时那个鳕鱼子一样让人无奈。"荒木启一边兀自呢喃，一边低头看了眼自己的手机，才发现原来女生刚才压根儿没有报警，反而拨的是另一串号码。荒木启试着拨了过去，电话那头传来熟悉的声音。

"您好,我是芒子,现在不方便接通,请留言。"

眼睛的疼痛好像被这一瞬间卷入耳膜的温柔声音给治愈了,荒木启看着屏幕上那串号码傻笑。

或许在真正的爱情里面,不只是单纯地去喜欢她最让你喜欢的样子,而是连她最不让你喜欢的样子也一并爱上。所有你爱的和不爱的她都有,所有你所不耐烦的最后也变成了爱意汹涌。

不是有句话说得好吗——

喜欢是运筹帷幄,那爱便是束手就擒。

02

自从上次没能和中圭先生一起吃饭,外婆就念念叨叨了好久。这次终于如愿以偿地收到对方的第二次邀请,外婆高兴得几天前就开始准备要穿的衣服。

周六晚,准备出门前,外婆看着化妆镜里的自己皱了皱眉头。

"好像缺点儿什么。"

崔芒芒收拾着垃圾准备等会儿一起丢出去,看着外婆还呆呆地坐在那里。

"够美啦,再不走就要迟到啦。"

外婆转过身看着弯腰收拾垃圾的崔芒芒。

"要不再借我戴一下你的那条水晶项链吧?"

崔芒芒上上下下打量了一遍外婆。金色戒指、蓝色钻石耳环、翡翠手镯,甚至还别上了一个镶着玛瑙的胸针。

"瞧瞧您这一身金银首饰,不知道的还以为是个暴发户呢,就不怕出门被抢劫吗?"

外婆抬起手,看着金色戒指,摇头晃脑。

"这些东西再不拿出来发挥一下它的价值,要带到坟墓里吗?"

"您这是喜欢上中圭先生了吧?"

崔芒芒停下手上的动作，眼睛紧紧盯着外婆，看到对方的眼睛有些闪躲，心里生出一种猜中别人秘密的激动。

"你这个臭丫头，到了饭桌上可别乱说话。"

外婆紧张地赶忙把身子转过去，崔芒芒不知道何时拿来了项链，已经悄悄地帮外婆戴好。

"看来新生活要来了哦，张开你的手用力迎接吧。"

崔芒芒从身后环住外婆，看着镜子里胖乎乎的小老太太露出灿烂的笑容，自己心里仿佛也开了花一样幸福。

迟到一分钟到达约定餐厅，一进门就闻见香气四溢的烤肉味道，崔芒芒忍不住咽了一大口口水。

中圭先生和荒木启已经在位子上等候了，看见两位女士走过来，立刻绅士地站起来迎接问候。

中圭先生穿了西装，荒木启倒是一身休闲，丹宁布衬衣搭配了一条黑色的裤子，头发清爽。

"这家户野枣木烤肉可是超有名气的，大胃王节目还专门来这里拍过一期呢，之前记得岚子小姐说想吃神户牛肉，所以就选在这里了，肯定让你们满意。"

中圭先生一边介绍着菜单，一边为岚子小姐和崔芒芒斟满柠檬柚子水。

"中圭先生想得好周到哇。"崔芒芒冲着中圭微微一笑，随即戳了戳外婆的胳膊，小声呢喃着，"准备大开杀戒了吗？"

外婆一个犀利的眼神堵截崔芒芒，然后指着菜单温柔地和中圭讨论。

崔芒芒无奈地喝了一口柚子水，一抬眼皮就看见坐在对面的荒木启正目不转睛地盯着自己。

身旁的两个老年人自顾自地讨论着显然将饭桌划分成了南北两个半球，在一旁的年轻人尴尬得不知道说些什么好。

"喂，没见过混血大美女吗？"

崔芒芒趾高气扬的语气，把沉浸在其中的荒木启给拎了出来。

"你的口红好像沾到牙齿上了。"

"啊？什么？"崔芒芒赶快捂住嘴巴，拿起纸巾，擦了几下紧紧地闭上嘴巴。

"我是骗你的，啊哈哈，瞧你那傻样。"荒木启止不住笑起来。

"幼不幼稚啊！"

桌子下面，崔芒芒狠狠地踩了荒木启一脚，男生不小心碰倒了桌子上的高脚杯。

"荒木，你怎么了？"

正聊得火热的中圭先生，吓得转过头来，目光凛冽地看向一旁的荒木启。

"啊，没事，没事，就是刚才腿不小心抽筋了，没关系，你们继续聊，不用管我。"荒木启冲着两位老年人眯着眼睛赔不是，转脸便咬牙切齿地冲崔芒芒摆出了一个"你等着瞧吧，鳕鱼子"的口型。

直到码放整齐的牛肉和蔬菜全部上桌，这南北两个半球才重新拼合成完整的个体。

中圭先生与岚子小姐看着两个年轻人认真地烤着肉和蔬菜，其间还为彼此倒了红酒，碰杯的声音交织在烤肉"呲啦呲啦"的声音中，让安静的饭桌顿时变得热闹起来。

"赶快尝一尝，味道怎么样？"荒木启先试尝了肉质是否熟了，然后为所有人各夹了一块。

岚子小姐夸赞着"荒木启可真是懂事贴心的男孩子"，然后十分优雅地品尝一小块烤好的牛肉。

"嗯，味道真的很不错，枣木的香气已经严丝合缝地浸入到肉质的每一个空隙当中了。"

岚子小姐被这美味的牛肉满足到闭上了眼睛，一旁的中圭先生也跟着笑起来。

虽然神户牛肉的肉质本身就足够鲜美，枣木的炙烤，却将这种鲜美衬托得更加诱人，枣木的香气与牛肉的美好百分百贴合，让味蕾彻底放松下来，仿佛在假日枣园里闻着成熟枣子的味道进行一场烤肉盛宴,没有一丝发腻的感觉,反倒让人在不经意间吃了一块又一块。

"来来来,大家尝一下我包的牛肉蔬菜饭团。"崔芒芒端着一盘饭团从调料区走了过来。

"你竟然还会包饭团,平常料理课倒是笨手笨脚的,一点儿没有发现还有如此心灵手巧的一面。"

荒木启上下打量着手中的饭团,却在咬下去的第一口,就被辣得整个人要爆炸似的。

"崔芒芒,你是在里面放了多少辣椒啊,救护车!"

崔芒芒忍住笑意,还故意装作抱歉的样子:"对不起,我不是故意的,这个辣味的是留给我自己的,都怪它们长得太像了,才错拿给你了,荒木启,你还好吧?"

岚子小姐赶快递上一杯柚子水,崔芒芒看着荒木启那张白净的脸现在红得像个猴屁股,终于没能绷住,哈哈笑出声来。

烤肉已经吃得差不多了,就在四个人已经舒服地靠在椅背上时,中圭先生一个响指,服务员拿来了四份盖着盖子的瓷碗。

"饭后甜点?"

崔芒芒打开盖子,柔软的热气扑面而来,原来碗里装的是山药饭。

"奶油山药饭是户野家最受欢迎的特色菜品,在吃完烤肉后来一碗,就能将这晚所有美好的记忆牢牢锁在心里啦。"

岚子小姐细细品尝了一口,脸上再次浮现幸福的笑容。那一瞬间,崔芒芒看着外婆和对面的中圭先生相视而笑,突然觉得有种老夫老妻的感觉。

山药泥的黏稠加上奶油的浓郁,裹覆着每一颗充盈饱满的米粒,与舌尖相吻的每一秒,身体仿佛掉入了柔软的棉花田。等到最后一口下肚,整个华丽又绵长的仪式终于结束,烤肉的美好口感与饭桌间嬉笑打闹的甜蜜瞬间全被这细腻黏稠的山药口感凝结在了神经的每一处角落。

相得益彰的食材相配合,制作出沁人心脾、令人久久难以忘怀的料理，就像节奏合拍的两个人遇到了彼此，即使没有拥抱和亲吻，仅仅安静地聊天、注视着对方，也能生出蔓延万里的愉快与幸福。

"什么？要他送我回家？不不不，中圭先生还是不用了吧，我自己可以的，放心吧。"

崔芒芒惊诧地从座位上起来，朝中圭先生摆着手。

几分钟前，吃好的各位准备离开，因为喝了一些小酒，中圭先生提出要送岚子小姐回家，像是领悟到了什么，一旁的荒木启立刻接起话茬儿，说自己就负责把崔芒芒送回家。荒木启给中圭先生使了个眼色，中圭先生立刻满意地点头，崔芒芒却不乐意了。

"我说芒子，天这么晚了，你一个姑娘家，还是让人家荒木送你回去吧，再说了人家也是一番好心。"外婆也拍着崔芒芒的肩膀劝过来。

"你是怕我毁了你们的二人世界吧，岚子小姐。"崔芒芒在外婆耳边轻声揭穿，还撇了撇嘴巴。

外婆清了清嗓子，不管崔芒芒什么意思，直接答应了下来："就这么定了，中圭我们走吧，我还想顺便去买杯美式咖啡喝。"

说罢，他们一起走出了餐厅。

崔芒芒整个人瘫在椅子上，一副要死的表情，荒木启走过来拉起她的胳膊。

男生俯下身子，一只手扶住崔芒芒的椅子，刘海儿下垂的角度正好凸显出对方那透亮的双眸，荒木启朝她挑了一下眉，崔芒芒差点儿被电击身亡。

"可别忘了，那天是哪个胆小鬼躲在小巷子里害怕有人跟踪她呀，不走的话，那你就留在这里埋单好了。"

说完，还没等男生用力，崔芒芒就一个鲤鱼打挺站了起来。

03

刚走出餐厅没几步，崔芒芒像火山爆发似的捏住荒木启的脸。

"荒木启,你信不信我揍死你!谁允许你在本姑奶奶吃饭的时候偷拍的!"

原因是荒木启把手机里偷拍崔芒芒吃饭的照片拿了出来,还一副讨打的表情高高举过崔芒芒的头顶展示着。

"可不只有这些哦,再往后翻翻,超乎想象!"

崔芒芒放下一只手,继续翻着相册里的照片,一张张高中时期的丑照全部出现在眼前,气得另一只手加重力道,荒木启痛得叫出来,但还是止不住哈哈大笑。

"鳕鱼子,你看你的大嘴巴,和高中时候可是一模一样哦,还有胃口也是,刚才在饭桌上吃那么少是故意的吧,这肚子瘪瘪的肯定没吃饱。"

荒木启伸出两根手指弹了弹崔芒芒的肚子。

"再叫鳕鱼子我就把你揍成鳕鱼子!"

崔芒芒冲荒木启举起拳头,对方却伸出手揉了揉她的头发,径直拉起她的手,走了下去。

"还记得高中时,我们每周末都要去吃的那条小吃街吗,走吧,荒木欧巴带你去吃!"

崔芒芒手被自然牵起的时候,没有抵触感,就这样配合着荒木的步子一起走了下去。当看到对方回眸的那一瞬间,好像又找回了许多年前,放学后穿着校服赶在樱花饼和铜锣烧快卖完之前,和荒木一起跑去那条街时的心情。

但今天有些奇怪,荒木没有乘电车,而是带着她绕了许多弯弯曲曲的小路。

花了好长时间才到达目的地,要不是中途荒木为了安抚住女生,在路旁的抓娃娃机帮她抓了三只皮卡丘,崔芒芒差点儿就没耐心地跑掉了。

"把妹技术长进不少啊,高中那会儿可是笨得一次娃娃都没有抓起来过。"

崔芒芒一只手捧着三只皮卡丘,一只手啃着樱花饼,一旁的荒木启帮她拿着接下来要吃掉的铜锣烧和章鱼小丸子以及一大杯木瓜奶昔。

"谁说的,高中那时候是因为你在旁边,运气都跑光了,所以才一只娃娃都抓不到。而且把妹技术根本不用练好嘛,追本人的妹子可是要排到青森去了。"

"你看,那边天上有只牛!"

荒木启还真顺着崔芒芒的手朝天空看了去。

"喂,鳕鱼子,我可没有吹牛。告诉你,算卦大师说我桃花运要走到九十九岁呢。"

现在的荒木启受女生欢迎的程度丝毫不减当年,料理课的盛况就是一个很好的证明。

"那既然这么多桃花,怎么看你还是孤孤单单的一个人啊,算卦大师的鬼话也就你会相信。"

崔芒芒摇头晃脑地继续逛着路旁的小吃店,跟在后面的荒木启忽然说了一句话,让她停住了脚。

"算卦大师说了,我这辈子走到九十九岁的那个桃花运啊。"荒木启弯下身子,伸出纤长的手指在崔芒芒的脑门上轻轻画了个圈,然后接着说道——

"就是你。"

这三个字像电流一般在脑回路里闪过,心跳出现几秒的紊乱,又被强硬地稳定下来。

"哎,这家的鲷鱼烧看起来好好吃啊,还有抹茶味的,买两个吧,荒木最喜欢的是黑巧克力味对不对?"

崔芒芒故意岔开话题,想要赶走刚才尴尬的沉默。

"走吧,再带你去一个地方。"

刚付完账,还没来得及拿好找零,崔芒芒又被荒木启拉着去了另一个地方。

04

小吃街的尽头是盛野川最大的音乐喷泉广场,时间八点一刻,喷泉还没有开始,广场上已经人头攒动,小孩们追逐打闹,老人们跳着交谊舞,年轻情侣们则拉着手悠闲散步。

找不到不爱这座城市的理由,因为它在回忆里的样子没有任何改变,时隔多年重温每个熟悉的站点时,亲切感总会拉扯着大片大片潮湿的回忆涌上心头小岛,像是在跟某个曾经离开或是走散的人热情地打招呼,说着一声"终于回来啦"。

离开的人再回到故土是不是也会变成旅人的一种呢?

"秋天的风虽然凉,但心头暖暖的,你看这些人活得多开心啊。"崔芒芒指着身边跑过的小孩子,笑笑说。

"原来还偷偷往喷泉里放生过金鱼,结果第二天回来就发现鱼儿已经死掉了,水柱把鱼身上的鳞片弄得支离破碎,现在想想还真是好心做了一件傻事。"

崔芒芒坐在荒木启身旁,两个人就安静地靠在喷泉池子的边上,看着月亮划着桨穿过暗淡的云彩,露出脸。

"那次你可是哭惨了,害得我逃课去水族店又买了几尾送给你,还被老师发现给严厉训斥了一顿。"

荒木启伸开双手,撑着身体望向天边。此刻的气氛柔软到极致,崔芒芒的头发被风拂起,肩膀上粉色的肩带露了出来。

"所以从那以后,老师们就都把我划到坏女孩的队伍里了。"崔芒芒侧过脸"喊"了一声。

"可你在我心里一直在好女孩的队伍里。"说着荒木启戳了一下崔芒芒的脑门儿。

广场LED上的时间显示八点二十五分。喷泉周围的人越来越多,气氛也越发嘈杂。

"拿出手机来。"

荒木启伸出手管崔芒芒要手机。

"干吗?"

"叫你拿出来就拿出来嘛。"

崔芒芒一脸"肯定没好事"的表情,把手机拿了出来,刚交到男生手里,对方一个要把手机丢进喷泉里的假动作,差点儿把崔芒芒吓得翻进喷泉池里,赶紧抢了回来。

荒木启看了一眼手表,突然起身背对着崔芒芒。

"我数到一的时候,打开手机的'悦跑'哦。"

"五……"
"四……"
"三……"
"二……"

崔芒芒看着荒木启的背影,心跳随着倒数也跟着加快起来,不会又是整蛊吧,心心念念的时候男生已经喊到了一。

"一……"

崔芒芒点开了手机桌面上那个有着记录跑步路线功能的app,软件点开的一瞬间,她看见城市地图上用跑步路线标出了一个大大的"love"。

那是他们刚才走过的路线……

下一秒,在女生抬起眼睛的一瞬间,荒木已经走到了她面前。

"芒子,四年前的我没有紧紧抓住你,而这次,就算从零开始,我也不会放弃了。"

崔芒芒想起四年前分别时的画面,心里有些难过。而男生的话又让她仿佛重新看到了希望,只是崔芒芒心里始终无法逾越的那条鸿沟,还是阻挡住了她的步子。

那个嘲笑她的小人又一拳把她打倒在地。

"荒木,其实我……"

没有等崔芒芒说完，荒木的手指就贴上了女生的唇。

"不用着急给我一个答案。"

没有一丝一毫喘息的时间，也来不及躲闪，在这句话话音刚落的一刹那，男生温柔的鼻息就贴了上来。

整个世界像融化在舌尖的冰激凌，被暖意覆盖着的心跳踩上了疯狂的加速度，紧张地朝着地心引力之外飞奔而去。这时，广场的音乐和人们的欢呼声同时响起，他们身后的喷泉喷射出要冲破天穹的水柱。

八点三十分，甜蜜的帷幕终于开启。

但崔芒芒还是推开了荒木启，原因是她看见了老年交谊舞群中央的外婆和中圭先生。

"他俩竟然也在这里？"

崔芒芒指着人群中开心地转着圈的两位老年人，荒木启有些扫兴地吐出一口气。

"嘿，两人显然是已经坠入了爱河。"

果不其然，中圭先生的孙子也发现了和岚子小姐外孙女所发现的一模一样的问题。

"要给他们一些空间，毕竟已经是走到黄昏的人了，能够再多感受一次爱情，多享受一份陪伴也是好事。"

荒木启收回视线，看着身旁的崔芒芒，喷泉不小心弄湿了她的后背。

"披上，省得着凉。"荒木启脱下自己的外套披在了崔芒芒的肩膀上，"还有，以后内衣换个别的颜色，大红色的太扎眼了。"

刚被这温暖的披外套动作感动得不行，下一秒气氛就被对方这句话给打破成碎片。

崔芒芒偷偷伸出一只手，假装要把荒木从池边推下去，吓得男生死死抓住女生的胳膊，然而，就在她收回视线的瞬间，却看到老年交谊舞群旁边的石椅子上有个人鬼鬼祟祟的样子。

崔芒芒刚想起身跑过去看看，身边抓着自己胳膊的荒木启却突

/059

然整个人仰身翻到了水池里。

05

"幼稚鬼,能不能别闹了,你还真是为了演戏不惜落水啊。"崔芒芒盯着水里的荒木不耐烦地说道,但对方丝毫没有反应,崔芒芒哈出一口气,自己闻了闻。

"难道是今天烤肉的时候吃了太多蒜泥,所以……可后来明明嚼了口香糖啊。"

崔芒芒伸出手拽了拽水里的荒木,对方仍旧没有反应。

"荒木,你怎么了,荒木,你醒醒啊!"

崔芒芒吓得也跳进水里,额头冒出细密的汗珠。试了一下对方还有呼吸,只好使出全身的力气先把他从水里扶起来。

正准备跑过去叫外婆和中圭先生来帮忙时,却发现人群中的他们已经不见了。崔芒芒一边安抚着荒木,一边扛着这个一米八多的男生去路边拦计程车。

正当崔芒芒犹豫着要不要去医院的时候,躺在计程车上的荒木启突然用微弱的声音说了一句"回家"。

"可是你家在哪里呀?"崔芒芒问了好几遍也没见荒木启回答,便直接要计程车开回了外婆家。

"好了好了,小姐到了,真是被你催得差点儿闯了红灯。"司机师傅停下车子指了指打表器旁边的时间,显示是九点零一分。

所以原本要十几分钟的车程,崔芒芒一路催促,司机竟然不到十分钟就赶到了,崔芒芒付完钱就焦急地把荒木扶下来,扶着男生的时候不经意瞥到了对方腕表上的数字。

竟然比司机车上的时间快了十多分钟,崔芒芒只是在心里感叹了一句对方真是一个粗心鬼,便扶着已经软如一摊泥的荒木往家里走,一推开门就看见正把包倒过来一通乱倒的外婆。

也顾不上打招呼,外婆帮着崔芒芒把荒木一起扶进了屋,又去洗手间拿了毛巾。

崔芒芒费力地把荒木启扶下躺好,膝盖突然传来一阵难受的力量让崔芒芒一下子趴在了男生身上,膝盖骨不知道磕到了哪儿,痛得崔芒芒叫出声来,还没等她缓过神来,自己的肩膀上就搭过来一只手。

"喂,荒木启,你要干什么?"崔芒芒一把甩开男生的手,谁知对方竟然又伸过来一只。

荒木启一把抱住了崔芒芒,被拿着毛巾进屋的外婆恰好看到。

"啊!我什么也没看到,没看到!"

外婆捂着眼睛赶快把门关上,房间里受到惊吓的崔芒芒,从荒木启的身上弹了起来,然后给了男生一拳。

浑浑噩噩的荒木启因为这一拳,才醒了过来。

崔芒芒正想和男生理论呢,对方剧烈地咳嗽起来,崔芒芒赶紧倒水给他。

"你还好吧?"崔芒芒的脸颊滚烫得泛起红晕。

"可能是今晚酒喝得有点儿多了,神经一下子被麻醉得不听话了,有那种突发性酒精麻痹你知道吧。"

崔芒芒起身去帮荒木泡了一杯醒酒茶,但仔细一想男生今晚好像并没有喝太多的酒。

"你的酒量也太差了吧,你晕倒的那一下子,真要把我给吓哭了,差点儿就要给你送医院的,谁知道你却突然来了两个字'回家',我又不知道你家现在住在哪里,所以就只好把你搬回我自己家了。"

荒木启喝了一口茶,从口袋里拿出一张纸递给崔芒芒。

"快擦擦汗吧,把我这么一个庞然大物驮回来,肯定累坏了。"

"不过既然不能喝,以后就不要喝了吧,谁知将来什么时候又突然麻痹一下,如果身边没人那不就糟糕了。"

崔芒芒语重心长的样子活像个老太太,把荒木教育得频频点头。

喝完一大杯茶,荒木启准备告辞。在客厅不停地跟岚子小姐道歉,让她受到了惊吓。

外婆眉飞色舞地看着荒木,然后又朝着一旁的崔芒芒使眼色。

"荒木啊,我们崔芒芒也是挺不错的一个大姑娘,就是性格大大咧咧,有时候没头没脑,要是你也觉得……"

"外婆!"崔芒芒赶忙打住外婆。

"干吗,我的意思是说,叫人家荒木以后常来家里做客。"

外婆接着改口,空气被搞得有些尴尬。这时,荒木的电子表突然"嘀"的一声整点报时,打破了静止。

崔芒芒看了一眼墙上的钟表。

"这么快就十点钟了。"

荒木看了眼自己的腕表,发现时间和钟表刚好一致。

"刚才你的表明明是快的呀,怎么现在又恢复了?"

"啊,刚才你去泡茶的工夫我把它调了一下。"荒木的语气有些紧张,另一只手暗暗地摩擦着表盘。

"上次见你的时候你说你是为了防止迟到故意调快了10秒,其实是这表有问题吧。"

岚子小姐的视线紧紧锁住荒木的腕表。荒木不着痕迹地把手放在了身后,朝岚子外婆礼貌地笑了笑。

"所以说,还是去买块新表吧,这样一会儿快一会儿慢的,会把人弄晕的。"

岚子小姐的这句话让荒木悬着的心平稳着地,男生点头答应后,说了另外一件事。

"哦,对了,岚子小姐,后天就是月见了,我们乐团要在新宿举办一场演奏会,到时候和芒子一起来听吧。"

没等崔芒芒表态,外婆就抢先答应了下来。

荒木看着岚子小姐笑了笑,说了句"那到时候见",便要告辞。

外婆鼓动了崔芒芒一把,叫她出去送送男生。崔芒芒一脸"多管闲事"的表情跟了出去。

"就送到这里吧。"

送到门口,荒木停住脚步,对崔芒芒说道。

"真的没关系吗,万一路上再……"

荒木拍了拍崔芒芒的肩膀。

"今晚谢谢了,不用担心我,不过呢,看到自己喜欢的人这么挂念自己,心里像灌了蜜一样开心。"

荒木抬起手捏了一下崔芒芒的脸:"不要着急给我答案,也不要让我等太久哦。"

崔芒芒看着男生脸上暖暖的笑容,没有点头。

"那下次再见啦,鳕鱼子同学。"

看着荒木挥着手逐渐消失在街道尽头,崔芒芒整个身体终于放松下来,不自觉地回放起几个小时前在喷泉边上发生的一幕幕,脑袋开始嗡嗡作响。

她叹了一口气。

"还真是让人头疼的问题啊。"

06

然而生活中让人感到头疼的事情还不止一点。

第二天一大早,崔芒芒就和岚子小姐大吵了一架,原因是岚子小姐弄丢了崔芒芒的蒂芙尼项链。

"我说昨晚怎么一回来就看到你在那里翻箱倒箧的,如果不是我今天早上问你,你是不是就打算一直瞒着我了?"

崔芒芒和外婆对峙在桌子两边,地上散落着四处寻找项链时弄乱的东西。

"我已经说了我不是故意的,我把能找的地方都找过了,要不是因为昨天晚上看你照顾荒木启太辛苦,我就直接告诉你了,谁知道你一大早就跟发了疯似的。不就一条项链嘛,再给你买一条就是了。"

外婆不以为然的态度让丢了心爱之物的崔芒芒更加怒火。

"弄丢了别人的东西,犯了错,不但没有虚心地承认错误,竟然还用这样的语气,是我欠了你什么吗?早知道就不该听张雪梅的话,大老远从中国飞过来陪你,现在看来,你不照样活得挺好吗?和那个叫什么中圭的家伙。其实亲人离去的悲伤对于你来说只是一个借口,因为你根本不知道'珍惜'这两个字怎么写!"

崔芒芒噼里啪啦一通讲完,外婆整个人气得发抖。

突然一阵玻璃碎裂的声音,桌子上的水杯被外婆摔去了墙角。

"那你就滚啊,我巴不得你在这里吗?吃我的喝我的,整天好吃懒做,除了零食就是电脑,留下非但不能给人带来轻松和快乐反倒让人生气。项链的钱给你,你赶快订回国的机票滚出我的家门吧!"

外婆说完连衣服都没有换,就趿拉着木拖鞋走出了家。

虽然对方的话也很锋利,但看到外婆生气的背影,崔芒芒还是感到万分愧疚,自己刚才怎么能说出这样的话来。

想要追出去挽回对方,看到墙角的玻璃碎片,和回荡在耳畔的"滚"字,崔芒芒还是没有跑出去,抱着昨天荒木给自己抓的皮卡丘,靠在墙角一个人难过起来。

直到黄昏已过,月亮爬上天空,崔芒芒也没有等到外婆回来。

给外婆的手机打去电话,对方执拗地关掉了手机。左思右想,穿好衣服准备去外婆可能去的地方找时,接到中圭先生打来的电话。

电话里中圭先生声音压得特别低,说是怕被岚子小姐知道自己偷偷给她外孙女报信儿。

得知外婆原来是去了中圭先生家,崔芒芒挂念的心才放松下来。

"麻烦中圭先生帮我劝一下外婆吧,让她赶快回家,真的是给您添麻烦了。"

"不麻烦,不麻烦,明天我们还约着一起去公园野餐呢,你就放心吧。"

电话里的中圭先生,声音和蔼亲切。崔芒芒想要和外婆说几句话,却被中圭先生拒绝了。

"现在你外婆还在气头上,所以还是别冒险了,今晚好好睡一觉,明天一大早什么问题都会迎刃而解的。"

听到中圭先生已经说到这个份上了,崔芒芒只好跟电话那头的人说了再见，祈祷着明天一切都能和好如初。

明天就是月见了，今晚的月亮仿佛已经做好了准备，崔芒芒看着窗户外面皎洁的月亮，重重地叹了一口气。

07

中秋音乐会的前一天，荒木启睡了一整个白天，才把身体恢复过来。第二天便向料理师专门学校调了课，去新宿为晚上的演奏会进行排练准备。

这次音乐会三个月前就开始门票预售，门票不到一天就全部卖光，在音乐会市场算是相当火爆了，因而乐团的领导们也十分重视这次演出，还专门扩充了各乐部的演奏成员，一梨就很幸运地成为这次演奏会的一名小提琴手。

"终于有机会和荒木前辈一起同台演出了。"

排练休息的间隙，一梨拿了两杯荒木最喜欢的欧卡咖啡来。

"恭喜啊，听说这次小提琴部就扩展了一名新成员，就被你拿下了，真正有才华的人是不会被埋没的。"

一梨拿起咖啡和荒木碰杯。

"前天晚上看你在主页 po 出来的照片，没想到荒木前辈还是抓娃娃的高手，昨天听朋友讲，新宿这几天有一个抓娃娃节，要不要一起去啊，还想和前辈比试比试谁更厉害呢。"

一梨提到这个，荒木才猛地回忆起那天晚上的情景。听着一梨的夸奖，心里越来越虚，其实并不是像崔芒芒所看到，轻而易举地百发百中，投币三次就抓到了三只娃娃。而是在机械手落下的那一秒，偷偷作弊才抓到了娃娃。但令他怎么也没有想到的是，副作用来得那么迅速，竟然在那么关键的时刻一头翻进了水池里。

"啊，其实我也只是瞎猫碰上死耗子，没那么厉害的。"

荒木启干笑着推托一梨的邀约，对面的女生也悻悻地点头，说了句"那下次再约吧"就走了回去。

走回自己位置的一梨掏出手机，点开相册里昨天保存下来的那张荒木启抱着皮卡丘合影的照片，不满地点了删除键，就在刚按下去的那一刻，她突然发现抓娃娃机的玻璃板上模模糊糊映出了一个人影。

一梨重新把照片从垃圾箱还原了回来，然后调亮了光线和对比度，发现映出的人影是一个留着触肩长发的女生。

巡视四周，极力回想，乐团里和料理班这两个荒木启主要的社交范围里留着这种发型的女生除了已婚的乐团经理和料理班那个近四十岁的家庭主妇，就只剩下了芒子小姐一个人。

"好了，休息结束，大家继续翻到乐谱第c-13小节开始排练……"一梨看了一眼前面的乐团指挥，更加肯定自己的推断。

08

因为料理班的课程临时改到了下午，刚下课的崔芒芒看了眼音乐会门票上的入场时间，发现已经来不及再回家打扮一番，便直接坐电车赶去了新宿。

电车上，崔芒芒本来想用手机最后百分之三的电量给家里打个电话，却没想到嘀声两秒后手机就自动关机，记起今天中圭先生跟自己说好了上午野餐完毕就会把外婆送回家，想着现在外婆应该已经安稳地待在家里，便放下了心。

电车到达，恰好离音乐会开场还有半个小时，崔芒芒打着荒木启的名号偷偷溜进了后台，想要找个插座给手机充一会儿电。

"嘿！这是哪个傻丫头啊！"

正蹲在墙角插座处给手机充电的崔芒芒，脑袋被人弹了一下。

"谁啊？"崔芒芒不耐烦地吼了一声，一抬眼皮竟然发现站在跟前的是中圭先生。

"啊，原来是中圭先生您啊，您也是来听荒木启的演奏会的吧。"

中圭先生笑着点头，然后把化妆间的荒木叫了出来。

"你没有跟岚子小姐一起来吗？她跟我说回家稍微准备一下晚

上会和你一起过来的呀。"

"没有啊,我外婆她没有跟我说啊,我还以为……"

就在崔芒芒开始隐隐担心外婆的时候,手机终于能够开机了,十几个未接电话排列在通知页面上,号码也是完全陌生的。

"是不是身体不舒服,所以临时不想来了,要不然打个电话回去问一下。"荒木启说道。

"还是我打吧。"看见崔芒芒还拉着数据线,中圭先生掏出手机找了一个安静的地方去给岚子小姐打电话。

"怎么会有这么多一样的未接来电啊。"

崔芒芒正犹豫着要不要回拨过去的时候,相同的号码突然打了进来。

就在崔芒芒喊出"喂"的那一瞬间,隐约听见了外婆的哭喊声。电话那头的人用沙哑的嗓音讲完一句话,便挂断了电话。

荒木启看着面前的崔芒芒颤抖着手拿下电话,然后手机从手上滑落"啪"的一声摔在地上。

"外婆,她被人绑架了……"

"荒木前辈,马上要开始了,他们要我过来叫一下你。"

拿着一条深蓝色胸巾匆匆忙忙地从房间里跑出来的一梨,左顾右盼都没有发现荒木启的身影,就在她准备拨打男生的电话时,在楼梯拐角的出口看见了拉着一个女生的手奔跑出去的背影。

回答时间的恋人

HUI DA SHI JIAN DE LIAN REN

|第四章|

原来我们都那么不动声色地喜欢着彼此

【寿喜锅】

　　最纯粹的爱同时也是最复杂的爱。寿喜锅让人们在品味整体汤汁的甘甜之时，也尝到了不同食材与这酱汁融合后的独特。牛肉的鲜美、豆腐的润口、萝卜的绵密、蒟蒻的厚重以及茼蒿的爽朗，这些融汇一锅，又各自独特的味道就如爱情里的种种感受，是感动，是紧张，是躲避，抑或执着。所有的感觉全部沉浸在只属于爱的美好与甜蜜里，得到漫长的烹调与保存。

　　爱情之初的默默等候，就像寿喜锅沸腾前的酝酿；爱情途中的火热交融，就像寿喜锅沸腾时的激烈；而爱情最后的美好回首，是最后寿喜锅里饱含各种食材精华的汤汁泡着米面，鲜甜仍有、记忆丰厚。

["食" 间の恋人]

01

演出服也没来得及换下，男生载上崔芒芒和中圭先生就朝电话里约定的地点驶去。

荒木启连续超了好几辆车，一路风驰电掣，终于在一个破旧的工厂前踩下刹车。

"崔芒芒，你在外面跟中圭先生好好待着，不要跟进来！"说着荒木启从后备箱里拿出自己修理大提琴的工具箱，将里面的工具一股脑儿倒出来。

"你一个人怎么跟他们一帮浑蛋抗衡啊，我是她的外孙女，谁进去怎么说也由我说了算，中圭先生您好好在车里待着吧。"

崔芒芒一副铁胆女侠上身的样子，甩下高跟鞋刚准备向前冲，脑袋就被一股温热的力量给抵住了。荒木启用手掌扶住崔芒芒的额头，然后低下头，眼睛紧紧逼视着她。

"给我老实地待在车里，少废话！"

崔芒芒一下子被对方如此严厉的神情给吓住了。刚说完，荒木启三下五除二地把崔芒芒丢进了车厢里，中圭先生一边安慰着女生，一边冲着车窗外荒木启的背影大喊了一声："小心点儿！"

男生的身影隐没在黑暗的废墟之中，崔芒芒双手合十不安地祈祷。

"放心吧，岚子小姐和荒木启这家伙都不会有问题的。"中圭先生拍了拍崔芒芒的肩膀，女生靠在中圭的肩膀上叹出一口气。

"哎！有没有人哪！"荒木启大呼一声，前脚刚踏进阴暗的工厂里，后脚就被埋伏在两边的人给擒了下来。

男生挣扎着被带到空旷的中央，几束高强的手电筒光伴随着一句"该带来的东西带来了吗",将整个空间瞬间打亮。

荒木启看到一旁被封住嘴的岚子小姐,像个粽子似的被捆着,环顾四周,自己已经被七八个戴着墨镜、拿着匕首的人给包围了。

"这里面有你们要的钱。"荒木启用食指的关节磕了箱子几下。

"钱够数我们立刻放人,拿上来点一下。"对面的人说完,就有人上来准备抢走箱子,荒木启用力一挣,从左右的束缚中逃脱开。

"点钱可以,先给她松绑!"荒木启冷静地朝周围的人投去残酷的眼光,顺势从身后掏出了一把匕首,"不然,你们休想拿到钱。"

"哼,臭小子,要是敢蒙我们,你没有好果子吃。给她松绑!"

被松开的岚子小姐嘴巴仍被胶带封着,两边的人架着她,只能听见她发出撕裂般的呜咽。

荒木启拿着箱子小心翼翼地朝着对面的人走去,就在马上要靠近的时刻,他突然扬起箱子朝着对面的人狠狠砸去。

"给我上!"箱子砸中对面的人,包围着荒木启的人一拥而上,荒木启看着无数根棍棒和匕首朝着自己袭来,歇斯底里的喊叫声顷刻划破空荡荡的冷寂。荒木启闭上眼睛,双手紧握拳头,一瞬间,仿佛整个世界被人扼住了咽喉,一帧帧流动的画面扑克牌似的重叠在一起,无数冰冷的武器与空气摩擦发出的声响戛然而止,如大雨悬坠于半空。暴虐声刹那间像被骤雨熄灭的火焰,全部凝结若回荡空谷的跫音。

然而伴随着的,是肩膀处一阵锐利的刺痛。

荒木启顾不了那么多,从包围中跋涉出来,背起一旁的岚子小姐朝着门口跑去。跑出工厂,警车的鸣笛终于响起。崔芒芒和中圭赶过来的时刻,身后的岚子外婆看着眼前的一切,吓得大哭起来。

中圭和崔芒芒连忙扶着岚子外婆到车里,回过身来,却发现身后的荒木启捂着自己受伤的肩膀,身体颤抖。

"荒木,你受伤了!"

崔芒芒的手搀住荒木启,看着荒木启痛苦的表情,既心疼又焦灼,她想要帮荒木启检查伤口,手扬起来却被荒木启拒绝。男生死死捂住自己的肩膀,指缝中还有鲜红色慢慢渗出,嘴唇的颜色也已经变得苍白。

"对不起，芒芒，好好照顾岚子外婆，我要先离开一下。"

"你要去哪里啊！你受伤了，你现在要去医院你知道吗！"

"一点儿小伤，不用去医院，你不要担心我了。"

荒木启有气无力的声音在转身后消弭，崔芒芒看着荒木启朝着路的对面走去，不理解他为什么要这样做。

她追了几步到底放不下仍在身后呻吟的外婆，看着他背影婆娑地消失在黑夜里，小声地说了一句"对不起"。

02

不只是崔芒芒，就连当事人、被绑架的岚子小姐本人，也不知道自己是如何被荒木启救出来的。

医院的病房里，外婆打着生理盐水，狼吞虎咽地吃着中圭先生刚刚叫的外卖。

"就那样'哗'，不对不对，是'唰'的一下，我看着那帮浑蛋把荒木围了起来，然后我就失去了意识，醒来的时候就已经在荒木这小子的背上哭起来了。"

"瞧您那点儿出息，就这点儿小事都能把您给吓成这样，人家荒木启可是为了你都受伤了。"

崔芒芒在一旁收拾着外婆吃剩的餐盒，外婆听了她的话，"哼"的一声仰起下巴别过脸去，朝着另一旁的中圭先生。

"中圭先生，我可是羡慕您呢，有那么一个英勇无畏的孙子，哪像我这种苦命的小老太婆，为了一条破项链，差点儿把自己这老命给赔进去。"

崔芒芒听出这话是外婆故意说给自己听的，刚想还嘴，被中圭先生压了下去。

"行了，行了，都这样了，还有心思动嘴，这件事情就让它过去吧，那项链找不到就别找了，中圭爷爷买给你，就当替你岚子外婆给你的礼物了。"

/073

中圭先生本想当个和事佬，可这么一说反倒让岚子小姐更生气了。

"不用，我弄丢的我自己赔，省得被别人一直嚼着话根不放。"

中圭把崔芒芒拉到一边，小声地劝她赶快给外婆道个歉。崔芒芒憋着委屈只好答应，不情愿地对岚子小姐承认了自己的错误。

"好了，好了，你们祖孙俩就把这事翻篇吧，赶快把心情收拾好，明天就安安心心地出院回家。"

外婆找了台阶下，算是勉强接受崔芒芒的道歉，接着开始以一副庄重的神情教育女生以后不要老惹自己生气。

"咦，荒木怎么样啊？伤得严不严重啊？在哪间病房啊？我要去看看他。"教训到一半岚子小姐后知后觉地想起荒木启也受伤了，焦急地询问着。

"我叫他去医院，他不去，一直不停地说自己只是皮外伤，然后头也不回地就自己走了。"崔芒芒也是一脸疑问和担心。

"中圭啊，你还是赶紧回家去看看他吧，我怕这小子逞强……"

中圭深思熟虑了一下，嘱咐崔芒芒好好在医院照顾外婆，便匆忙离开医院。

病房里就剩下了崔芒芒和外婆两个人，女生给外婆削着苹果。

"刚才当着中圭先生的面没敢讲，我总觉得荒木这个小子怪怪的。当时他被一群人围攻，那帮浑蛋不知怎么的突然就跟被暂停了似的全部呆立在原地，紧接着我模模糊糊看着荒木走向我，然后我也跟着失去了意识。还有那次，他莫名其妙地就晕倒了，被你送回家来……"岚子小姐的眼珠转了转，"不会有什么奇怪的精神病吧？"

"喂，是你自己被那帮浑蛋吓得出现幻觉了吧，荒木好端端的一个人，怎么会有精神病嘛。赶快吃了苹果睡觉，今天大家伙可是被你给吓得不轻。"

外婆接过崔芒芒削好的苹果，大啃一口，有点儿犹豫地想要说什么的样子。

"芒子，对不起……"

低着头玩手机的崔芒芒，听到这句话一下子愣住了。

"外婆年纪大了,做事情经常丢三落四,项链那件事情,是外婆的错,等出院了,外婆领着你再去挑一条更好看的好不好?"

岚子外婆用手抚摸着崔芒芒的脸颊,崔芒芒看着外婆的眼睛,想起小的时候,自己羡慕别的女孩有漂亮的项链,哭着吵着也要,外婆就跑去市集买来材料,亲手为自己编了一条项链。

"还记得小时候你给我编项链那次吗?第二天我戴出去,可是被那些小女孩给笑死了,回来就抱怨你编得太难看,非要拉着你上街去给我买一条,然后你就好好把我教训了一番,罚我不许吃饭,我就躲在房间里哭,哭着哭睡着了,第二天一醒来就摸见自己脖子上那条银色的项链。"

"可是连夜去给你这个臭丫头买的,我自己的那么贵可舍不得给你戴。"

这个夜晚突然由不安变得温暖,病房里岚子外婆和崔芒芒的嬉笑低语声盖过了窗外一阵又一阵的风声。

外婆嘟着嘴摇头晃脑地做表情,崔芒芒"扑哧"一声被她逗乐,起身帮她调下床的角度,盖好被子,然后梳理好岚子小姐的头发,在她那光亮的大脑门上重重地亲了一口。

整个房间的灯光暗了下来。

"晚安,你这个老太婆。"

03

一阵急促的脚步声传来,赤裸着上身的荒木启忍受着疼痛从床上坐了起来:"老师,您回来了。"

"伤得严不严重?"中圭先生仔细打量着荒木的伤口,叹了一口气。

荒木摇摇头,说自己没事,却没想到中圭先生的语气突然严肃起来。

"都跟你讲过了,一定要小心,你难道忘记了你的生命只能减少吗?你自己看看还剩下多少时日,就这样一点儿都不知道爱惜自己的生命,你让我该怎么办?"

中圭先生的语气让荒木有点儿吃惊,他试图撇开话题询问岚子小姐的情况,被中圭先生的不理睬给悬在半空。

"不要跟我讲话,赶快把伤口弄好。"中圭先生背着手离开荒木的房间,脚步声窸窸窣窣地渐远。

荒木看着手表上的数字一点点减少,然后肩膀上匕首留下的伤口一点点地愈合,他穿好衣服看了一眼镜子中的自己,嘴唇已经恢复了最初的血色,脸颊也饱满红润起来。

"恢复这么一点儿伤,竟然减小了1.5,不知道该说是我还是这个四维空间里的人生命力太脆弱。"

荒木启也帮中圭先生倒了一杯咖啡,坐下来陪他看起一部科幻电影来。

"有时候想想也挺羡慕这些四维空间里的人,不像我的世界里,只能靠时间这一种东西来维持,来平衡。这样的生活太无聊了。"

"没有一个人受伤,是可以瞬间痊愈的,所以在这个世界上,每时每刻都会存在着各种各样的痛苦,有的人把这种痛苦转化为善良,有的人则是将这种痛苦继续附加给其他人。暴力、抢劫、绑架、虐待……这些痛苦自始至终围绕这个时空里的每一个人,每个人都会面临失去和抉择。"

中圭先生喝了一口咖啡,目光紧紧凝视着电视屏幕上的光影变化,突然温柔地念叨着荒木的名字。

"我不想在你身上,再看到十谷的悲剧,所以,荒木启先生,请你看在我把你当做全世界唯一的亲人的分上,保护自己好好地生活下去,好吗?"

温柔的警告让荒木启不知道该如何回应,他只好木讷地点了点头。电影正好放到车祸的镜头,男主角抱着自己心爱的儿子在大雨中哭泣。中圭先生看得入神,走廊上十二点的钟声准时响起。

一旁沙发上荒木启拿着的咖啡杯突然掉在了地板上,喷溅出来的棕色液体染渍了荒木启新换上的白色衬衣。

"唉，又休眠了。"中圭先生起身用纸巾帮沉睡中的荒木启把衣服擦拭干净，然后给他找了一个靠垫当作枕头。

中圭收拾完，就靠在地板上，脑海里浮现荒木启还在上高中时的画面。因为手表被弄坏的事情和同班的男生大打出手，被老师打电话叫家长去学校，荒木启只好拜托自己第二天作为他的爷爷去学校。虽然连同自己也被学校教育了一番，但放学后还是立刻带着荒木启去吃了麦当劳，还和他一起去玩投篮机，那时候少年才跟自己差不多高的个子。

生活总是会遇到各种各样的问题，尽管荒木启都可以完美地解决，但每次还是会提心吊胆地害怕他出什么差错。

中圭按了一下荒木启手腕上的表，盯着上面的数字陷入沉默。

"真希望你永远是个孩子啊！"

04

料理师专门学校下课后。

"近日，作案多起的盗窃、抢劫犯罪团伙终于落网，该团伙一共有……"

饭店大堂的电视机里播放着午间新闻，整家店只有角落一桌坐着客人，冬日的阳光通过窗户透进来，把店里的空气烘得暖洋洋的。

"你张着个深渊巨口，是等着我喂你吗？以为自己还是三岁小孩儿啊？"崔芒芒拿起一个烤饭团直戳戳地塞进了荒木启的嘴巴里。

眼前的寿喜锅里，食材铺得整整齐齐，热气从锅子里升起，荒木启又磕了一个生蛋下去，香味又升了一个等级。

"喂，鳕鱼子同学，我可是受了伤的病号哎，病人是需要关爱的！"

"哟嗬，我可不是关爱野生豪猪成长协会。"

崔芒芒招呼店员上了一壶清酒。

"话说，岚子小姐可是一直惦记着大帅哥荒木启的音乐会呢，她托我问,上次你错过登台表演有没有被乐团的领导教训啊?"

荒木一边涮着寿喜锅里的牛肉,一边啃着饭团,嘴巴好不容易才抽出空来。

"乐团的一梨帮我顶了上去,非但没有搞砸,她还被团长狠狠夸奖了一番呢。"

"一梨?"

熟悉的名字,崔芒芒想起来是在料理师专门学校碰到的那位女生。

"就是跟你一起上培训班的那位长头发女生?"

"嗯。"男生点点头。

"她也在你们乐团里?"崔芒芒放下筷子问道。

"嗯。"男生再次点点头,这次还急忙补充上一句,"一直追我呢。"

荒木启露出诡异的笑容:"怎么着,这么刨根问底,是害怕你的荒木大老公被她抢走吗?"

崔芒芒"啪"地扬手给了荒木启脑瓜一下,荒木启悻悻地揉揉脑袋,吐槽了一句"真没幽默细胞"。

这时,店员小姐过来提醒两位寿喜锅已经可以吃了。两个人的筷子就开始在锅子里打架,没夹几筷子,锅子里的食材已经所剩无几。

牛肉的鲜味经过锅子酱汁的调味微微发甜,香菇和豆腐的每一个毛孔都饱饮了浓郁的汤汁,萝卜块也变成一个个肿胀的胖子,被牙齿触碰的一瞬间,汤汁像烟花一样炸开在口腔每一个角落。蒟蒻厚实的味道又给舌头带来无尽的安全感,茼蒿的清爽可口配合着一片雪花牛肉一同咀嚼,鲜甜的汤汁给味蕾来了一回热水澡,所有烦恼都被这唇齿间的幸福感给挡在门外。

舌尖上无休无止的回味是戡平战场后的愉悦,这时再叫上一份乌冬面或是一碗米饭,和着锅底的汤汁再经过一番熬煮,那最后不愿舍弃的美味就真正被锁进了这淀粉小人儿的身体里。吸溜着乌冬面,把全部食材汇集的精华一同咽下肚,这便是冬日里来一次寿喜锅最后华丽的谢幕。

捧着一杯大麦茶的崔芒芒,嘴唇在杯沿游离。

"看得出来,她很喜欢你啊。很适合娶回家,像一尊维纳斯一样呵护。"

"这话怎么听得有点儿别扭?"

"我的意思是说,一梨这个女生挺不错的,为什么不考虑一下?"

荒木启被茶水呛了一下,猛地咳嗽。

"可是,如果我喜欢上她,那你怎么办?"

荒木启可以做到随时随地表白的个性,已经让崔芒芒习以为常,原本遭遇表白的时候,还要羞赧着逃开,现在甚至已经可以直接说服对方再好好想想吧。

"那如果我不喜欢你呢?"

"你喜不喜欢我是你的事情,我喜欢你是我的事情,只要我喜欢你,别人就不可能进入我的世界,我也不能再爱上另一个别人。"

爱神丘比特射了无数次箭,这次却好像专门在箭上抹了毒,崔芒芒听了心里猛地"咯噔"一下,有点儿受宠若惊的幸福感,同时又有点儿淡淡的难过。

"恭喜你斩获'日本贾宝玉'角色称号,请说说你的获奖感言!"崔芒芒假装拿着话筒的样子采访对面的荒木启。

"我会努力赚钱养家,早日把芒子小姐拿下!因为她真的真的太能吃了。"

"神经病!"崔芒芒缩回手,瞪了荒木启一眼。

桌子上两个人你来我往,仿佛又回到了高中时下课,两个人嬉皮笑脸,打着嘴仗的画面。

崔芒芒看着对面的荒木启,忽然特别想要紧紧地抓住他,哪怕就拥有对方几秒钟也好,可是时间又让她无法这样做,因为她明白,有些回忆是无论如何也回不去的。

05

晚饭结束后,外婆在客厅织毛衣,崔芒芒一个人在房间里做直播。

其间，邱毅浓发来好几封邮件，崔芒芒不用想也知道又是来催稿的。

一边吃着薯片一边点开邮件，这期的专栏主题竟然破天荒地不用再写那些你情我爱，改去采访一位素人美食家，而且版面还由 3p 扩充至 5p。

邱毅浓给自己的语音留言上说周日前必须交稿，而且还要五张以上拍摄被采访者的照片。

"不如就采访一下你的老情人荒木咯，正好可以借助这个机会做一些爱的小游戏，摩擦一些爱的小火花。"

崔芒芒隔着屏幕都能感受到邱毅浓那猥琐的笑容。

"人家可是大忙人，哪有工夫接受我的采访。"崔芒芒握着手机，"大"字形倒在床上。

"怎么着，你俩这进展还停留在《还珠格格》第一部的情节上啊？"

"他现在的生活风生水起，还有个超级漂亮的姑娘追，我觉得这样挺好的，我现在已经不是高中小女生了好吧，那些什么初恋早就随着这流水东去咯。"

崔芒芒看着天花板，刚敲完字手机就砸了下来，正中鼻梁骨，痛得她大骂一句脏话。

"我说崔芒芒'小公举'，你到底在怕什么嘛，有些人你现在不把握，等到快要失去了，没办法拥有了的时候再后悔，你哭都没人给你放悲伤进行曲。"

崔芒芒揉着鼻子，给邱毅浓发了一个"再见"的表情。

不一会儿对方又发来一条消息："采访的人就定荒木启了哈，我已经报给主编了，不许拖稿！"

崔芒芒把手机塞进枕头下，耳畔忽然回放起今天荒木启对自己说的话。

"你喜不喜欢我是你的事情，我喜欢你是我的事情，只要我喜欢你，别人就不可能进入我的世界，我也不能再爱上另一个别人。"

"到底自己是在畏惧些什么呢？"

"到底自己是在畏惧些什么呢？"

……

崔芒芒自己问自己，掰着手指头在半空中晃来晃去。

突然，岚子外婆的脑袋探了进来。

"你畏惧的啊，是怕自己不够美、不够好、不够资格站在那个人身旁。"

崔芒芒泄气地大叫一声："喂！喂！喂！谁说我不够美，老娘是这个世界上……"

理直气壮的句子最后还是在"最美的女人"这几个字上蔫儿了下去。

周五的乐团会议，团长宣布了下个月要赴中国参加演出的通知，会议结束，荒木启第一想要把这个消息告诉的人就是崔芒芒，就在他点开通讯录准备拨过电话去的时候，一梨拎着一个包敲了敲排练室的门。

"就知道荒木老师您一定在这儿。"

"啊，一梨，怎么找我有事情吗？"

荒木放下手机，看着一梨从包里掏出了一个小巧玲珑的医药包。

"上次月见演奏会您突然消失，后来我打听了好几个人才知道，原来您受伤在家养病，因为不好意思冒昧地去探望您，所以就想着准备了一个医药包送给您，以后随身携带以备不时之需，很方便的。"

一梨把医药包递给荒木启，荒木摆着手拒绝。

"上次你替我上场表演，还没来得及好好感谢你，又要收你的礼物，这样我真的会不好意思。"

"能帮您的忙，是我的荣幸，这个医药包也算不上什么礼物，只是家里正好有备份，就想要分享给您。所以，老师，请您收下吧。"

荒木启见这个架势，只好收下。

"上次音乐会开始前，荒木拉着一起离开的那个女生是叫芒子吧。"

荒木点点头："嗯，她是我的高中同学，最近刚从中国来日本，从高中开始就是我暗恋的对象，可惜从来没能在一起过。"

荒木这样把事情的真相全部讲出来完全出乎一梨的意料，她回想起娃娃机映射出的人像，故事的发展又完全契合自己的猜想。所以说，芒子说自己和荒木只是普通的同学关系其实是在说谎。想着，一梨的拇指指甲狠狠地嵌进了食指的指肚里。

"那芒子她也一定很喜欢荒木吧。"

"我也好想知道这个问题的答案，要不然，一梨你帮我去芒子那儿打探打探如何？"

荒木说完在心底偷笑，一梨被这个答案气得内伤。

"嗯，这个……如果有机会，我会去帮您打听打听的。"一梨结结巴巴地讲完，起身，"那如果没有什么别的事情，我先告辞了。"

荒木起身目送一梨离开，还摇了摇医药包冲着对方说了句多谢。

转而就把医药包丢在了桌子上，背着大提琴，一边打电话给崔芒芒一边离开了练习室。

06

周六的大清早，崔芒芒就拎着化妆包和单反出现在了荒木启的家。

"起床了，懒猪！你爷爷都和我外婆去跳舞了，你竟然还在睡！再不起床就把你现在的丑样拍下来发到你料理培训班的聊天群里，让你的粉丝们好好看看。"

荒木启一把掀开被子，只穿着内裤的他揉着惺忪的睡眼，伸手去够衣服，紧接着一声尖叫，让他所有睡意瞬间死光。

刚从睡梦中醒来的荒木启头发凌乱，却丝毫遮掩不住他的帅气，整个人散发出一股像猫似的慵懒气息。

"荒木启，你要不要点儿脸啊，谁允许你只穿一条内裤睡觉的！"

崔芒芒捂着眼睛，然后在食指与中指的指缝里瞄见了荒木启鼓起来的胸肌和腹肌。

然后一只眼睛突然在指缝外对上自己的眼睛,把崔芒芒吓了个激灵。

"我说,在这里一边装纯一边偷看,要看就光明正大地看好吗?"荒木启把床边的公仔朝着崔芒芒的脸上推去。

"好啦,皇上要更衣了,小宫女快出去。"

"砰"的一声门关上,崔芒芒被赶出门外,嘴巴里嘟囔着:"就那么几块腱子肉,还臭显摆。"

刚念叨完,房间里就传来:"腱子肉,也是为了将来给姑奶奶您摸的好吧!"

"我才不稀罕摸呢!"

崔芒芒靠在门上一脸嫌弃地调整着单反。

"嘴上不说,身体却挺诚实的嘛!"荒木启一边说着一边开门,却不料倚在门上的崔芒芒整个人重心不稳,倒在了荒木启的怀里。

"崔芒芒,你也是够拼的了。"

崔芒芒看着正上方出现的荒木启的脸,心里爆发出一阵嘶吼,然后一记上勾拳,把对方故意做出舔唇动作的舌头给打了回去。

"帮你这种人做专访,杂志社真应该付我精神抚恤费。"崔芒芒边说着边帮荒木启化着妆。

"明明是你自己想借助这个机会偷偷接触我,还故意找借口,不过我大人有大量,我家大门常打开。"

崔芒芒用手箍住荒木启的嘴巴:"老实点儿,不然把你的舌头绑起来!"

二十分钟后,荒木启化妆完毕,接下来就是崔芒芒拿着单反帮他拍需要登在杂志上的照片。

"再往左偏一下脑袋。"

"咔嚓!"

"再偏右一点,视线放低。"

"咔嚓!咔嚓!"

"不是在给你拍牛郎照,可不可以自然点儿啊,大哥?"

"咔嚓！咔嚓！咔嚓……"

本来已经拍完了，荒木启非要在厨房里再来几张半裸上身假装正在料理的照片，崔芒芒表面上拒绝，其实是想再一饱眼福，故意一番无奈之后还是答应了荒木启。

崔芒芒拿着单反冲着荒木启的身体一通拍拍拍，检查照片的时候，忽然发现一个奇怪的地方。

"荒木启，你上次肩膀受伤的疤痕呢？"

荒木启回过神来，摸着脑袋结结巴巴地回答："啊，那个……那个，受伤后用了那个去疤的药霜，疤痕很快就不见了。"

崔芒芒正想追问是什么牌子的药霜时，门铃突然响了。

崔芒芒跑去开门，一开门就看见了一番精心打扮过后的一梨。

"啊，原来荒木老师您今天有客人，真的不好意思。"一梨一眼就看到了在后面裸着上半身拿着单反的荒木启，"那次送给荒木的医药包，您好像忘了带走，那天之后我去练习室练习正好看到，就想抽个空给您送过来。"

崔芒芒看见一梨把那个精致的医药包放在门框内，右手还拎着一份早餐便当。

"那我就先告辞了，不好意思打扰你们了。"

"一梨，你误会了，我今天来只是……"一梨说完就快步离开，崔芒芒想要解释的声音被孤单地遗留在了门外的空气里。

崔芒芒捡起那个医药包，关了门。

"这下好了，人家以为我们在这屋子里面干什么呢，好了，反正该拍的不该拍的都拍完了，采访提纲我发你邮箱，写完答案直接回传我就可以了，今晚是最后期限。"

"喂！崔芒芒，你所谓的采访就是这样子的啊，枉我还练了那么久的口条。"

崔芒芒收拾好化妆包和单反，换上高跟鞋开了门准备离开。

"我觉得一梨这个女孩挺好的，为什么不试着好好认识一下她呢？"

说完崔芒芒"咯噔咯噔"地离开了荒木启的家。

然而，就在她下楼经过楼层旁的垃圾箱时，又意外地瞥见了刚刚一梨手里拿着的那份便当，正落寞地躺在垃圾中央。

07

当你说不出理由为什么想要对一个人好的时候，那就是你已经深深喜欢上对方了。

崔芒芒也曾想过用尽全身力气好好去爱，可事到如今，她突然觉得自己再找回当初的那种奋不顾身已经有点儿力不从心了。可是分明心里还暗藏着悸动，又怎么能轻松地做到完全视而不见呢。

假若没有自己的出现，他们在一起会是很美好的画面吧，想到这里，女生觉得自己明明那么差劲，为什么却又想得到不配得到的爱呢，这太自私了。

那些不堪的回忆再次逼迫着她，拼命把心里那些燃烧的希望扑灭。

周六的刀工课，一梨一整节课没有跟崔芒芒讲一句话，反倒在放课后，拉着崔芒芒，约她去了一家咖啡厅。

崔芒芒搞不懂一梨到底在卖什么关子，只好坐在咖啡厅里看着女生纤细的手指来回划着咖啡杯的把手。

"所以芒子是荒木启的女朋友吧。"一梨的手指停在一个完美的角度，粉嫩的指甲反射着光芒。

崔芒芒摇头："那天你看到的只是我在帮他拍杂志专访的照片，我觉得你可能真的误会了我跟荒木之间的关系，我们只是高中同学。"

一梨突然笑了："要是荒木他听到这些话，一定要伤心坏了，他这么喜欢你，可在你眼里，原来他只是那么多普通同学中的一个。"

崔芒芒被这句话刺了一下，她觉得自己又变成了一个自私的胆小鬼。

"我不愿意伤害他，就像我也不愿意伤害你对他的那份感情。"

"可是你知道吗，自从你出现以来，每次跟荒木聊天他的话题从来没有少过你。我做过那么多努力,全因为你而变得一文不值。"

一梨的眼光直勾勾地盯着崔芒芒。

"他喜欢谁是他的事,我喜欢谁是我的事,再说了,我已经跟你讲了我们只是普通的朋友,不可能在一起,你就勇敢地做你喜欢的事情,追求你喜欢的人,这个世界上没有人可以拦着你的。你现在要做的不应该是来问我到底有没有说谎,而是让自己喜欢的人看到自己的存在,更加了解自己。"

崔芒芒一副恨铁不成钢的神情喋喋不休地教导着对面的女生。

一梨的眼睛亮起来,伸出手握住崔芒芒的手,犹豫着满怀期待地说了一句:

"芒子,那……可不可以拜托你帮我一起追荒木启?"

"我真是一个蠢猪!"崔芒芒把挎包摔在地板上,然后四仰八叉地倒在了地毯上。

"怎么可以答应她呢!我的脑子到底装了些什么嘛,本来这一茬还没理清,又揽了别的麻烦事上身,真的蠢死算了!"

趿拉着拖鞋的外婆端着一盘苹果沙拉,拿给崔芒芒吃,嘴上念叨着今天和中圭先生跳舞时彼此交谈的趣事。

"喂,有没有认真在听老人家讲话啊,死丫头!"岚子外婆用脚踢了一下崔芒芒,结果一眼就瞧见了崔芒芒手腕上的新手链。

"哎哟,这么漂亮的手链,是荒木启那个小子送你的吧,看来这家伙还真是对你一片痴情哦。"岚子嚼着苹果块,用遥控器随意调换着频道。

崔芒芒一声不吭地起身回房间。

"哎!崔芒芒你的舌头被人割掉啦?老人讲话你要回答听见没有啊!"岚子冲着崔芒芒的后背喊道,推拉门"砰"的一声把她的牢骚隔在了门外。

房间里的崔芒芒打开电脑,在荧光幕前看着发着光的手链。

"真的太谢谢你了,芒子,这条手链送给你,还有这次咖啡我请了。"

耳朵里响起一梨激动的声音，脑袋里还有对方硬生生把手链往自己手腕上套的画面，想着崔芒芒又开始唉声叹气，把手链拆下来用力地丢进了衣柜里。

"小姐，我的稿子呢？稿子呢？"手机振动，邱毅浓的催稿信息让崔芒芒突然意识到自己的采访稿还没写，只好疲惫地托着下巴，打开文档继续赶稿。

荒木启倒是很准时地在约定的日期内把采访提纲的回答发了过来，反而有拖延症的崔芒芒下载了附件就丢在了文件夹里迟迟没有打开。

女生打着哈欠打开荒木启的文档，随意扫着问题的答案，却在其中问当初为什么要学习料理的一题松下了鼠标。

"因为自己喜欢的女生是个特别能吃的家伙，每天她自己带来的便当总是吃不够，结果下午一上课就能听见她肚子'咕咕'叫的声音，于是我就每次多带一份便当分给她，久而久之，为了讨她开心，就变着花样地自己动手做便当里的料理。如果当初不是她，不是她每次吃到我准备的便当后满足的笑容，我可能半途就会放弃了。"

"什么叫特别能吃的家伙啊！"看到这里，崔芒芒埋怨着荒木启修辞夸张的一瞬间，竟然发现自己的鼻头冒出了微微的酸楚。

她想起高中的时候，自己和转校生荒木启坐同桌，男生为了不让自己的肚子下午第一节课就饿得咕咕叫，每次都会把他的便当分给自己吃，慢慢地，男生的那半份便当也无法满足自己膨胀的胃口了，荒木启就开始多带一整份便当给她。便当每天都不重样，而且味道都超级棒，也因此崔芒芒越发嫌弃外婆的料理手艺，还立下了一个目标，毕业之前一定要去荒木启家亲自尝一尝他妈妈的手艺。

到今天，崔芒芒才恍然醒悟原来当初荒木启故意说谎"是我妈多做了一份而已"，其实都是他每天亲手烹制的。

"怎么有这么傻的傻小子啊。"崔芒芒盯着荧光幕兀自傻笑起来，心里却是翻江倒海的感动，然而这感动刚刚过了几秒，她又回忆起一梨与自己说的话，感动就又变成了心酸与难过，在心头悄悄蔓延着。

青春时期的爱恋之所以美好，不过是因为很多年前你故意埋下的谜，多年后我不经意地解开，才发现原来我们都曾经傻得那么快乐，那么不动声色地喜欢着彼此。

08

才把采访稿交上去没几天，荒木启就打来电话，说乐团下个月去中国演出，急需要精通中日文的翻译，因为时间紧迫来不及找人，所以拜托崔芒芒过来帮忙。

电话里的崔芒芒却回绝得斩钉截铁。

"不去，姑奶奶好不容易摆脱了我妈的牢笼，来日本享几天清福，现在又要我回去。"

"包吃包住，还包往返机票，看在我的面子上，你也得来吧。"电话里荒木露出乞求的语气。

"哎哟嗬，你以为你的面子是日本海峡啊，不去不去，就是不去。"崔芒芒在榻榻米上跷着二郎腿，啃着苹果，完全满不在乎的语气。

"每天还有工资，好吃好喝亏待不了你的。"

听到"工资"二字，崔芒芒一个鲤鱼打挺从床上起来："一天多少钱啊？"

聊了快半个小时，崔芒芒在心底里还嘀咕了一下，既然全乐团都要去，也就是说一梨肯定也会在，三个人一起生活那么久，肯定不知道会发生多少尴尬的事情。最后，荒木启还是没能说服崔芒芒过来做翻译。

然而就在这通电话后的第二天上午，崔芒芒又突然变卦给荒木启打了过去。

"我跟你们去。"电话里崔芒芒果断决定，电话那头的荒木启高兴地送上了一枚香吻。

"可昨天明明还一口坚决地打死也不去，今天怎么突然就变卦了?"

　　荒木启关心地问崔芒芒,崔芒芒随便说要顺道去杂志社开个会就敷衍了过去。

　　可事实上,能让崔芒芒这种不会轻易改变决定的人临时改变主意,还是因为张雪梅。

　　张雪梅一通突然的国际电话,要崔芒芒赶快订近期的机票回家,说有非常重要的事情要告诉她。电话里神秘兮兮的张雪梅怎么也不肯说到底是什么事情,崔芒芒说不回去,反而被张雪梅威胁如果不回来就停了她的信用卡。

　　到底发生了什么事,火急火燎地要自己赶回去,崔芒芒从自己母亲的话语中挖掘不到任何线索,只是那紧张的语气让她有些害怕。

回答时间的恋人

HUI DA SHI JIAN DE LIAN REN

| 第五章 |

那大概是冬日里最深刻
美好的画面

HUIDASHIJIANDE
LIANREN

["食" 间の恋人]

【麻辣小龙虾】

　　心底一直住着一个人,不管这个人是否在自己身边,都应该算是一件温暖的事情。这种温暖就像寒冷的冬日里,初雪借着麻辣小龙虾下肚的火热。尽管辣味和麻味总会让舌头暂时宕机,但吸收了浓郁汤汁的虾肉在嘴巴里弹跳、融化的滋味,依旧若终无法忘却那个人一般,令自己欲罢不能。

　　辛辣是追寻,麻醉是思念。无论这爱情的终点在何方,因为经过了漫长的苦候,一切都拥有了奋不顾身的意义,就无所畏惧。

01

飞机快要降落的时候，崔芒芒盯着窗外灰蒙蒙的雾，一直在想邱毅浓到底有没有起床来接机。临行前交代了无数遍的事情，可千万不能有什么差池，不然在荒木启面前就再也抬不起头了。

"我男朋友小邱今天会来接我哦。"等托运的行李时，崔芒芒笃定地说给荒木启听，一旁的一梨故意接茬儿："芒子，你就别欺负我们这些单身狗了。"

从拖着行李由出口走出来起，崔芒芒就开始雷达搜寻模式，焦灼地寻找人群中的"男朋友"。

事实上，邱毅浓果然迟到了。

车子已经开去了音乐厅附近的酒店，邱毅浓突然打电话过来说自己到机场。崔芒芒在电话里大骂"分手，分手，明天就去民政局分手"，然后猛戳一下挂机的那个红色按钮。

荒木启一路倒是不慌不忙，任凭崔芒芒什么举动，他都兀自安静地在副驾驶看电子书，坐在后排的一梨，不停地安慰崔芒芒不要生男朋友小邱的气。

"太没面子了！算了算了，反正都已经发生了，等会儿进去我说话，你就只负责答应和吃就好了，再出什么幺蛾子，看我回来怎么收拾你。"

餐厅的洗手间前，崔芒芒拧了一下邱毅浓，然后就把手挽上了男生的胳膊，走去荒木启和一梨坐的位置。

就算落座后大家已经相互介绍完了，崔芒芒的手仍然死死挽着邱毅浓，生怕在座的各位忽略他们的恩爱。

/093

"我男朋友说今天没能准时来接大家，特别抱歉，所以这顿饭他请大家，大家想吃什么随便点哈。"

崔芒芒用日语笑眯眯地讲完，胳膊肘捣了一下邱毅浓，男生就也跟着赶忙点头微笑示意。

一桌子语言不通的人，唯一可以交流的方式就是靠崔芒芒的翻译。崔芒芒一边忙着中日文互译，一边挑着鱼刺，把鱼肉喂给邱毅浓，对面的荒木启和一梨看得一脸尴尬，只好埋头吃饭。

"我男朋友刚才问我说，你俩不会是男女朋友吧，看着很般配呢。"

崔芒芒把话撂在半空中，荒木启的脸色有点儿变绿了，一梨赶忙放下筷子挥着手说"no，no"，荒木启却突然揽过一梨的肩膀，一字一顿地说了句：

"Yes, she is my girlfriend！"

这局斗地主突然甩出的炸，可是把邱毅浓给吓住了。

崔芒芒赶快拾起冷场的尴尬，佯装惊喜的语气："一梨，什么时候的事情啊，我都还不知道，这下可真是恭喜恭喜啊。"

明明在机场还说自己是单身，这下突然被拿来当挡箭牌，一梨看着肩膀上荒木启的手迅速滑下，露出一丝苦笑。

吃完饭埋单的时候，邱毅浓看着收银单末尾的数字，倒吸了一口凉气。一旁拿着牙签剔牙的崔芒芒看了眼大堂里的荒木启和一梨，不耐烦地从自己的钱包里掏出一张信用卡。

"哪，瞧你抠的，不过看你刚才在饭桌上表现得还不错，这顿饭我请。"

邱毅浓看着崔芒芒在银联单上签好自己的名字，突然问了句："他俩真的是男女朋友？我怎么看着像是荒木启说的气话啊。"

"管他呢，真假是他俩的事情，你管好自己，这半个月你给我好好地演，当然了，也不能假戏真做，毕竟我这种清纯小女生极具诱惑力，演好了，请你出国旅游。"

崔芒芒说着，像拍小狗似的拍了拍邱毅浓的脑袋。

"你们好了吗？"不知道何时冒出来的两个人，崔芒芒赶快把签好名字的银联单攥成一团塞进了口袋里。

邱毅浓打了一辆计程车，把荒木启和一梨送回了酒店，崔芒芒说自己要回家一趟，没有住乐团统一安置的酒店，送完两人之后与邱毅浓在十字路口分手，自己坐地铁回家。

02

"慢点儿吃，慢点儿吃！"张雪梅看着餐桌上对着一盘红烧肉狼吞虎咽的崔芒芒，帮她倒了一杯柠檬水。

"妈，你是不知道你女儿有多苦，在日本待的这一个多月，每天吃得跟兔子一样。"崔芒芒灌一口水，转眼间就把一盘红烧肉和酱油炒饭给消灭了。

"吃得跟兔子一样，那我看你卡上的钱倒是没少花，少在老娘面前装可怜。"张雪梅把吃完的盘子端去厨房，洗盘子的水"哗啦啦"响起。

"说正事，你急急忙忙把我召唤回来，到底啥事啊？"崔芒芒打了一个巨大的饱嗝。

"你不说我差点儿就忘了，你王婶在美国开公司的儿子这几天就回国了，你去见一面。"

刚准备打第二个嗝，活生生被这句话给噎了下去。

"又是相亲？你把我从大老远叫回来就是为了这个？"

崔芒芒丧气地倒在沙发上。

张雪梅擦擦手解下围裙从厨房走出来。

"人家史蒂文可是在美国有三套别墅的高富帅，年龄就比你大个八岁，长得也是一表人才……"

"八岁！"崔芒芒一脸吃惊，没说完就被噎得咳嗽起来。

"八岁怎么了，男人是越老越有味，再说了，现在你们这种小女生不都整天嚷嚷着什么大叔恋吗？"张雪梅把软在沙发上的女儿扶起来，坐在崔芒芒身旁苦口婆心地说，"你就去见一面，又不少你一块肉，我可告诉你崔芒芒，你都已经预备剩女了，少在这儿跟我拖。你知道我帮你约这个相亲费了多少口舌吗？人那么优秀的男人才不缺女孩往上贴呢，你快给我上点儿心吧。"

不等张雪梅说完，崔芒芒开始耍赖："不去不去，你看看你之前给我介绍的那些相亲对象都是什么牛鬼神蛇，你真把你闺女当膏药啦，不管老的少的到处贴。张雪梅，我看你就是想早点把我赶出你家是不是，反正嫁不出去也不是一天两天了，这次甭管你怎么劝我，我都不去！"

张雪梅起身叉着腰："去不去也由不得你了，你要是不去，你现在就给我卷铺盖走人，信用卡储蓄卡我都给你停了，我看你没有钱在外面自生自灭吧。"

崔芒芒看局势不妙，自己僵持下去肯定又是一场与张雪梅旷日持久的战争，灵机一动赶快扶着两眼瞪圆的张雪梅坐下。

"行、行、行，我去还不成嘛，瞧把你给气得。我不想把自己早点儿嫁出去吗，这种事情急不得，不然刚结了又离，你以为这是小孩儿过家家，猪肉检疫厂里给猪屁股戳章啊。"

张雪梅白了崔芒芒一眼，双手抱着胳膊："这周六晚碧水空间，你要是敢放你老娘鸽子，你试着点儿！"

张雪梅撂完狠话，起身继续去厨房洗洗刷刷，沙发上的崔芒芒彻底崩溃，揉搓着自己干燥的头发。

"邱毅浓！"

崩溃的悬崖边缘突然又浮现那张脸，崔芒芒一个鲤鱼打挺，去包里掏出手机。

03

白天跟着乐团忙着与主办方进行场地的交接，崔芒芒累得半死，晚上荒木启和一梨忙着排练，女生闲着无事跑去邱毅浓家突袭。

"What？你要出差？"崔芒芒在一地的漫画和杂志中站起身，看着正在打游戏的邱毅浓一脸窒息的表情。

"对啊，这次全社主编就选了一个编辑一起出差，作为食物链最底端的我，竟然被选中，我也在怀疑她这个孤单寂寞的中年妇女是不是想趁机潜规则我。"

崔芒芒一个枕头丢过去："潜你个大头鬼啊，那我怎么办？我妈还逼着我去跟个比我大八岁的老头相亲呢，你就这么眼睁睁地看着我这样的青春小美女羊入虎口吗！"

专心致志打着游戏的邱毅浓发出不屑的回应。

"输了！都是你在我脑袋边上嗡嗡嗡。"

邱毅浓放下手柄，端起脚边的泡面，走到崔芒芒身边吸溜起来。

"那就找你的老情人荒木启啊，这么一个现成的小鲜肉放在那儿不用，你脑子在想什么啊，姑奶奶。"

"可是，荒木知道你是我男朋友啊，我总不能有男朋友还找另外一个男人假装我男朋友去跟别的男人相亲吧。"

"等等，等等，打住，都要被你绕晕了。"邱毅浓放下面。

"你确定荒木启真的信了咱俩是男女朋友？虽然那天晚上他的确被你气到，但总感觉这个家伙一副看穿一切的样子，不然他对你那么痴情，怎么会过这么多天，也没看他对你展开什么猛烈攻势啊。"

"所以就更不能找他了啊，找他的话这不就是自己承认自己是在说谎演戏了吗？"

崔芒芒绞尽脑汁也想不出什么好的办法，最后干脆选择一个人去赴死拉倒。

"我看成，如果那个老头对你意图不轨，你就报警！"

"报你妹啊！"崔芒芒戳了邱毅浓的脑壳一下。

"不过话说回来，荒木启这种咖，明摆着身边肯定很多小女生喜欢，那个一梨我看就是，崔芒芒你就真的一点儿不着急？你瞧瞧你屋子里那一堆一堆人家写的信，万一这个痴情种最后被春风一下

/097

子给吹去了别的牛粪上,你不后悔?"

邱毅浓的话让崔芒芒心里恍惚了一下,但她逼着自己不要想。

"你说谁是牛粪啊,闭上你的臭嘴,赶快吃完玩你的喜羊羊与灰太狼去!"崔芒芒做出鄙视的表情,坐在沙发上瞪了邱毅浓一脚。

"屁咧,那叫洛克王国懂不懂啦,真的是跟你这种智商的人无法正常交流。"

04

周六,雾霾天气总算好了点儿,太阳冒出头来。

崔芒芒一大早就被张雪梅叫起来,化妆吹头挑选衣服忙活了一上午,然后又听张雪梅讲了两个小时的仪态表现、礼貌修养,到达碧水空间的时候,肚子早已经饿得瘪下去。

传说中的史蒂文一上来就给了崔芒芒一张烫金的名片,写着美国某某会计公司的经理人,崔芒芒尴尬地笑着自我介绍。偷偷坐在隔间后面,隐藏在人群中的张雪梅一个劲给她使着眼色。

"啊……史蒂文先生,我是一个非常有趣的女孩,我从小就学习国画、象棋、舞蹈,到现在琴棋书画样样精通,我没事的时候就喜欢看看书,练练字,那些韩国的肥皂剧、中国的婆媳剧,我一点都不爱看的。哦,对了,我还很会做家务,我跟你讲,我这个人很奇怪的,一做家务心情就好,我开心了做家务,不开心还是去做家务……"

崔芒芒按照张雪梅提前教好的一通说完,看到了隐藏在角落里的母亲投射出"非常完美"的眼神。

然而,眼前这位年龄还不满四十岁的大叔,脑袋已经秃了一圈,聊起天来满嘴的英文单词,让崔芒芒完全不知道该聊些什么。两个人有一搭没一搭地讲着自己的感情经历,崔芒芒得知大叔已经结过一次婚,后来因为老婆出轨选择了离婚这个故事的时候,心里倒是萌生出一丝丝怜悯之情。

"所以，不会对爱情产生抵触心理吗？"

崔芒芒问完，大叔继续一副过来人教育年轻人的表情。

"会啊，当然会产生抵触心理，总会觉得自己现在这个样子，不会有人喜欢了，或者说自己不配别人喜欢了，但'喜欢'这种东西，就跟人体分泌的多巴胺一样，你再怎么拼命抑制也是无法完全让它消失的。所以所谓的'抵触'心理不过是人为的那种控制力量，说白了就是不自信，你抵触它，实际上是在躲避那个真实的自己。"

崔芒芒听得入神，大叔的每一句话都暗暗直指着她的内心。像是被人发现了什么似的，女生忙着掩埋，赶快换了一个话题。

最后相亲大会变成了过来人对晚辈的谆谆教导，张雪梅在旁边听得鼻孔冒火，一个劲用手机给崔芒芒发消息，让她聊点有用的。

崔芒芒借着上洗手间的名义结束了上半场，张雪梅在洗手池前反复唠叨她要聊点儿实际的，赶快切入尝试交往的正题。崔芒芒敷衍着走回位置，一打眼却看见荒木启正在和史蒂文用英语侃侃而谈的背影。

"Oh My God！"视线对上荒木启的那一瞬间，崔芒芒尴尬得恨不得立刻找个地缝钻进去。

"崔芒芒，背着自己的男朋友来这里相亲，真的'大丈夫'？"

"我……"崔芒芒刚想解释，史蒂文突然站起来，拿着西服对女生甩下一句"神经病"，火气冲冲地离开。

原来是刚刚排练完，出来闲逛的荒木启恰好在这里喝咖啡，没想到竟然这么巧撞见崔芒芒在这里相亲。

崔芒芒脑补了一下当时左边躲着一个张雪梅，右边还埋伏了一个荒木启的画面，狠狠地拍了下自己的脑门。

"这位是？"张雪梅不知道又从哪里冒出来，指着荒木启努力回忆着，"荒木！荒木启！是你，对不对……"

"没错是我,阿姨您好,记得我啊。"两个人很快用日语认起亲来，全然把刚才史蒂文被气走的事情抛在脑后。

接下来的画面是，三个人坐在桌子上点了一大堆甜点，张雪梅和荒木启回忆着往事，从下午四点钟的云淡风轻，唠到了黄昏时分的彩霞满天。

"男朋友？嚯，荒木你是在开玩笑吧，这个丫头从回中国上大学开始就一直单身，到现在都该嫁人的年纪了，一个男朋友都还没谈过，她要是真能正儿八经老老实实地谈个恋爱，我也不用这样逼着她跑出来相亲了。"

张雪梅此话一出，崔芒芒前几天说邱毅浓就是自己男朋友这件事立刻露馅儿。

"妈！"崔芒芒要张雪梅少说点儿，张雪梅不仅嫌弃地没有搭理她，反而继续两眼冒光地对着荒木启抱怨走近科学之大龄剩女的千秋往事。

直到晚上七点多钟，荒木启要回到乐团继续排练，张雪梅才恋恋不舍地告别男生。

看着荒木启离开，崔芒芒终于如释重负地叹了口气，整个人软在卡座上，张雪梅用胳膊肘拐了一下女儿，然后一脸坏笑地在崔芒芒耳边说道："这个荒木你觉得怎么样？"

"什么怎么样啊，你能不能别看见一个男的就往我这儿硬塞啊。"崔芒芒托着下巴，把嘴里的瓜子吐了出来。

"这荒木几年没见，也是一表人才了呢，又有着乐团工作，还在培训学校当讲师，最关键的是这气质这气场一看就是个潜力股，你老妈跟他聊了这么多，还不是为了你，多了解一点儿对方的底细，这交往起来才有把握。"

"张雪梅，你这么喜欢他，你自己嫁给他好了啦。"崔芒芒收拾着包，喊服务员埋单。

"行啦，这找来找去，还真是印证了那句古话'无心插柳柳成荫'，我看哪，这荒木就不错，过几天再给你俩安排个饭局，差不多就开始交往吧。"

崔芒芒一副要崩溃的样子，今天出的这些洋相又不知道要被荒木启嘲笑多久了。崔芒芒埋完单走出店门，张雪梅在后面边说边跟着她。

冬天的风呼啸着,把整座城市的灯火烘托得有些萧瑟。张雪梅挽着崔芒芒的手逐渐在路的尽头消失成一个圆点。

05

这次荒木启所在的乐团受邀来中国连演两场,距离第一场音乐会只剩下最后几天的排练时间了。崔芒芒主要负责一些简单的翻译工作,剩下的时间就基本上待在乐团里看看大家排练。

今天排练结束已经是晚上十点钟了,因为行程比较紧凑,所以荒木和一梨都没来得及吃晚餐。窗外下起了大雪,排练完大家都窝在酒店里不愿意出门,荒木结束就给崔芒芒发短信,叫她送点儿吃的来。

"夜宵来咯!"崔芒芒拎着两大袋子外卖走进房间,荒木和一梨正在看谱子。

"饿得我已经头昏眼花了,来来来,让我看看是什么好吃的。"荒木丢下乐谱,走过去帮崔芒芒打开外卖。

一揭开袋子就被扑面而来的辣味给熏得咳嗽了几声。

"韩国初雪吃炸鸡配啤酒,中国初雪吃麻辣小龙虾喝可乐。"崔芒芒把几大盒小龙虾拿出来,房间里顿时弥漫小龙虾勾起食欲的香气。

"会不会太辣了啊?"一梨看了一眼小龙虾红灿灿的外壳,有点担心,"万一辣坏嗓子,那音乐会……"

"你又不是用声带拉小提琴。"荒木泼一梨冷水,崔芒芒偷偷地踩了一脚男生。

崔芒芒搬了一个小圆桌在落地窗前,窗外的天幕里,鹅毛大雪缓慢地飘落着。

"冬天这么冷,吃点儿麻辣小龙虾,整个人立刻能暖和起来的。"

崔芒芒说完，转身离开房间，"记得辣到不行的时候喝可乐哦。"

"崔芒芒，你干吗去啊？"荒木启问道。

走到门口的崔芒芒："我还有点儿事情，你们先吃着，赶快吃，趁着雪还下着，有点儿意境。"

门被合上，剩下荒木启和一梨在房间里大眼瞪小眼。

走出门的崔芒芒不知道该去哪里，给一梨发了条"加油"的消息，然后看到天台开着门，就走了过去。

"真的是今年的第一场雪啊。"崔芒芒看着漫天的大雪降落下来，自言自语地感叹。

嗅觉里好像还残留着麻辣小龙虾的香味，刚才走得急，早知道出来的时候捎上一盒了。可是女生一想，大冬天的一个人孤零零地在天台啃小龙虾，这个画面太奇怪了。

想要把这美丽的风景保存下来，崔芒芒拿出手机不停地拍起来。

就在她哆嗦着拿起手机自拍的时候，突然在画面里看见一张人脸，吓得手机差点儿摔掉。转过身看见荒木启端着一盒麻辣小龙虾朝她微笑。

"喂，你不好好地待在房间里，跑到这里来干吗？"崔芒芒吼荒木启。

荒木启把麻辣小龙虾递给崔芒芒："这话应该是我问你吧，穿这么少，也不怕感冒吗？"男生说着把自己的外套脱下来给崔芒芒披上。

明明是自己刻意为一梨创造的和荒木浪漫相处的机会，怎么现在画风变成了这个样子。崔芒芒不知所措地看着身上这件大衣，紧接着就闻到了麻辣小龙虾诱人的味道。

所有的虾肉竟然已经都被剥好了，红白相间的虾肉浸在红色的汤汁里，荒木拿筷子给崔芒芒，女生犹豫了一下，但不敌美食的诱惑，动了筷子。

虾肉的每一处纤维全部浸润了麻辣鲜香的汤汁，虾肉处理得软嫩,又不失弹性。小小的肉体被送进口腔的那一瞬间,整个味蕾感受到一层层递进的刺激和温暖。多食几口,嘴巴里的火苗疯狂地燃烧起来,身体紧跟着也暖意丛生。在这般内外冰火两重的意境中,欣赏着这眼前壮观的大雪,大概是冬日最深刻美好的画面。

"话说,伯母的话你考虑得怎么样了啊?"荒木启冷不丁的一句话,把沉浸在这温暖气氛中的崔芒芒拉回来。

"什么伯母啊?"

"就是你妈说让你跟我交往这件事。"

一颗麻椒带来的麻意正中崔芒芒的舌头,整个口腔顿时麻木得要失去知觉。

"我去,我妈她这种话你也放在心里?她就随口一说而已,忘掉赶快忘掉。"崔芒芒灌自己一口可乐。

"我觉得伯母是真的很担心你,别再整出让小邱假扮你男朋友这种小儿科把戏了好吗?"

"我……我……"崔芒芒结巴起来。

"你什么你啊,从上大学以来一个男朋友都没有交过,就不觉得孤单吗?"

"你有什么资格说这种话啊,荒木启。"女生嚼着虾肉,侧过脸去。

"我不谈女友,那是为了等你。没有你在我身边的每时每刻,我都感觉自己被孤独包围着,可正是因为爱上你,我才会觉得孤独并不可怕,因为我知道,总有一天,我会实现我的梦想,告别这孤独。"

男生抬了抬音量——

"知道吗?我的梦想就是你。"

话音落下,女生的腮帮子突然静止,崔芒芒不敢挪动自己的视线,害怕和荒木启对视,也害怕接下来的空气里不知该如何对话。

心里明明自卑到决定放弃对方,所以才会答应一梨撮合她跟荒木启在一起。可为什么当荒木启说出这样的话时,自己心里又会犹豫呢。崔芒芒一万遍说服自己"荒木启值得更好的",坚决中带着不舍，然而最终还是被对方这一句"我的梦想就是你"给击毁了所有伪装。

不知从何方袭来的一轮冷风，令大雪迎面扑向男生与女生的脸颊。嘴巴里哈出的一阵阵热气，终于被这寒意淹没了。

那句话的音量不大不小，刚好传到这里，天台的门口，一梨失落地转身离开。

06

无边无垠的旷野之中，她听见潮汐伴着海啸声如多米诺骨牌倒下似的，朝自己连连奔放而来。

"父母离异，常年感受不到父爱，所以不善与人交往，喜欢独来独往。"

"学习成绩很一般，每次都拖班级的后腿。"

"没有学其他女孩跟别的男同学谈恋爱，大概是因为长相太过于普通。"

"唯一出挑的特征就是非常能吃，可还是骨瘦如柴，身材矮小。"

"班级的好几次失窃事件好像都与她有关。"

……

因为阶段考试成绩太差而被要求作检讨，写了密密麻麻的一大页交去老师办公室，却意外听见了老师跟别人谈论起自己时的评价。

"总之是一个不会有什么起色的女生，不可能为学校的升学做出什么贡献，所以就划去 E 班吧。"

所以从那一刻开始，自己的人生不知不觉就被贴上了"不会有什么起色"这样的标签，得到这样的评价后，竟然一滴泪都没有掉下来。背着书包，坐每天都是那一班的电车回家，妈妈已经好几个月不着家，一直在外忙生意，外婆随便做了一点儿晚餐，没有聊今天在学校的生活，吃完径直上楼去写作业。

可写着写着，眼泪就跟决堤似的，鼻涕把鼻孔堵得一点儿气都透不出来。

那个年纪，听到这样的话，总归会非常难过吧。

可是，就在学期末，空荡了半年之久的同座却突然有了新的面孔。

留着利落的短发，眉毛很黑，鼻梁很高，嘴角有一颗痣，笑起来的时候，那颗痣就像一枚跳跃的星星似的。

伸手想要触摸那颗星星，却好像摸到了别的什么奇怪的东西。

"喂！死丫头，往哪里乱摸啊！赶快给我起床！"张雪梅一巴掌打下自己胸膛上的那只手，崔芒芒这才从梦中醒过来。

"我中午就要赶飞机出差，刚才已经给荒木打过电话了，下午你跟他一起去外地帮我拿一批货。"

崔芒芒还没搞清楚张雪梅的意思，就被母亲催促着去洗漱。

"拿什么货啊，跟荒木启有什么关系啊，我自己去不就好了吗？"

"就是我公司要发去日本的一批皮草。你自己去？那么多东西你一个小丫头片子要是应付得过来就好了，正好荒木也说下午没有排练，就让他陪你一起去吧，这样我也放心，你俩还能趁着这个机会好好发展一下。"张雪梅看着镜子中崔芒芒的脸，说道。

"张雪梅，我真被你这不屈不挠的精神给折服了，我告诉你我跟荒木之间就是小葱拌豆腐——一清二白！"

"真是吹牛都不打草稿，也不知道是谁在梦里一直喊着人家荒木启的名字呢。"

张雪梅抱着胳膊，一语戳破崔芒芒的口是心非。

崔芒芒回忆起刚才自己梦中发生的那一切，男主角好像的确和荒木启有关。

"行行，说不过你，把地址给我。"

张雪梅把地址还有车钥匙拿给崔芒芒，还交代她将这批货发去日本的事情，一切落实完毕又雷厉风行地踩着高跟鞋离开了家门。

熟悉的防盗门关上的声音，崔芒芒看着镜子中自己烟花爆炸了似的头发，又摩挲了一下手指。

心里琢磨着："刚才到底摸到什么了啊？"

07

荒木启今天穿了一件浅灰色的大衣，显得两条腿更加修长，身上散发着淡淡的阳光味道，朝着崔芒芒微微一笑，嘴角的那颗痣也跟着轻轻摇曳。荒木启朝崔芒芒招了招手，然后拿出一瓶养乐多给她。

"就知道你路上肯定喊饿，带了不少你爱吃的零食。"荒木启拍了拍自己肩后的背包，对着崔芒芒挑了一下眉毛。

崔芒芒不会开车，幸亏荒木有国际驾照。加完油后，车子一路驶向市区外的目的地。

"算得上是有史以来的第一次约会吗？"

荒木棱角分明的侧脸在后视镜前左右摆动了一下，然后将视线投向坐在副驾驶位置上正在调着导航的崔芒芒。

"老实开车，少废话。"女生举起左手，挡住自己的脸，切断荒木启的视线。

男生扫兴地叹了口气。

"记得高中那次野外探险吗？老师要每个同桌自动划分为一组，去完成活动，别的组早早完成了任务，就只有咱俩还没有到达终点，后来老师就来找我们，结果在一个大坑里面发现了咱俩。老师问我们怎么掉进去的，你说是我不小心踩空掉下去，然后为了救我自己也跟着跳了下来。"

崔芒芒把头歪向窗外流动的风景："最后老师表扬了你一番，说你勇敢，我倒被说成了手脚笨拙，做事情马大哈的女生。可明明就是你掉下去，然后非要拉着我陪你聊天，所以我才也跟着跳下去的。"

荒木启听着崔芒芒的抱怨，"扑哧"笑出声来："这点儿小事你还一直记得啊,不过当时如果没有你陪着我像井底之蛙似的数了一晚上的星星,我估计真的就要死在那里了。"

"我就是你的替罪羊啊,每次你故意惹事,全都推在我身上,那时候我也是傻乎乎地愿意替你背黑锅。"

"不都是因为我长得太帅了,学习又好,每天还主动把作业拿给你抄。"荒木启做出甩头发的动作,得意扬扬,"可是后来每次遇到好看的星空,都想着要是你在就好了。"

"行了,赶快打住,这套留着去骗小女生。"

崔芒芒嫌弃地塞上耳机,瞥了一眼后视镜里正在认真开车的荒木启。那一瞬间,竟然觉得他是这个世界上最帅气的男生。

车子到达目的地的时候,恰逢傍晚,接应的工厂人员帮着把货物装进了车,整整塞满了一个后备箱和后排座位。

"看不出伯母都这个岁数了,还是生意场上的好手啊。"荒木帮着装完货,倒车准备返回。

"三天两头往外跑,一个月在家也就那么一两天,捯饬这些皮草有什么意思呢?那么辛苦,也没见挣什么大钱。"崔芒芒把导航调好返回的路线。

"真羡慕你啊,有家人可以陪伴着,不管遇到什么事情,这个偌大的世界上总有一盏灯为你亮着。"

"虽然从来没有见过你的父母,但中圭先生不是一直陪着你吗?"崔芒芒有些不解。

"是啊,中圭是这个世界我最牵挂不下的人了。"

"那你的父母呢?他们现在还好吗?"

"我从来没见过我的父母。"

荒木说完突然把车子停了下来,把天窗的挡板摇下来,然后调整了一下自己和崔芒芒座位的高度。

"这是要干什么?"

崔芒芒顺着荒木启手指的方向,看向天空,一下子就被这美妙的星空给吸引住了,发出赞叹的声音。

"好久没有这么认真地看一眼星空了。"荒木用手指比画着,"这个应该是猎户座,这个是……"

听荒木启像个天文学家似的给自己介绍着这星空之上的神秘,崔芒芒一下子沉陷在了这幸福又浪漫的时刻中。她曾经无数次梦想过的画面,只有他们两个人,和这片无人叨扰的寂静。

"真的好美啊。"就在崔芒芒安静地欣赏着这星空的时候,突然一颗流星划过。女生惊呼一声,可是眨眼间,流星就消失不见了。

"赶快许愿!"

崔芒芒听见荒木启的声音,也跟着男生闭上眼睛许愿,许完侧过脸看见男生还认真地念叨着。

"许了什么愿望啊,说来听听。"

荒木启摇头不说:"愿望讲出来就不灵验了好不好。"

"喊,反正我也没有多想知道。"崔芒芒目光继续转向星空,这时手机振动一下,收到一条消息,刚想要打开看,手机却没电自动关机了。

"等实现的那天,就告诉你。"荒木启侧了侧头,看着身旁的女生,忽然控制不住自己,想要把手伸过去握住对方的手,可就在他的手马上要触碰到崔芒芒时,他犹豫了几秒还是选择放弃。

08

第二天要做音乐会开演前正式的彩排,所以荒木必须在今晚就赶回市区。

时值夜里十点钟,车子在山腰上的高速公路上飞驰着。驾驶了几个小时的荒木启明显感觉到有一些疲惫,副驾驶上的崔芒芒也已经睡着了。

进入深夜的高速公路上,大部分是连夜赶着送货的大卡车,荒木小心翼翼地行驶着,突然手机响了,是一梨打过来的电话。

"荒木，你现在在哪里啊，刚才去敲你房间的门你也不在，我现在肚子好饿，我们要不要一起出去吃点儿夜宵啊？"

崔芒芒被电话声弄醒，迷迷糊糊地看着车窗外的马路。

"那个，我现在可能有些不方便……"

就在荒木还没讲完这句话的一刹那，拐弯处一辆大卡车不知道怎么突然变换车道，迎面撞了过来，荒木启的电话猛地被摔出了手掌。

"啊！"车厢内爆发出尖叫声，车子被卡车的撞击力推到环山公路的外沿，有一半多的车身悬在悬崖边上，整个车身重心不稳地晃动着，再挪动一步，连车带人就会全部坠下山去。

"崔芒芒，崔芒芒！"忍着剧烈疼痛的荒木启努力叫着副驾驶上的女生，可女生已经被刚才那一下子撞得失去了意识。

他身体颤抖着，又奋力抑制着自己的抖动，因为他害怕稍不注意的力度，整个车子就会翻下去，掉下悬崖。现在的他仿佛挣扎在生死边缘的羔羊，没有人能帮他从绝境中逃脱出来。

突然不知道哪里发出的声响，车子的轮胎爆了，车身剧烈晃动的同时又向下坠了一点儿。荒木启想要努力从车厢内逃脱出去，却发现门根本打不开，就在他想要最后一次尝试用拳头打碎玻璃的时候，车子突然整个向悬崖外猛地倾斜，一瞬间，整辆车坠下了山崖。

"下面来看一则简讯，今日在我市 SC803 省道发生了一起车祸坠崖事故，一辆酒架司机在环山公路与一辆汽车相撞，汽车被撞后冲破路边的围栏，最终坠下了山崖，目前逃逸的肇事司机已经被逮捕，被撞车辆当事人却下落不明……"

这条午间新闻播送前十一个小时，离 SC803 省道最近的一家医院，突然接到两名车祸病患。

崔芒芒醒来的时候，已经躺在病房里了，她的脑袋里残留的是车祸发生那一瞬间的画面，紧接着就完全失去了意识。

"荒木启呢？荒木呢？就是跟我一起的那个日本人。"崔芒芒焦急地询问医生。

"你先冷静下,那位叫做荒木启的病人现在正在观察室,他伤得比较严重,目前仍处于昏迷中。"

听到这样的消息,崔芒芒一下子紧张起来,担忧和恐惧像狂风一般卷席而过,她不肯相信这一切,仿佛失去了理智似的。

"不行,我要去看他,他在哪个病房?"崔芒芒想要下床去找荒木启被医生和护士给拦了下来。

"你先冷静一下,你这样会妨碍我们的工作,等他醒了,我们会带你去探望他的,现在请你配合我的工作,好好休息。"

崔芒芒被护士拉回床上,可是她的眼前浮现很多可怕的画面,她隐约听到当时车祸发生后荒木启呼唤她名字的声音。

崔芒芒急促地喘着气,看着天花板不敢闭上眼睛,心里拼命祈祷着荒木启安然无恙。

护士小姐帮崔芒芒换好下一瓶点滴,这时病房里一个神情紧张的护士闯进来,在医生的耳朵边小声地说了一句:

"那位凌晨送进急诊的病人,不见了⋯⋯"

09

进过无数次医院,却从来没有真正被治好过。

荒木启还记得自己第一次进医院,是在切水果的时候,不小心把手指划出一条几厘米的口子,中圭领着自己急急忙忙地赶去医院,结果忍着痛缝好伤口,却怎么也不见愈合。当他在中圭面前演示着如何治愈自己的伤口时,中圭先生吃惊得仿佛以为自己遇见了怪物。

再后来,不管是生病还是受伤,荒木再没有去过医院。

他清楚地记得大卡车撞过来的时候,自己的胸腔内发出钻心的痛。医院检查说是一条肋骨被撞断了。一般人断了一条肋骨,不及时送进医院很容易就会死掉的,荒木却还背着一个女孩,徒步走到了医院。

医生要求立即手术，荒木迟迟不同意，找各种机会想要逃出医院，医生和护士们拦着荒木启要他接受治疗，最后被医生补了一针镇静剂他才安定下来。

然而还是让他逃了出来，他拖着疼痛的躯壳，也不知道该去向哪里，就这样漫无目的地走着，一瘸一拐的。

他看了一眼自己的手表，现在刚刚中午，距离天黑起码还要六个小时。

胸腔内的疼痛终于让他无法再挪动一步，他随意找了一家快餐店，躲进了店里的洗手间里。

他将洗手间里的一间隔间反锁，最后看了一眼手表上的数字，终于痛得闭上了眼睛。

当崔芒芒得知荒木启不见了的时候，警察已经到了医院。

"车子在坠下悬崖后发生了自燃，这部手机是在车子的残骸里唯一找到的东西。"

警察把塑料袋里装着的手机递给崔芒芒。

"逃逸的肇事司机已经落网了，接下来，只需要您配合我对当时车祸发生的细节做一个笔录，就可以了。"

崔芒芒点点头，警察拿出平板电脑，给她播放了一段视频。

"您先看一下这段监控，是当时车祸发生时公路测速监控所记录下来的。"

警察点开了视频，视频上的确是一辆大卡车突然变换了自己的车道，撞上正常行驶的汽车，汽车被撞到公路围栏边上，大半截车身悬在了悬崖边上。挂在悬崖边上的汽车不停地晃动着，肇事车辆已经开走逃逸，视频中明显可以看到坐在驾驶座上的人正努力尝试着自救，就在他试着打破车窗的时候，车子突然猛烈地下滑，呈现下坠的趋势，然而就在车子几乎要坠落的瞬间，画面上下滑的汽车突然静止了，紧接着荒木启成功击破了车窗，逃了出来，然后又在这短短的几秒钟内，将副驾驶上的崔芒芒给救了出来。

/111

崔芒芒盯着监控视频中的画面，不敢相信眼前的这一切就是几个小时前自己亲身经历过的。

视频里的荒木启救出崔芒芒后，离开了监控区的拍摄范围，紧接着，那辆悬在半空的车子坠下了山崖。

视频到这里结束，崔芒芒摇着头连续重复着："这不可能……"

"这是监控记录下来的画面，在汽车坠落前的那十秒钟内，驾驶座上的人成功完成了自救和他救，这一切对于常人来说几乎是不可能的事情，而且这静止的十秒钟内，反向摄像头监控范围内的汽车全部处于静止状态。"

警察调出第二个视频给崔芒芒看，崔芒芒看着画面中静止的车辆哑口无言。

"当事人之一的您当时处于昏迷状态，另一位却是清醒着的，所以我们怀疑……"

"你们怀疑什么？"崔芒芒凝视着警察的眼睛。

警察停顿几秒，严肃地说了一句：

"我们希望您能帮我们联系到这位荒木启先生。"

第六章

你知道那种奔向恋人的感觉吗

【咖喱猪排饭】

　　如果爱情里的每一次受伤，也能够像吃一顿咖喱就治愈，那该多好。那些胆怯和畏惧，那些别人残酷的眼光，如若借助咖喱的力量打通疲惫的血脉，所有的难过被一一清扫干净，关于爱的所有全回到最初的样子，纯粹又热烈。

　　失意的时候，孤独的时候，只要一顿咖喱，就能够回忆起我们开始时的美好。那么就算遇到再艰难的处境，想着没关系，一切都会好起来的。喜欢你这件伟大的事情又一下子充满了电量。

["食" 间 の 恋人]

01

爱因斯坦的相对论提出，相对于人类所处于的三维空间之外，还存在着一维空间——时间，虽然时间对于人们的存在，摸不着也看不见，但这维空间的确是存在着的。

科幻小说在此基础之上创造出了无数个平行世界，高中时期的崔芒芒看着那些乱七八糟的小说，脑袋想象着平行时空的男主角与地球上平凡女生的爱情故事。可是男生好像先天对这样罗曼蒂克的故事不感兴趣，每次自习课崔芒芒偷偷在桌子底下一边啃着蟹肉棒一边看小说，总会招来对方的嫌弃。

"写这些东西的人啊，不过是在借此收买一下你们这种小女生无知的内心罢了。"

嘴上这么讲，但荒木启始终是相信着的，这个银河系中，存在着那样一个无人问津的时空。

"啊！要流氓啊！"女厕所里发出一声尖叫，荒木启被甩了一身水，慌里慌张地跑出来。

看了一眼门口的标识，才意识到自己进错了洗手间，还硬是待了几个小时。身体的疼痛已经全然消失，他看了一眼手表上的时间，朝医院跑回去。

"哦，您说的是姓崔的那个小姐吧，她已经出院了，那么大一场车祸，就擦破点儿皮，好莱坞大片吧这是。"

胖胖的护士发出诧异的感叹，听到女生没事的消息，悬着的心终于踏实了一些。

尽管现实中没有好莱坞大片的特效，但在卡车撞过来的那一瞬间，荒木启突然侧身用身体帮崔芒芒挡住了迎面而来的巨大力量，是这临危的一挡，才让女生在男生的身体之下得救。

"哦，对了，这是她忘记带走的CT和医药单，毕竟车祸的撞击力还是有影响的，我们这种小医院水平有限，建议她抽空去大医院再做一次胸部检查。还有啊，你这当男朋友的，上点儿心，女人是用来呵护的懂不懂啦。"

胖护士把检查袋交给荒木启，坐在位子上继续嗑起瓜子来。

荒木启离开医院已经是晚上七点钟，距离八点演出正式开演只剩下一个小时，错过了下午的彩排，如果再错过晚上的正式演出，十有八九会被乐团开除吧。

荒木启在马路边上看着往来的车辆行去匆匆，这个鬼地方根本拦不上一辆计程车。这时，一辆载着满车猪的货车从远处驶过来。荒木启看到货车上写着"××新鲜猪肉，每日市区送达"，灵光一闪，在车子经过自己的一瞬间，跃上了车尾。

02

"警察叔叔，我都说了，这个肯定是你们的监控出现问题了，我们又不是在拍戏，怎么可能让所有车子全部瞬间静止嘛，既然肇事司机都已经抓到了，该赔款的赔款，该处罚的处罚，干吗非要跟这一小段监控视频过不去嘛，早结案早回家过年啦。"

崔芒芒在笔录的文档上签了名字，门"砰"的一声关上，女生这才从警察局里出来。

她拿出手机立刻试着联系荒木启，忽然意识到对方的手机早已经跟着那坠下山崖的车燃为灰烬。她又试着联系一梨，可对方正在忙着演出前的准备，电话一直处于无人接听的状态。

陌生的地方,她完全不知道该怎样找到荒木启。回想着这四十八小时发生的一起,仿佛是在做梦一样。崔芒芒心里越想越难过,自责都是因为自己带着荒木一起取货,才引来这样一场灾祸。

最后,警察局专门派了一辆车把女生送了回去,这一路上崔芒芒眼前全是那段监控视频的回放,她强迫自己不要去想,把这个当做一次巧合,可越是这样压抑自己,那十秒难以置信的画面越是萦绕着她。

到底是什么让原本要滑下悬崖的车子突然静止,为什么受了伤的他又会从医院逃走呢?这些疑问当中,崔芒芒似乎感受到了一种不可告人的力量。她继续努力地回顾着自从自己遇见荒木启开始,所发生的一系列稀奇古怪的事情,突然在水池边晕倒,一个人救出外婆,手腕上那块时快时慢的表,肩膀受了伤却看不见一点儿疤痕……

"不,这一切绝对不是巧合。"

崔芒芒回到家,立刻打开电脑,在网上检索着什么,但搜索出来的词条乱七八糟,杂糅着各种没用的信息和广告,就在她倒在电脑椅上,不知道继续搜索些什么的时候,突然眼睛一瞥,扫到了书架上自己高中的时候,看过的一本科幻小说——《回答时间的恋人》。

似乎想起了一些巧合般的相似之处。

崔芒芒努力回忆着那部科幻小说的情节,然后将书名敲进了搜索框内。

"啪"的一声,回车键被按下,页面瞬间跳出无数条关于这部小说的评价和争论。

"曾经风靡日本的一部畅销科幻爱情小说,男主人公来自异空间,与普通的人类女主开展了一场绝美的恋情。这部小说一经出版,就掀起了日本青少年文学的科幻之风,小说从未露面的作者因而声名大噪,多家影视企划社欲购买版权,将这部作品搬上银幕,但因作者开出天价版权许可使用费,至今无一公司成功购下。"

"来自异空间的男主角,拥有着超出人类掌控时间的超能力,帅气俊美的脸庞与超能力相结合之下的文学想象,俘获了万千少女的心。"

"这部作品还引发了科学界的效应,众多物理学家与天文学家对于男主人公所处的一维空间进行了大量的研究,并尝试解释'时间静止'这一神秘超能力产生的原理,甚至有科学家声称这种超能力是可以真实存在的。"

……

"时间静止",崔芒芒盯着这四个字陷入思考,明明就是烂大街的狗血剧情,怎么可能会真实存在,这些科学家也真是耸人听闻。然而监控所拍摄下来的画面,与印象中小说里描写的情节,吻合度极高,这一点却是不容忽视的。

所以说难道荒木启跟小说里的男主人公一样,是来自异时空的物种?

崔芒芒心里的猜想让她不知该如何面对这个出现在自己生活中,明明看起来和普通人没有差别的男生。就在她沉溺于百思不得其解的苦恼中时,突然想起当时在车上,荒木启给自己发过一条没有加载成功的图片消息。

她拿出手机,试着再次下载,显示叉号的图片突然变成了完美的星空,她仔细注视着这张图片,发现图片还抓拍到了当时夜幕里那颗转瞬即逝的流星。

"他到底是怎么做到的?"崔芒芒深呼吸,这张唯美的照片让她有些紧张。这时,手机振动,是一梨打过来的电话。

"芒子,你现在还好吗?荒木他已经回来了。"

03

演出正式开始前半个小时,剧院外已经排起了长队。

崔芒芒接到一梨的电话后，赶去乐团，在后台看见了正在擦拭大提琴的荒木启。

"荒木！"崔芒芒几乎是哭着冲上去的。

荒木启也张开手似乎要给女生一个熊抱，结果被女生跳起来拍了一下脑瓜。

"谁让你不好好待在医院里，偷偷跑出来的啊！你知道我有多担心你吗？！"

"崔芒芒，你刚才说什么？你再说一遍。"荒木启听到崔芒芒说担心自己，激动得像是吃了蜜，"看来我得多受伤几次啊，你才能多担心我一点儿。"

崔芒芒的语气让在场的工作人员齐刷刷地投来目光，崔芒芒意识到自己的措辞有些尴尬，赶快话锋一转。

"行了，少贫了。不是受伤得很严重吗？这里不疼吗？"

荒木启摇摇头。

"那这里呢，骨头还在吗？"

荒木启点点头。

"都没有事？可是医生说你伤得很严重啊。"只见崔芒芒对着高高大大的荒木启上下其手，站在荒木旁边的一梨被崔芒芒的举动吓得一脸尴尬。

一梨突然伸出手拦住崔芒芒："芒子，乐团的医生已经帮荒木检查过了，只是一点儿皮外伤，没有大碍的，马上演出就要正式开始了，给他点时间让他去好好准备一下吧。"

崔芒芒看看一梨，又看看荒木启，点点头。站在一梨身后的荒木启冲崔芒芒做了鬼脸，然后转身朝舞台等候区走去。

"先好好照顾自己吧，荒木那儿有我呢。"一梨说着抚了抚崔芒芒的肩膀，留下一个淡淡的微笑，也跟着荒木去了后台。

崔芒芒看着一梨快步追上荒木启，两个人有说有笑的背影消失在了拐角。

/119

不管怎么说，看到荒木安然无恙，女生也终于放下心来。

因为是工作人员，所以被安排在了靠近舞台的位置，这是时隔多年后，崔芒芒第一次如此正式地欣赏荒木启的表演。

高中时候的荒木启就是学校乐团的成员，因为大提琴拉得好，还被学校推荐去参加全国比赛。凭借着这样偶像剧里男主角一般的属性，荒木启这个名字成了学校女生私下里火热谈论的对象。

是个帅哥，还有不凡的音乐才华，招徕女生们的喜欢自然是很顺理成章的事情，只是作为这样一个光芒万丈的人物的同桌，崔芒芒却背负了不轻的压力。

荒木启日常动态发言人、荒木启兴趣爱好咨询人、荒木启情书礼物中介人……崔芒芒目睹了无数女生将爱神丘比特的蜜箭发射在荒木启身上，当然也目睹了无数场被拒绝以及被发好人卡的悲剧。

在那个谈恋爱已经成为学校流行的年代里，初心萌动的崔芒芒也曾试着把这个万人迷偷偷地假想成自己的男朋友，甚至还在男朋友养成类少女游戏中，按照对方的长相和性格设置了一个手机里的荒木启。可这种隐没的情感，还是被少女内心里另一种巨大的力量给深埋下去。

那么普通的自己，就像太阳系里一颗躲藏在黑暗里还没被发现的星球，那么多颗璀璨美丽的星球正排着队在太阳周围运转，自己是不会有被发现的一天的。

大幕拉起，乐团开始演奏，指挥的人在前面投入地摆动着身体，轻易地就可以聚焦到在大提琴声部里专心演奏的荒木启。

穿着黑色的西服，黑色的皮鞋，发型特地梳成了大背头，纤长的手指温柔地在琴弦上跳着舞，双眼微闭，肩膀随着旋律起伏。

坐在前排角落里的崔芒芒仿佛又找到了高中时的感觉，自己像一个小粉丝在台下冲着喜欢的人咧嘴傻笑，却不敢像身边的女生似的，大声呼喊着"荒木启，我喜欢你"。

大概是这个世界上看到过的最迷人的男生了，虽然大学校园里一届又一届的男神人物层出不穷,但心里还是完整地保留着那个课间分给自己一半便当,音乐会安静演奏的他。

他所在的那块位置逐渐被心里的潮汐洗刷成一块冲积平原,年少时的小情节就是在那土壤中植根发芽。

一点一点地蔓延成整片绿原。

临近尾声,指挥率先谢幕,有小女孩上台献花,全场响起经久不衰的掌声。

舞台左右的帷幕向中间汇拢,崔芒芒起身准备去后台,就在起身的一刻,有剧烈的声响从帷幕里传出来。

"荒木……荒木……"众人紧张呼喊荒木启的声音随即从舞台上传出来,散场的观众发出纷纷的议论,崔芒芒心里一阵不祥的预感,立刻从观众席跑向了舞台。

"就在刚才谢幕的时候,所有人都在收拾乐器准备下台,只有荒木先生一个人静静地坐在那里,没过多久'嘭'的一声,整个人连同大提琴就一起倒在了舞台上。"跑进帷幕里的崔芒芒询问着发生了什么,乐团的一个男生描述道。

崔芒芒看着一梨正不停地试图唤醒倒在地上的荒木,但无济于事。

"赶快叫救护车,叫救护车。"一梨呼喊着周围的工作人员。

崔芒芒不知道哪里来的念头,一股脑儿冲上去,制止了旁边拿起电话正要打给医院的人。

"不要叫救护车,荒木说过不要叫救护车。"崔芒芒想起荒木之前受伤那次,不管自己怎么劝都倔强地不去医院。

"人都晕倒了,不去医院,你来救吗?"蹲在地上的一梨站起身冲着崔芒芒恶狠狠地质问。

"我……我只是不想荒木他……"崔芒芒看着面前脸色大变的一梨,语无伦次起来。

"你还想他因为你变得更糟糕吗?你知道今天他是怎么回来的吗,藏在运送猪的货车里回来的,身上全是臭味,衣服上也到处是血迹,你要他一个语言不通的日本人怎么在这里活下去?如果不是你,他也不会在这短短的几天遭受这么多痛苦。崔芒芒,你有没有想过,都是你,从你进入他的生活那天起,就无时无刻不给他带来烦恼!"

一梨变得歇斯底里,原本一个温柔的女生像是受了什么委屈似的,突然爆发,所有人都被这一幕给惊愕住。

那一字一句都如同飞向自己的毒针,一下一下地扎中崔芒芒的心。她垂下眼睑,看着被灯光照得发亮的地板,然后用沙哑的嗓音说了一声"对不起"。

似曾相识的画面,同样发生在四年前的某一天,甚至要比今天更加令女生感到耻辱。

一梨和其他人抬着荒木启离开,剩下崔芒芒一个人面对这羞耻的惨剧,她像极了被老师训斥过后的小孩儿,没有人想要知道她的心声,更没有人站出来安慰,她就这样忍着所有不为人知的心酸,落寞地走下舞台。

似乎的确像一梨说的那样,自己从一开始,就像一场灾难,给荒木启的生活带来的只有烦恼与不安。

04

城市的夜空,繁华之上,是看不见星星的死寂。月亮是不是因为窥见了自己的狼狈,所以才羞怯地藏匿在了乌云后。

高楼再高也永远触碰不到城市上空稀薄的空气,冷风却好像可以让人暂时忘掉澎湃的心碎。

满地的香蕉皮,还有被挤扁的啤酒瓶,一个个悲伤地躺在天台的地板上,被凌厉的风吹拂得发出响声。

她凝视着手机里那张记录下流星一瞬的星空,忽然感觉自己的心好像真的有点儿疲倦了。

"就知道你躲在这儿了。"身后传来熟悉的声音,崔芒芒抬抬眼皮,看见对方从自己怀抱里抽出一根香蕉,坐了自己身旁。

"一下飞机就听说了,然后一百八十迈来找你,找了半天没找着,后来一想你可能在这儿,没想到还真在这儿窝着,不怕一阵大风把你挂下去啊。"

邱毅浓剥好香蕉,然后递给崔芒芒。

"大学你每次遇到点儿不开心的事情,就跟只猴子似的买香蕉吃,非说香蕉里有那什么,对,快乐因子。"

崔芒芒一把拿过香蕉,囫囵吞枣似的往嘴里一通乱塞。

"喂,我说大姐,您慢点儿吃,没有别的猴儿跟您抢。"邱毅浓说完,崔芒芒愤懑地瞪了他一眼。

突然,迅雷不及掩耳之势,崔芒芒张着一口还没嚼完的香蕉,仰天大哭起来。

"我招谁惹谁了啊,凭什么都怪我啊,我也不想他那样啊!"崔芒芒一边哭着一边喊,一把鼻涕一把眼泪混着如同山体滑坡似的,从脸上滚下来。

邱毅浓晃了晃肩膀:"哪,肩膀借你哭,弄脏了你洗就好。"

崔芒芒大力拍了邱毅浓一下,然后整个人像一座山似的倒在对方的肩膀上哭起来。

"芒芒,你到底在纠结什么啊,明明那么喜欢他,为什么就不能勇敢地接受这份感情呢?你大学时参加那什么一小时吃二十几个肉包子的勇气哪儿去了啊。"

"可吃包子跟这完全是两码事啊。"崔芒芒猛吸了一大口鼻子。

"那你就说你其实也是喜欢荒木启的对不对,你看着我的眼睛,老实回答!"邱毅浓用胳膊支起崔芒芒,严肃地问道。

崔芒芒顿了几秒后点头。

"既然他喜欢你,你也喜欢他,那你有什么好顾忌的呢?你又不丑，也不坏，你那么好，也值得被拥有，干吗要去在乎别人怎么说怎么看呢？如果真的喜欢，不应该是畏畏缩缩，而应该是为了这份爱，为了自己爱的那个人，两个人不顾一切地彼此靠近。"

"可我不愿意看见他原本幸福安定的生活，因为我而变得不快乐。更何况他身边现在有一个比我更适合他，更能照顾他的人一直陪伴着他。"

"崔芒芒，你以为这是去支援前线打仗啊，因为你怎么了，因为你他的生活就一夜之间动荡不安了，爱情就是折腾啊，更何况你这还没跟他怎么着呢，你怎么就知道自己不能给他带来快乐、带来幸福呢？到底谁更适合他，是他的事，这天底下有哪一份爱情就是冲着百分百完美去的，相互喜欢，就是因为彼此身上有那个吸引对方的点，这种特质不是随便拉一个人来就能对上的。"

邱毅浓的视线盯着远方，月亮不知什么时候从乌云身后冒了出来。

"咱俩这么多年的哥们儿了，你就听我一句，别再躲避自己内心了，你再这么晾着对方……"

"其实，我不是不想跟他在一起，只是……"崔芒芒突然打断邱毅浓，然后脑袋里浮现高中时期的记忆。

"记得荒木启刚转进我们班那时候，我跟他是死对头，因为他身边总有那么多女生围着，害得我每天要跟秘书一样帮他拒绝这个拒绝那个，那时候我想我是绝对不会喜欢上这样的男生的。可有一次考试后，老师当着全班的面讥讽我，说我学习不好拖了班级的后腿，没想到荒木启竟然站起来帮我反驳老师，那一刻我觉得他真的太帅了，大概就是因为这件事我渐渐发现自己竟然也像那些女生一样喜欢上了他。可是这种喜欢，我不敢表露出来，我一个学习差劲长得一般的假小子，怎么可以喜欢这样一个万众瞩目的男生呢。于是我一直默默地暗恋着他，希望他能在我的生活里出现。直到我的日记被之前那位老师发现，当着全班的面念了出来，我才意识到我彻底完蛋了。"

崔芒芒直起身，看着远处的黑夜，停顿了一会儿继续说道："班上那几个一直喜欢荒木启的女生趁着放学，把我堵进了一个偏僻的小巷，她们一群人围着我一个人，说我这种人不配跟她们抢荒木启，然后就是拳打脚踢。她们甚至还拍了视频上传到网上，于是一夜之间，我变成了学校里最不堪的人。后来，荒木启替我找那些女生打抱不平，被我拦下来了，从那以后，我换了同桌，再也没有提及自己喜欢他这件事，再后来，没过多久，我们就毕业了。"

崔芒芒叹息一声，问邱毅浓："如果不是今天一梨的这番话，我可能还一直沉浸在这盲目的爱之中吧。邱毅浓，你说，我是不是一个对爱情特别自卑、特别软弱的人啊？"

崔芒芒问完，发现邱毅浓已经靠着自己没了动静，她低头看了眼身旁的男生，才发现对方早已经睡着了。

巨大的孤独像这巨大的夜幕裹挟住她的躯体，崔芒芒抹了抹眼角半干的泪水，一口气干完了最后半罐啤酒。

05

接下来的最后一场演出，一切正常，荒木启的身体也再没出什么差错。这次出国表演很成功，乐团在飞回东京前的这几天里，特地给所有团员放了假。

荒木启一大早就接到邱毅浓的电话，邀请他到家中做客。荒木启疑惑邱毅浓怎么会突然单独约他，但总归不能直接拒绝，想着还可以顺便问问崔芒芒的情况，便欣然答应了对方。

"感冒了？"荒木启观摩着邱毅浓一书架的游戏光碟，惊讶地问道。

一旁正在打着游戏的邱毅浓组织了半天语言，最后只会重复几遍"yes，yes"。

"乐团说她早早就结了这几天的工资，然后我试着联系她却怎么也联系不上了,吓得我以为她又出现了什么状况,不过为什么手机一直关机呢,去她家敲了几次门也总是没人反应,这几天谁去照顾她呢?"

邱毅浓起身给荒木启倒了一杯咖啡,然后看着他手机里翻译软件翻译过来的中文。

"还不都是那个一梨,对她说了些什么不该说的话,结果她就跑去天台吹冷风,第二天就发高烧感冒了。"

邱毅浓对着荒木启手机里的那个翻译软件说道,然后荒木启看着翻译成日文的结果,半天才惊讶地回应:"一梨对她说了什么?"

"这个你自己去问一梨咯,我怎么会知道,不过呢,我倒是要给你看个东西。"

荒木启盯着手机屏幕,然后邱毅浓从房间里拿出一个精致的盒子。

荒木一眼就认出了那个盒子,是高中时女孩节,自己送崔芒芒礼物时用的。邱毅浓把盒子递给荒木启,眼神示意对方打开看看。

荒木启小心翼翼地打开盒子,看见里面装的全是自己过去那几年给崔芒芒写的信,一封不落地全部被保存在了这个盒子里。然后又在信封的下面看到了一串看起来有一些年头的项链,而且还清晰可见用胶水修复过的痕迹。

荒木回忆起这个是高中时手工课自己随便做的一条项链,当时正好是崔芒芒的生日,就送给她了。

"竟然还保留着!"荒木启感叹了一声。

"崔芒芒这个人啊,我太了解了,最大的问题就是不自信,明明各方面都不错的一个女孩,却因为这种性格而变得有些孤独,甚至自我否定。大学里追她的男生不少,她却一直单着。你寄给他的每一封信她都认真看过,然后悄悄地收藏起来,最底下的那几页都已经泛黄了。这些说明什么,说明在她心里,一直没有忘记你。"

荒木启看着这一封封信笺,脑袋里浮现高中自己送崔芒芒项链时，对方惊喜的表情。后来听女生讲起，原来这条项链是她记事以来，收到的第一份来自朋友的礼物。

"当时在心里还暗暗说她傻，这样一条项链就能让她开心那么久。"荒木启凝视着那条项链，缓缓地说道。

"她大学有一次过生日，我送了一条比这贵不知道多少钱的项链作为礼物，结果没多久她就给……喂……喂，你去哪儿啊，那盒子是我从崔芒芒家偷出来的啊。"邱毅浓抱着胳膊抱怨，荒木启突然拿着盒子起身离开。

一句"谢谢你啦，小邱"后，楼道里传来一阵急速的脚步声。

06

你知道那种奔向恋人的感觉吗？仿佛身上长出了翅膀，脚下生起隆隆的风，跨越山河湖海也无所畏惧，一定要见到你的那种坚定。

荒木启忘记这句话是从哪本书或是电影里看到的了，当他气喘吁吁地赶到崔芒芒家楼下的时候，原本这种虚无缥缈的感觉好像终于被真切地体会到了。

然而一门之隔，还是让他的热情被蒙上了一层雾。荒木启敲了无数次门，始终没有人回应，男生坐在门外犹豫了好久，终于决定把门锁撬开闯进去的时候，却意外在门口的地毯下面发现了钥匙。

荒木启打开门，一片狼藉的房间映入眼帘，他喊着崔芒芒的名字，然后看见了窝在被子里瑟瑟发抖的女生。

"怎么这么烫啊！"荒木启摸了一下崔芒芒的额头，赶快拧了一条湿毛巾给女生敷上。

顶着个鸡窝头的崔芒芒用虚弱的语气道："你怎么来了？"

"我再不来，你就要死在这里了，这么冷的天气，神经错乱了吗跑到天台上去吹风，还喝了那么多的酒。"荒木一边调试着体温计，一边没好气地看着烧出高原红的崔芒芒。

"四十一度，厉害啊，再努力几度，我可以煮个温泉蛋了。"

崔芒芒被荒木启气得扭过头去:"我不用你管啦,一个发烧而已又不会死人。"

已经快煮成熟饭的崔芒芒还一副倔强的神情。

"你死了,我怎么办,你让我打一辈子的光棍吗?"荒木启扶起崔芒芒,"来,赶快把药喝了。"

"你还有一梨啊,我挂了你俩正好可以在一起啊,结婚,然后生一堆大提琴、小提琴、低音提琴出来。"

"都烧成这样了,还有力气吃醋,果然能吃二十几个大肉包子的本事不是盖的。"荒木启说完,崔芒芒被这句话呛得差点儿把药吐出来。

"这话是不是邱毅浓那个浑蛋给你说的,看我病好了怎么收拾他,他还跟你说什么了?"

荒木启把崔芒芒扶下,盖好被子:"他还跟我说了你好多好多的八卦,等你烧退了,我慢慢讲给你听。"

崔芒芒抬起手要教训荒木启,不料手腕却一下子被男生给压制住了。

"留着体力先把烧退了吧。"荒木启的脸无限逼近崔芒芒,眼看着男生的鼻尖马上就要触碰到女生的鼻子了,荒木启突然起身,走去厨房,"说吧,想要本大厨做点儿什么好吃的给你啊?"

"我想要你离我远一点儿。"

荒木启打开冰箱:"'远一点儿'这道菜没有,不过'近一点儿'倒是可以。"

07

崔芒芒一觉醒来,就闻到咖喱的香味。

"醒啦?还难受吗?"靠在崔芒芒床头翻着漫画的荒木启伸手摸了摸女生的额头,"嗯,没有刚开始那么烫了。"

"起来吧,做了你最爱吃的咖喱猪排饭。"荒木启起身去厨房盛米饭。

"自己做的？冰箱里什么都没有你拿什么做啊。"崔芒芒裹着被子挪到桌子旁。

热腾腾的米饭上盖着几块被炸得金黄的猪排，然后将香气扑鼻的咖喱盖在上面，光是看着这色相就足够让人流下口水。

"废话，你家的冰箱真是我见过最像洗衣机的冰箱，不仅什么食材都没有，竟然找到了床单。我只好自己又跑去超市买食材，真不知道你自己一个人在家是怎么活下来的。"

荒木端出一份咖喱猪排饭，又给崔芒芒舀了一碗红糖姜汤，然后托着下巴看女生大口咀嚼起来。

咖喱带着微微的辣味和胡椒味，将身体的毛细孔打开，厚重的口感里杂糅了土豆与胡萝卜的香气，小小的一勺，口腔就能感受到那份熬煮过漫长时间萃取出的精华内容。猪排的外壳格外酥脆，咬下去的一瞬间，可以听见"咔嚓"像快门一般的声音，牙齿触碰到肉身的时候，又完美地体会到了外酥里嫩的含义。刚刚煮好的米饭饱满多汁，一勺米饭泡一点咖喱，然后搭配一小块猪排，送入口中，每一处皮肤都彻底松懈下来，伴着热气腾腾的红糖姜汤，整个人仿佛跌进了深邃的咖喱森林里。

"看你吃饭真是件幸福的事啊。"荒木启看得入神，不由得发出一句感慨。

"应该没有见过哪个女生比我还能吃了吧，生病了胃口还这么大。"说完，崔芒芒又叫荒木启给自己加了一份饭。

"可我就是喜欢能吃的女生！"荒木启语气笃定，"记得高中有一年学园祭吗？你因为感冒请了一周的假，结果学园祭当天却大摇大摆地来了，说是为了那一年料理协会的咖喱大赏专门而来，结果一个人吃了人家协会十人份的咖喱，还发表了一番什么'吃完咖喱，感冒立刻就好了'的搞笑言论。"

"本来就是啊，吃完咖喱，整个人的血脉都被打通了一般，小的时候，每次流感发烧，外婆就给我煮咖喱吃，吃完病恹恹的身体当即充满了力量,感冒很快就好了。"崔芒芒大口啃着猪排。

"知道当年谁给你做的咖喱吗?"荒木启又给崔芒芒加了一点儿咖喱和猪排。

"谁啊?"崔芒芒喝了一口姜汤,呼出一口气,额头冒出细密的汗珠。

"当然是我啊!本来只做了几份定食,结果碰上你这样的大胃王赖着不走,于是倒霉地被社长要求赶快再去多做几份。不过当时你的食量确实蛮惊人的,让在场的同学都刮目相看呢。"

"我说这咖喱的味道怎么这么熟悉啊。"

崔芒芒点点头,露出品尝到美食后的满足笑容。

"平常根本不敢放开怀吃,一是家人不允许,二是害怕被别的同学看见了受到嘲笑,所以趁着学园祭鱼龙混杂,当然要大快朵颐了。"

"不过呢,看着你是在真正享受食物带来的快乐,这种幸福感反而也把我感染了。对了,听过一句话吗?"

崔芒芒的注意力还停在眼前的食物上:"请'放'。"

"娶一个能吃的女人回家,招财。"

女生摆出一副冷漠的表情:"闭嘴,赶快去加饭!"说着把消灭得干干净净的盘子推到一脸坏笑的男生面前。

08

吃完饭,正好是新闻联播的时间,退烧了的女生突然有了力气,说在家闷了两天,要出去透透气。荒木启害怕崔芒芒重感,可是拗不过她,只好跟着一起下楼散步。

刚好没有狂烈的大风,小区广场上的大妈热闹地跳着舞。

"这曲子好熟悉啊,不是那次你在老年舞蹈班上教大家跳的吗?"

崔芒芒仔细一听,发现还真的是,只不过换成了 DJ 版本的《最炫民族风》。

"正好运动一下筋骨,小子,让你见识见识老年 disco 舞皇的魅力!"说着崔芒芒脱下笨重的羽绒服外套,蹦着跳着就融入了大妈们的中央。一步一扭,整个套路来去自由又充满力量。

荒木启在一旁尴尬地鼓掌,崔芒芒还招呼着男生一起进来跳。

十分钟后,两个人累得坐在广场边的椅子上喘粗气。

"看起来容易,这跳两下可真是费劲,所以说,这些大妈身体可好着呢。"崔芒芒说着拿过荒木启的手机,拍了一张照片。

"既然你送了我一张流星的照片,那我也该送你一张对吧,以后看到这群风生水起的'dancing queen',就能想起我啦。"

拍完,崔芒芒突然拿出自己的手机,找出那张流星的照片给荒木启看。

"荒木,我想很严肃地问你一件事情。"

男生看着女生严肃的表情:"嗯,爱过!"

"严肃点儿啦。"

荒木启收起笑容,认真地看着崔芒芒。

崔芒芒从手机里调出那个警察之前给自己看过的监控视频,在荒木面前点下播放键。

"这视频,绝对是监控摄像头出问题了。"视频结束,荒木启笑着推开崔芒芒的手机。

然而荒木启的笑容最终还是被女生锐利的目光给看穿,荒木起身说着时间不早,自己要回酒店了。

男生没走出几步,就被女生叫住。

"荒木启,你告诉我,这到底是怎么回事?你到底是什么人?"崔芒芒忽然上扬的语气,让荒木紧张起来。

男生缓缓转过头来,握住女生的肩,企图说服对方。

"芒子,你看到的这些都只是巧合,忘掉它们,这些对于我们来说都不重要,重要的是我们都好好地活着就足够了。"

崔芒芒甩开男生的手。

"那次喷泉池边你突然晕倒,外婆被绑架那次明明出了那么多的血,为什么你的肩膀上一点儿伤疤都没有,车祸你为了保护我受了那么严重的伤,却康复得神不知鬼不觉,还有车祸视频上的这些全部静止的车辆,以及你在音乐会上的又一次晕倒,这一切你告诉我都只是巧合?荒木启,你到底是什么人,你身上为什么有着那么多让人不敢深思的秘密?这样一直隐藏地生活着,不累吗?"

荒木启沉默地垂下头,气氛凝结在这一秒。

"那好,如果我告诉你我到底是谁,你还会爱我吗?"

荒木启说完从口袋里掏出了一样东西,崔芒芒看着男生的手指缓缓展开,露出那串自己保存了多年的项链。

"邱把你这些年的故事都告诉我了,这条项链你一直保存着,说明你一直没有把我忘掉对不对?"

崔芒芒把男生手里的项链抢了过来。

"我……我只不过有喜欢收藏的癖好而已。"崔芒芒磕磕绊绊地解释着,被男生打断。

"那这些年我寄给你的信,你一直保存着,这个也只是因为你的癖好吗?芒子,你为什么不敢承认你心底真实的想法呢?你知道我为了你,做出过多少努力吗?就连当时无数人争着抢着的出国进修音乐的机会我都放弃了,你为什么还不能接受我?"荒木启抓住女生的手。

崔芒芒不敢直视荒木启的眼睛,她的思绪又回溯到几年前的某一天,荒木启为了和崔芒芒读同一所大学,便放弃那唯一的去美国进修大提琴的名额,所有人包括自己在内都不解为什么荒木会做出这样的选择,任凭别人怎么劝说,男生还是毅然地在志愿书上放弃那一栏画了钩。

男生用力抓住的手最终还是松了下来,在崔芒芒的那句"对不起"之后。

松开的那一瞬间，空气似乎也传来了回音，振聋发聩的，是心碎的声音。

09

广场的灯光不知道何时已经熄灭了，广场上的低音炮换成了可怕的安静，人群熙熙攘攘地散去。

这大概会是崔芒芒永生难忘的一个夜晚。

她亲眼看着荒木启从远处走过来，然后通体发着金黄色的光，穿过了自己的身体。

"捡起一个石块，丢向我。"

由无数粒金黄色光晕组成的荒木启，朝着崔芒芒招手。

崔芒芒犹豫着用颤抖的双手，捡起一块石头朝着眼前的荒木启丢去，聚集起来的金黄色光晕顿时像湖面激起的涟漪一般散开又聚拢。

崔芒芒不敢相信眼前这一切都是真的，她走上前去试着用手触碰那迷人的光芒，结果金黄色的荒木启突然消失，一下子又变回现实中的人，男生的脸被女生的手抚摸着。

崔芒芒被荒木启这倏忽的变化，吓得缩回手，然后使劲捏了一下自己的脸，想要证明这不是在做梦。

"还记得你高中读过的那本小说吗？就是我嘲笑你很幼稚的那本科幻小说。"

崔芒芒点点头，仍一副还未从刚才电影特效般的画面中脱离出来的呆滞表情。

"里面的男主人公你还有印象吗？"

"来自异时空，有着特别厉害的超能力。"崔芒芒回忆着小说里的情节，"难道说，你就是那个男主角？"

崔芒芒惊诧地捂住嘴，脑袋里有关当时男主人公的画面一瞬间都变得立体起来。

"当然不是,我只是举个例子,如果我真的能够像他那样厉害,早就去拯救世界了。"

"所以说,你也可以让时间瞬间静止对不对?那刚才变成一堆黄色的光又是怎么回事,你真的不是外星人吗?"

好像之前怀疑荒木启所有可疑的细节都找到了能够勉强解释的答案,女生反复打量眼前的男生,与普通人没有任何不同,身体里竟然蕴藏着如此惊人的秘密。

"我不是什么外星人,跟普通的人类唯一的区别就是,我原本生活在另一个空间中,那个空间只有一个维度,姑且可以用爱因斯坦的相对论来解释,就是我生活在一维空间中,这个空间中唯一的度量方式就是时间,而你或者说是现在的我,所存在的是一个四维空间。总而言之,你姑且可以把我当作'时间'的某种化身……"

荒木启向崔芒芒讲述着,女生俨然一副听科普讲座的表情。

天空不知道何时开始飘雪,风声一阵一阵地把话音吞噬。

"闭上眼睛。"荒木启对崔芒芒说道,"数到一才允许睁开眼睛哦。"

"三……"
"二……"
"一……"

崔芒芒睁开眼的那一刹那,漫天的雪花全部停留在天空中。眼眶不知不觉润湿了,心里想着多想永远把这一刻留下来,没有任何顾忌,就只是两个人,安静地欣赏着这世间独一无二的美丽。

如果心碎的声音是流泪,那笑着哭也算作残缺的美。

她深情地望了一眼身旁牵着自己手的荒木启,温柔地说了一声:

"谢谢你,荒木。"

第七章

如果真的喜欢就要勇敢地去追逐

【法式鹅肝】

　　经营爱情的力道，就像烹饪一道精致的法式鹅肝，火候过头，肉质会变硬变老，不温不火，食物的鲜香则无法被催生出来。爱里有温暖的告别，也有残忍的缠绵，但无论是快乐还是失落，都是属于爱的表达方式。

　　多亏奶油与蒜香的烘托，鹅肝的香味才能够被完整地演绎出来。倘若没有那些失去与悔过，离别与折磨，真爱的力量又怎么能被迷失着的人儿所感受到呢？

　　对于真爱而言，只有相见恨晚，没有为时已晚。

【"食"间の恋人】

01

邱毅浓怎么也不会想到,自己为了让崔芒芒和荒木启在一起所做出的努力,最终还是竹篮打水一场空。

几天后的机场安检口,在各自拥抱告别后,崔芒芒与荒木启转身走去了相反的方向。

"真的不打算回去了?"邱毅浓伸手拍了拍崔芒芒的肩膀,"现在后悔还来得及,别到时候又给我在天台哭鼻子。"

崔芒芒笃定地点点头,十分振作地深呼吸一口气,拽着邱毅浓的胳膊。

"走!老娘陪你回去打游戏!"

远去的背影后方的几十米,荒木启走进安检口之前犹豫地转身,看着崔芒芒和邱毅浓有打有闹地离开,身旁的一梨提醒了对方一声马上登机了,荒木启终于失望地跟一梨踏上了返回日本的旅程。

飞机上一梨帮荒木要了一杯咖啡。

"还在生我的气?"女生小心翼翼地问道。

荒木沉默地看着窗外的云,没有搭话。

"我已经给芒子打电话道过歉了,我承认那天你晕倒之后我说的话有点儿严重,但我不还是因为担心你吗?你看看自从她回日本之后,你的人和生活发生了多么大的变化!"

一梨忙着解释,荒木启抬起手,示意对方打住。

"好了,我累了,这件事就让它过去吧,反正芒子她不会再回来了。"荒木启的话透着失落,说完他放下遮光板,闭上了眼睛。

一梨看着荒木启的脸,不知道该如何是好,拿着咖啡的手悬在半空,又落了下来。

"打他！打他！快把他的猪脸打爆！"

"你快点儿掩护我！快啊！"

"我去！你行不行啊！又没血了！"

屋子里传来激烈的枪战声，坐在屏幕前拿着手柄的两个人正沉浸在其中无法自拔。一声"game over"的提示音后，崔芒芒伸了个懒腰起身去搜索食物。

"喂，邱毅浓，上次来还看你屯了两箱子薯片，在哪儿呢，怎么找不着了？"崔芒芒扒开一堆衣服袜子，朝还坐在屏幕前开战的男生吆喝着。

"大姐，你忘了吗？那天是你打电话让我搬一箱送去给一梨的啊！"

崔芒芒努力回想："给一梨？什么时候的事啊？哦哦，想起来了，就他们刚来中国那几天，排练太辛苦，然后我就让你……"

崔芒芒说到一半，忽然打住，然后泡了两包速溶咖啡，端着坐到邱毅浓身旁。

"话说，你觉得一梨是不是比我漂亮很多啊？"崔芒芒关掉邱毅浓的屏幕，满脸正经。

邱毅浓点点头，打开屏幕继续玩。

"喂！真的假的啊！"

崔芒芒给了邱毅浓一拳，然后叹了口气："你们男人没一个好东西。"

"喂，说什么呢，我可是例外好吗，为了你跟荒木启那点儿破事，我心都快操碎了。"

"你说这个我才想起来，谁让你把我那盒子信偷去给他看的。"

崔芒芒瞪着邱毅浓，男生"我……我……我"地想要解释。

"你、你、你，你什么你，都是因为你，害我在荒木启面前尴尬。"崔芒芒喝了一口咖啡，"唉，算了，反正人都走了，纠结这些也没什么用了。"

说着崔芒芒拿起另一个手柄，准备继续加入战争，邱毅浓这次却关掉了屏幕，一本正经地看着女生。

"你说我就奇怪了，说不去就不去，就因为那天一梨刺激了你几句？这里面肯定有什么隐情！快，老实交代！"

邱毅浓指向崔芒芒的那根食指被女生"啪"地打开。

崔芒芒犹豫了一会儿，终于开口。

"后来，一梨她又给我打了个电话……"

荒木启来找崔芒芒的前一天，正发着烧的女生接到了一梨的电话。

"芒子，对不起。"崔芒芒听着电话里传来的道歉，回想起那晚音乐会对方冲自己说的话，想要拒绝，却还是狠不下心来。

"没关系，我能理解你当时的心情。"崔芒芒回应道。

说完电话那头就传来带着哭腔的声音。

"芒子，荒木因为这件事跟我大吵了一架，这是我从认识他以来他第一次发这么大的火，我真的不知道该怎么办了，芒子，你可不可以帮帮我，你知道的，如果没有荒木，我的生活就什么都没有了。从大一开始，我就喜欢着他，毕业后想尽办法考进他所在的乐团，他在培训学校做料理讲师，我又立刻去报名。他每做出一点儿改变，我也跟着想办法改变自己，这一切都是因为我想要一点点地靠近他，让他看到我的存在，让他也可以喜欢我一点儿。"

一梨几乎是用乞求的语调，说完这么一大段话。

一向优雅、说话和风细雨的一梨突然变成这个样子，崔芒芒也不知该如何面对了。

"芒子，你不是答应我要帮我追求荒木的吗？我们的约定你还记得吗？"

"嗯。"崔芒芒晾了几秒，"所以，你说吧，如果我能做到我一定帮你。"

听筒里传来平定下来的呼吸声，紧接着，一梨说出了自己的请求。

"芒子，你可以留下来吗？"

话音刚落，崔芒芒的手心已经冰凉。

/139

"这也太过分了吧,她之前那么讲你,现在又来这一套,崔芒芒你是缺根筋,就因为这贱人在你面前的一番苦肉计,你就决定不回日本了?就甘心把自己心爱的男人拱手相让?我真是活久见了,没见过你这样谈恋爱的,你以为是红十字会爱心捐赠啊!"崔芒芒讲完,邱毅浓噌地跳起来,骂骂咧咧地唠叨起女生来。

"可是明明一梨很可怜啊,她默默地喜欢他那么久,为了靠近他做出了那么多的努力,为什么就不能成全她呢?"

崔芒芒抱着膝盖,自顾自地说,邱毅浓听完更生气了,气急败坏地戳了戳崔芒芒的脑瓜。

"我说大姐,你是发烧把脑袋烧糊涂了吧,那人家荒木启为了你呢,他做了多少努力,你怎么不成全一下他呢?真是被你给气得快升天了!"

"邱毅浓,爱情不是你想象的那样简单,我这样做是为了他将来能够幸福快乐,是为了让他知道,我不值得他为我做出那么多努力,我只不过是他人生里的一个匆匆过客,等到时间一过,他自然就会明白我不适合他。一梨比我更适合他,一梨比我更能给他幸福,起码在外人眼里,站在荒木启身旁,更般配的是一梨,而不是像我这样,好吃懒做,全身上下都是缺点的女生。"

崔芒芒说完一大通,邱毅浓突然抱住崔芒芒,拍了拍她的背。

"好了,好了,我永远站在你这一边,你既然已经决定了,就按照你的想法去做吧,我没意见。"

崔芒芒也抱住邱毅浓,如释重负地在他的肩头说道:"小邱,还是你对我最好。姐决定了,就算姐三十岁还嫁不出去,也要把你给嫁出去!"

"去死吧你,赶快把这局打完陪我去超市!家里都快断粮一礼拜了!"

邱毅浓捡起地上的手柄丢给崔芒芒,房间里顿时又充满了游戏吵闹的声音。

02

中圭先生诧异地盯着正擦着头发从浴室走出来的荒木启。

"什么？车祸？"

荒木启揪下一颗葡萄塞进嘴里，点了点头。

"所以，你使用了你的能力对不对？"

荒木启拿起一颗草莓塞进嘴里，又点了点头。

"别吃啦！我在问你正事呢！"中圭先生拍了下桌子，"你表上的数字，现在还剩下多少？"

荒木启不紧不慢地走回房间，拿来手表给中圭先生。

"就只剩这么点儿了？你到底是去做什么了啊，荒木启，我跟你说过无数次了，不要再轻易使用你的那些能力了，你为什么从来都不听我的话！"

荒木启疑惑地看着中圭郁闷的表情："也还好啦，只要我不再使用任何一种能力，剩下的这些时间足够支撑我像个正常的普通人一样，活到您这个岁数啦。"

荒木启一副劝中圭不要太紧张的语气，反而搞得中圭更加不满。

"不再使用能力？这种话你已经说过无数次了，可哪次你真正做到过。荒木，你既然想要像一个普通人一样在这个世界上生活下去，那么你就必须学会像他们一样，凭借着自己的力量解决遇到的一切困难，如果凡事都企图靠捷径解决，那我真的对你太失望了！"

"好啦，好啦，知道啦，我以后注意。来来来，赶快拆礼物，专门从中国给您老人家带的，看看喜不喜欢。"

荒木启正要拿出礼物来让中圭先生消气，中圭先生却直接起身回了房间。

"幸亏没把鳕鱼子已经知道我身份这件事告诉中圭，不然我今晚就真的别想睡了。"

荒木启兀自呢喃着，整个身体蜷在了沙发里。

看着这位快要七十岁走起路来已经有些蹒跚、与自己没有任何血缘关系的中圭，这么多年却一直仿佛亲人一般照顾着自己，荒木启忽然有点儿愧疚。然而对方的话，也不无道理，当初从原本的时

/141

空中出来选择这里,是为了体验像普通人类一样努力活着,可为什么自己却逐渐变得依赖于那些原本正常人所不曾拥有的东西了呢?

或许真的应该像中圭说的那样,像这个世界里的每个普通个体一样,凭借着自己顽强的力量,努力地生活下去。

可现实是,没有任何一件事情、一种生活,是完全意义上的一帆风顺的,更残酷一点说,你越负隅顽抗,反而输得越惨,不如早点以退为守。

连续几天面对着电脑在直播网站上视频直播,崔芒芒已经明显感觉体力不支。于是只好向观众们请假,贴出了休播一段时间的公告。可粉丝们压根儿不买账,发出公告的半天内,私信箱就要被留言塞爆了。

自己没有回日本继续陪岚子外婆这件事倒是得到了对方的理解,连续到来几通电话安慰,不仅没有抱怨,还高兴地向崔芒芒炫耀着自己和中圭先生进展到了新的阶段。崔芒芒在电话那头挖着一盒冰激凌,噘着嘴向岚子小姐表示祝贺,对方兴高采烈地聊了几句说晚上要去和中圭先生一起健身便匆忙挂了电话。

一下子又回到了最初,全世界都在谈恋爱,只有自己一个人还整天昏迷似的做着宅女,看着视频网站更新的动漫新番,男主角和女主角终于走到了一起而感动得不能自已。

"啊,怎么回事啊?"崔芒芒自己拍着后背把刚到嗓子眼儿的冰激凌吐了出来,已经连续好几天了,嗓子说不清楚的难受,尤其是下咽食物的时候特别困难。

崔芒芒扫兴地把吃了半盒的冰激凌放回冰箱,看着镜子里又恢复干枯毛躁状态的鸡窝头,叹了口气。

"都是自己作的,又能赖谁呢。"女生自言自语,又揉了揉自己的嗓子,试着努力咽下口水,疼痛感迎刃而上。

估计是这几天直播吃得太多太油腻,导致嗓子上火了,看来休播是一个明智的选择,自我安慰一番后,宅女崔芒芒又一头栽进了漫画书里。

从荒木启返回日本后,每天严格遵循着美国作息生活在中国的崔芒芒，生活质量没提高多少，体重倒是增长了不少。每天除了写稿就是看番，再不然就是去邱毅浓家打打游戏，时间一转眼就变成信用卡账单死气沉沉地躺在了信箱里。

邱毅浓实在看不下去崔芒芒这副还没谈恋爱就率先失恋的悲剧状态，特地跟公司请了半个月的假，拉着崔芒芒去巴黎放松心情。

似乎也是在等待着有那么一个豁口出现，把身体这个巨大的游泳池里储蓄了好几个月的脏水给排出去，而且之前答应邱毅浓假扮自己男友之后，请对方出国旅游的承诺还未兑现，崔芒芒丝毫没有犹豫，就答应了邱毅浓。

03

少年时偷偷塞在桌洞里的浪漫爱情，学男女主人公许愿将来要和最爱的人一起在埃菲尔铁塔下拥吻，然时过境迁，多少少女病被思念治愈，藏在日记里的执念最终变成塔下的一句轻叹。

崔芒芒就是那个曾经在日记里偷偷许过这样愿望的女生，可是她怎么也没想到现在站在塔下陪她一起拍照留念的不是年少时最爱的他。

不是有句话说得好——有些梦想生来就是注定无法被实现的。

虚度人生的时候，时间总是过得很快，旅程的最后一晚，邱毅浓订了豪华游艇的自助餐。两个人抱着"势必要把本钱吃回来"的决心，为了这一顿特地空着肚子没吃午餐。

开餐半个小时后，邱毅浓看着对面的崔芒芒和桌子上快要成山的食物，尴尬地说道："可是给中国人民来丢人现眼了。"

"你这是说的什么话嘛，花了那么多的人民币，当然就得物尽其用，咱这是给法国GDP做贡献，懂不懂。行了，你也别在这儿愣着了，赶快去帮我拿鹅肝，等了那么久，总应该做好了吧。"

邱毅浓被崔芒芒吩咐去拿鹅肝，不一会儿，男生就端着个盘子回来了。

"哪，你的法式鹅肝。"

/143

"就拿了一份啊,你不吃吗?"崔芒芒色眯眯地看着泛着光的鹅肝,口水都快要流出来了。

"我可从来不吃动物的肝脏。"邱毅浓瞥了一眼女生面前的鹅肝,"你们这些人啊,就是太血腥。"

崔芒芒发出"啧啧"的声音,揶揄对方:"快拉倒吧你,吃猪下水的时候你怎么没发表慈善感言啊。"

"行了,吃你的吧,吃还堵不住你这张嘴。"邱毅浓边说着边为女生和自己倒上红酒。

铺盖着一层奶油的鹅肝泛出滋滋的油光,经过烹制后,更可以嗅到鹅肝本身的香气。轻轻切下一小块鹅肝送入口中,鹅肝浓重的鲜味和奶油的香甜并肩作战,淡淡的蒜香在咀嚼时被充分地感受到,将鹅肝的美味更深一层地衬托出来,沉睡的味蕾仿佛瞬间被这鲜嫩的口感激活。

食物在口腔中完成灵魂的升华,崔芒芒幸福地闭上了眼睛,却又被坐在对面的邱毅浓一把拉回现实。

"喂,小姐,你是在拍MV吗?吃块鹅肝搞得跟角逐奥斯卡似的。"

"我告诉你哦,你不尝一下这个鹅肝,你真的会后悔死。"崔芒芒切下一块鹅肝,送到邱毅浓的盘子里,男生还是没能经得起这食物本身的诱惑。

崔芒芒正期待着邱毅浓会做出什么样的反应,没想到男生咀嚼了几下,冷不丁冒出来一句"这口感比起猪大肠差远了"。

崔芒芒一脸嫌弃地看着邱毅浓:"你这种凡人尝尝我们宫廷的食物就够了,还是猪大肠比较符合你的气质,行了行了,再给本仙女拿五盘来。"

"五盘?"邱毅浓刚想起身一个跟跄。

"还不快去!"

最终这顿晚餐撑得崔芒芒快走不动路了,邱毅浓一路搀着女生到甲板上欣赏塞纳河的夜景。

"瞧瞧人中国大妈都比你能hold住,你倒好,一个人吃了十盘鹅肝,最后搞得那个负责煎鹅肝的厨师都认识我了。"邱毅浓伏在栏杆上吐槽站在一旁 ps 鹅肝照片的崔芒芒,这时有服务员端着酒过来。

崔芒芒拿了一杯香槟,看着小哥远去的背影,语气花痴道:"要是我有钱,就把这小帅哥给包了!"

"就你这饭量,也就养猪场养得起。"

"听没听过一句话'娶一个能吃的女人回家,招财'!"崔芒芒说完恍然回忆起最初自己听到这句话的情形,眼睛里闪过一阵失落。

"那可不,今天娶你进门,明天养猪场就关门倒闭。"

甲板上的背景音乐忽然换成了一首悲伤的曲子,不知怎么的,女生的脑袋里却始终萦绕着当初荒木启对自己讲这句话时的画面。

邱毅浓看着正在发呆的崔芒芒,伸手在她面前挥了挥。

"我说崔芒芒,你想什么呢?"

崔芒芒从脑海中的那个画面中回过神来,喝了一口手中的香槟。

可能是刚才红酒喝得有点儿多,加上这甲板上的风一吹,崔芒芒的脸颊又泛起了高原红,眼神也缥缈起来。

"我说姐们儿,你是不是醉了啊。"邱毅浓拿过崔芒芒手中的酒杯,崔芒芒继续用缥缈的眼神告诉男生自己没喝醉。

"得,我看还是给你倒杯热茶醒醒酒吧。"邱毅浓嘱咐崔芒芒就待在这里别乱跑,然后走去了舱内。

04

游艇在河面上缓慢地航行着,河岸上的巴黎繁华璀璨。风吹散她的头发,崔芒芒看着岸上的灯火,仿佛听见了整个世界发出的酥软的呼吸声。

就在她想要走到甲板的另一侧时,她忽然听见有人呼喊她的名字,崔芒芒转过身去,看到了那个在脑海中挥之不去的脸庞。

"荒木,你怎么会在这里?"崔芒芒惊讶地看着他。

他温柔地用富有磁性的嗓音说了一句"好久不见",然后缓慢地走向她，给了她一个温暖的拥抱，就在崔芒芒还沉浸在这惊喜之中时，他俊朗的脸猛地贴了过来，她感受到他灼热的体温和心跳，就在他要深情吻下的那一刻，她闭上双眼，屏住了呼吸。

三……

二……

一……

就在她心里倒数着，那枚足够融化一切的吻即将到来时，一双冰凉的手突然扒住她的脸，把她硬生生地从对方的怀抱里扯了出来。

"崔芒芒！你在干什么？"邱毅浓一把糊住崔芒芒的脸，这才把女生从服务员小哥的身上拽下来。

崔芒芒这才从刚才的幻景中挣脱出来，邱毅浓一边一个劲地朝刚才端酒的服务员小哥道歉，一边瞪了还迷迷糊糊的女生一眼。

甲板上的人目光齐刷刷地注视着这尴尬的两个人，邱毅浓赶快拉着崔芒芒逃回舱内。

"我说大姐，咱不能喝就别喝，喝了咱能不逮着谁就上去亲吗？你可是没看见刚才你噘着嘴，扯着人家的样子恨不得一口把他给吃了。"

崔芒芒哆哆嗦嗦地喝着茶，这才逐渐从空中落回大地。

"人家这不是喝醉了嘛！"

"你也知道自己喝醉了，刚才是谁啊在我面前还一个劲地逞能说自己没醉没醉。刚才那帮子围观群众的眼神，差点儿没把我逼着直接投河了。"

邱毅浓唠叨着崔芒芒，女生突然摸着肚子感觉到一阵痛。

"邱毅浓，我们还是回酒店吧，我感觉我好像要吐……"

没等话说完，崔芒芒就起身冲进了洗手间。

这一吐就吐到了午夜十二点，崔芒芒活活在酒店房间的洗手间里待了一部电影的时间。

"你好点儿没啊？"邱毅浓趴在床上随意摁着遥控器，看着崔芒芒扶着墙走出来。

"感觉快把魂给吐出来了,真是可惜了我那些小肝肝,还没完成最后的使命就被我吐了出来。"

"我看啊,你就是被那些肝搞的,你叫谁一下子吃那么多,也承受不住啊。"邱毅浓给崔芒芒倒了杯热水。

这时手机响了,竟然是荒木启的消息。

邱毅浓看着崔芒芒盯着手机屏幕的表情发生了不妙的变化,问她怎么了,崔芒芒的手机"啪"的一声跌落在地上,她看着床上一头雾水的邱毅浓,说道:"荒木启说,他要和一梨订婚了。"

"什么!"邱毅浓被这条消息一下子从床上炸起来,上前捡起掉在地上的手机,看着屏幕上的信息,也跟崔芒芒似的愣住了几秒,然后给了女生一个拥抱。

他在崔芒芒的耳边安慰,崔芒芒却突然推开他,说着"对不起,我想一个人静静",就把男生赶出了自己的房间。

邱毅浓在门外大喊着让崔芒芒不要胡思乱想,崔芒芒失落地靠着门,身体慢慢地滑到了地板上。

她把手机狠狠地扔开,那一刻仿佛听见了身体里发出如同剥开栗子的声音。长久寄居在她身体里的那两个小人终于不可开交地打了起来。她想起在香榭丽舍大道遇见的那位街头卖艺的老人,给每一个经过他的陌生人讲述的自己的爱情故事,因为参加战争而没能和自己最爱的人共同走进婚姻的殿堂,而后悔一生。

"如果是真的喜欢,就放下一切顾虑去勇敢追逐,我们每个人的一生没有那么多的时间用来犹豫,在爱降临之前的等待,不过是为了当爱真正降临之时,我们不再徘徊等待。不要等爱失去了之后,才后悔自己当初没有用力地抓住。"

耳朵里自动回放起那位卖艺的老人讲的话,每一字一句都像海潮一样推动着她心里的浪花,埋藏在心里那座小岛城堡的情感似乎再也无法按捺。记忆中那个被人围殴在墙角的女孩忽然勇敢地站了起来,迎着众人恶狠狠的目光,怒吼一声冲了出去。

崔芒芒跑出去敲邱毅浓的房门,男生一打开门就听见对方信誓旦旦地说了一句:

"我决定去日本!"

05

似乎对于崔芒芒这种性格的人来讲,要想让爱情这座沉睡了数百年的火山爆发,必须要来点儿东西刺激一下。就像那美味的法式鹅肝,不也多亏了那蒜香的激发,才将鹅肝的鲜香发挥到极致。

得知崔芒芒要回来的消息,沉浸在与中圭先生暧昧之中的岚子外婆倒是没表现出锣鼓喧天般的高兴,反倒是张雪梅高兴地在电话里不停地吩咐着女儿去日本要帮自己做的事情。因为上次的车祸,张雪梅的货物全被烧掉了,这一单生意只好延后了时间,搞得合作方很不满意,这次崔芒芒回日本,正好可以帮她把这些事情都处理掉。

临走前,邱毅浓还专门给崔芒芒上了一节"抢回真爱"课,给女生出谋划策如何一针见血、事半功倍地夺回荒木启。

然而看起来准备充分、斗志昂扬的崔芒芒,在看到荒木启和一梨手挽着手甜蜜地出现在她面前的那一刹那,还是被打回了原形,再次变成三个月前,那个缩头缩脑的崔芒芒。

咖啡馆里,一梨边说边把手搭在了荒木启的手上,穿了小西装的荒木启剪掉了刘海儿,换成了清爽的黑色板寸,额头好看的线条让他整个人变得更加帅气精神了。

两个人在崔芒芒面前十指紧扣,举止间充满了默契。

"芒子,谢谢你。"

"啊……为什么突然感谢我?"崔芒芒逼着自己不去看那双紧紧握在一起的手。

"你也知道的,我和荒木也到了该结婚的年纪,婚姻这种事情不像上学的时候那样经得起漫长等待,总之,真的很感谢你能回来见证我们的爱情。"一梨说完,坐在她身旁的荒木拿出一张婚礼的请帖给对面的崔芒芒。

女生诧异地看着请帖上的烫金大字。

"结婚？这么快就结婚了？"

"没错呀，荒木难道没有告诉你吗？"一梨一脸奇怪地看了眼荒木启。

男生赶忙解释着："啊，因为要通知的人太多了，可能是我一时疏忽，没有交代清楚，芒子，不好意思啦。"

崔芒芒在听到荒木启口中的"芒子"时，眼神恍惚了一下，这是对方第一次用如此充满距离感的方式称呼自己，心里泛起大片的失落，女生强迫着自己振作。

这时服务员走过来询问大家要喝什么。

"我要一杯拿铁，再要一杯热美式。"点完荒木启温柔地看了一梨一眼，身旁的女生立即表现出"还是你懂我"的甜蜜表情。

"那您呢，小姐？"服务员转过头问崔芒芒的时候，女生正看着落地窗外的风景。

"哦，我，给我来一杯温水就好了。"

"芒子，是不舒服吗，怎么就只点了一杯水？"一梨露出关切的表情。

"啊，就是嗓子不舒服，没关系的，不用担心我。"

"那等会儿喝完咖啡就赶快回去吧。"玩着手机的荒木启抬起眼皮看了一眼崔芒芒。

咖啡上来的时候，服务员还拿了一个抽奖箱来。

"恭喜你们，获得本店三周年活动期间的抽奖机会，赶快来试试手气吧。"

一梨提议让崔芒芒抽，荒木启也在一旁附和。

崔芒芒甩了甩胳膊，又搓了搓手，在抽奖箱里一阵翻江倒海后，抽了一张奖券出来。

"哇！恭喜您，获得富士急游乐园的情侣免费套票一份，运气真的不错哦，小姐。"服务员说完去前台拿了一张票过来。

"不过可惜是双人情侣套票，要交给谁呢？"服务员拿着票看着眼前的三位。

"给他们吧，他们是情侣，我不是。"崔芒芒摆着手，尴尬地看着服务员。

"哎呀，芒子你这就见外了，什么情侣不情侣，到时候我们三个一起去就是啦。听说里面那个超级受欢迎的鬼屋，又换了一批新鬼呢。"一梨又露出了她那标准的笑容。

崔芒芒听到"鬼屋"两个字来了兴趣。

"真的吗？可是我这个电灯泡在还是感觉太奇怪了……"

没等崔芒芒说完，荒木启起身整理了一下西服领子："好了，时间不早了，还是赶快送你回去吧。"

崔芒芒看着荒木启的眼睛，仿佛失去了从前那种说不清楚的感觉，她点点头，说了声："没关系，我自己回去就可以了。"

这句话仿佛一个吸满水的海绵，装了大把大把的失意和落寞。就连最后分别时，对方仍旧紧紧扣着彼此的手，崔芒芒看了眼后故作微笑地道别，走出了咖啡馆。

06

"如果是真的喜欢，就放下一切顾虑去勇敢追逐，我们每个人的一生没有那么多的时间用来犹豫，在爱降临之前的等待，不过是为了当爱真正降临之时，我们不再徘徊等待。不要等爱失去了之后，才后悔自己当初没有用力地抓住。"

现在好像终于体会到了那位老人同样的感受，在一切都来不及的时候，才开始醒悟，后悔莫及。

崔芒芒捏着那封请帖，窝在自己的房间里，房门外的外婆练着瑜伽，不时发出撕裂般的喘息声。

"怎么就那么突然地宣布要结婚了呢？"

"感情这种东西，真的会随着年龄增长，再也经不住等待吗？"

"连称呼的语气都发生了天翻地覆的改变，看来真的是决定拉开距离了。"

崔芒芒倒在榻榻米上，看着请帖上的烫金大字在灯光的折射下发出光，发出一声叹息，缓慢地闭上了眼睛。

脑海里的画面里长满了无数双十指紧扣的手，还有无数双默契相视的眼睛。她不情愿地回想着这一幕幕，可又不得不承认这一切真实地发生了，不可追回地发生了。

"崔芒芒你这个丫头，赶快把你说要孝敬我的马卡龙拿出来啊，猫在屋子里坐月子呢！"外婆的一声催促，令崔芒芒不耐烦地用手指分开上下粘住的眼皮。

外婆一边喝着抹茶，一边仔细品味着崔芒芒从法国给她带回来的马卡龙。

"别吃太多，身体消化不了，都这么大年纪了，已经不是年轻人了。"崔芒芒看着岚子小姐脸上焕发的幸福，唠叨着。

"明天也拿给中圭这家伙尝尝去。"外婆提到中圭，脸上的光芒愈加浓烈。

"瞧把你给甜蜜得，已经进展到什么地步了？"崔芒芒闻着抹茶的香气，也拿起一块马卡龙。

"已经牵手啦！"外婆激动地说道。

"每天练舞的时候不都牵？"崔芒芒语气冷淡。

"练舞时候的牵手能和在摩天轮下的牵手一样吗？怪不得是没谈过恋爱的人。"外婆一脸的嫌弃。

崔芒芒恰好被这句话给戳到，看着眼前一把年纪的外婆仍可以像个十八岁少女似的，为爱情活得充满力量，可自己呢，连喜欢的人都抓不住，最后变成了别人的未婚夫。可还不都是因为自己的错，最后感慨惋惜的人，给悲剧电影关闭投影按钮的人也只能是自己。

"听说，荒木启要跟别的女人结婚了？"岚子外婆果然哪壶不开提哪壶。

"是啊，和他的大学同学，一个叫一梨的女生，长得比我漂亮，身材比我好，没我能吃，最重要的是比我更会照顾荒木启，更懂得讨他的欢心。"

"咔嚓"一声咬下马卡龙，甜蜜的心碎声有些苦涩。

"瞧你这醋劲，男人这种生物，就是要我们女人去主动争取，女追男隔层纸，听没听过，你只要让对方明白你的心意，就不怕他会离你而去，更何况荒木这小子那么喜欢你。"

岚子小姐扶着桌子起身，小碎步跑进自己的房间，然后拿出一个盒子。

"项链！"崔芒芒看着盒子里发着银色柔光的项链，充满了惊喜。

外婆帮崔芒芒戴上项链，然后伸出手抚摸着她的头发，眼睛笑眯眯地弯成一条月牙。

"答应过你的，要再给你买一条，总不能说到做不到吧。"

岚子外婆捏了崔芒芒的脸蛋一下："开心点儿，爱情这种东西，只要怀揣着真心，上天就一定会看到的，从现在开始，放下顾虑，别想那么多，是你的就是你的，跑不掉的，我的芒子，这么好一个姑娘，一定会成功的。"

崔芒芒紧紧地抱住外婆，岚子小姐轻轻拍着她的后背，小声说了一句："你啊，跟小时候还是一模一样，总是把难过憋在心里，老是这样，会把自己给憋坏的。"

窗外温柔的风声把门框前的风铃吹响，发出清脆的响声，月亮穿行在浓浓的云雾之中，猫咪发出的柔软叫声，让这夜晚又多了几分静谧祥和。

07

张雪梅连续打了好几通国际漫游给崔芒芒，要她赶快把从中国带去的货物给日本的合作方送过去。

崔芒芒周末一大早就背着大包小包坐着电车赶去了对方的公司。

找到公司所位于的楼层，一打眼就看到旅游事务所的标识，崔芒芒正奇怪一家旅游公司怎么做起皮革生意，接完电话的前台小姐忽然起身带着崔芒芒去了社长的办公室。

坐在办公桌后抽着烟的男人看到女生后，立刻上前喜笑颜开地迎接。

"原来您就是雪奈（张雪梅的日文名）的女儿啊，经常听你母亲提起你呢，果不其然，遗传了你母亲的长相基因，很可爱的女孩子啊。"

男人看起来四十多岁的样子，大叔的长相却不安分地染了一头黄毛，咧嘴笑的时候脸上的皱纹也跟着笑了，最重要的是那镶着一颗金牙的嘴巴一张开，就散发出令人难以忍受的臭味。

刚才带崔芒芒进来的小姐为崔芒芒倒了一杯茶，打过招呼后就离开了办公室。

"哦，你看我这记性，忘记自我介绍了，我叫长谷志藤，你叫我志藤大叔就可以了，算起来我跟你妈也有两年多的合作时间了。所以，千万别见外。"

男人说完，又给崔芒芒拿出零食来吃，崔芒芒看着眼前的男人并没有刚才第一眼那么奇怪，也和对方热情地攀谈起来。

"啊，我这个公司啊，其实是我一朋友开的，只是我自己的公司最近正在装修，所以才借这里办公一阵子。"

还算是一个挺和蔼的人，聊天的过程竟感觉意外的轻松。崔芒芒把张雪梅交代自己的货物交给志藤先生后，对方还邀请她一起吃午餐，崔芒芒找了个理由推了，准备告辞。

就在这个时候，一阵急促的敲门声传来。

"有什么事情不能等会儿再说吗？"男人似乎被这突如其来没有礼貌的打扰给弄得有些不高兴，可敲门的人似乎真的有什么急事，志藤先生对崔芒芒说了声抱歉，然后让对方进来。

只见一个一身黑色西装，还戴着黑色墨镜的光头男人急急忙忙地走进来，然后在志藤先生的耳边窃窃私语了一会儿。

志藤先生说了句"我知道了，就按照你说的去办"然后示意对方可以出去了。

崔芒芒划着手机没有在意两人之间的谈话，那个光头墨镜男汇报完要离开的时候却不小心被办公室的电线绊了一跤，差点儿摔倒在地。

崔芒芒好心地上去搀扶，问了对方一句"没事吧"，对方看着崔芒芒的脸，顿了几秒，然后连一句感谢的话也没有说就慌张地离开了办公室。

"这是我的手下，冒冒失失的一个人，别在意。"志藤先生对崔芒芒说道。

女生摆着手说没事，接下男人递过来的名片。

"那以后如果在东京遇到什么需要帮忙的事情，尽管来找我，顺便替我向你母亲问好哦。"

志藤微笑着送走崔芒芒,然后拿起电话摁了几个键:"叫 M 进来。"

说完没多久,刚才那个戴墨镜的光头男又敲门走了进来。

"社长,已经按照您的要求把警局那边摆平了。"

坐在老板椅中背对着 M 的长谷志藤看着落地窗外东京城市中流动的车流,拿出一条雪茄,缓慢地说了一声"很好"。

"社长,还有一件事情。"

"你说。"

这个叫 M 的光头男上前帮长谷志藤点好烟。

"刚才那个女孩,就是上次我们做的那一单,那个老太婆的家人。"

"哦?"长谷志藤冷笑着转过椅子,"就是把你们弄进局子的那家人?"

M 低着头:"是的!"

"啊,我可是废了九牛二虎之力才把你们从警局弄出来的啊,这下可好了,冤家路窄,又给你们撞一块儿去了。"

志藤吐出一个烟圈,夹着烟的手指在空中挥了挥,M 赶忙走到男人跟前,俯下身子。

"那她,就交给你去处理吧。"男人把手中的雪茄塞到 M 的嘴巴里,接着说道,"小心行事,敢再露出点儿马脚我饶不了你。"

M 鞠躬回应完一声"是",离开了办公室。

孤身一人的办公室里,爆发出恐怖的笑声。

"雪奈啊雪奈,这些年我承受的痛苦,我要一分不少地还给你!"

转过身继续看着窗外的长谷志藤,玻璃窗反射出他嘴角的笑容。

[第八章]

所有这些改变无非都是为了某个人

["食"间の恋人]

【关东煮】

  再绚烂的烟火,绽放后终将归复平静,就像轰轰烈烈的爱情,总归要变得平淡。但平淡才是爱情获得长久生命力的源泉啊,就像那清淡的关东煮,经过漫长熬煮的汤汁,完美地融合了柴鱼与昆布的滋味,各式各样的食材经过这汤品的滋润,又和谐地构成一体。

  碰撞与狂热变为海纳百川的执子之手,昔日的争吵与误解化成彼此相视时,对方笑眼边的一道皱纹。

  平淡是漫长的跋涉,是偶泛涟漪的湖面,是爱情里你我最美的样子。

01

周末,充满了尖叫声的游乐场,此时正处于从入园开始就在排队的高空刺激项目——大摆锤。

当崔芒芒真正坐上大摆锤那一刻,她便开始后悔跟着荒木启和一梨来游乐场这个决定。等到她从大摆锤上下来的时候,她终于意识到这个决定一开始就是个大错误。

地平线垂直视线,崔芒芒强忍着眩晕感,如杀猪一般号叫着,而一旁的情侣二人,彼此紧紧抓着对方的双手,一梨尖叫的时候,荒木启甚至做作地喊出"没关系,我保护你"这样的话。

十分钟后,一梨在一旁弯腰吐成黄果树瀑布,身边的荒木启又是送水又是拍着女生的后背。

"一梨,你还好吧,这才第一个项目而已哎。"崔芒芒一副"你看我一切正常"的表情看向正漱口的一梨。

"啊,芒子,我没事,只不过是早饭吃得有点儿不舒服。"一梨立刻整理表情,笑眯眯地回应崔芒芒。

找什么理由啊,不行就不行,崔芒芒看着这清汤寡水的笑容心里翻了个大白眼。

"那我们再去玩海盗船吧!"说完崔芒芒拉起一梨的手,一脸姐妹情深有福同享的神情。

荒木启似乎闻到了些火药味,赶忙上去挽住一梨。

"我看,芒子,你还是不要难为一梨了,她真的不太擅长这些高空项目。"

崔芒芒看着荒木启摸了摸一梨的肩膀,脸上写着大大的"心疼"二字。

/157

"天哪，一梨你不会是怀孕了吧？"崔芒芒突然就变了个调，疼惜地摸着一梨的手。

"啊，当然没有！哈哈，怎么会呢，芒子你太可爱了，别开我玩笑了啦。"一梨连忙解释，谁知道崔芒芒早给她埋下了一个坑。

"我说嘛，人生就是要敢于尝试。你现在还没跟荒木结婚，这女人结了婚就会被逼着生孩子，你到时候挺着个大肚子更不可能玩这些啦，所以，趁着现在能玩当然要玩个痛快啦，其实我也不是很擅长这些的，多试几次就行啦。"

说完崔芒芒就拉着一梨去排队，一梨回头一脸求荒木启救援的表情，荒木启尴尬地跟在后面。

"崔芒芒，你慢点儿啦！"男生喊着女生的背影。

"再慢就不知道要排到猴年马月啦！"

别看崔芒芒表现得自己完全视这些刺激项目为小菜一碟，可这一天几乎把大半个游乐园全玩下来后，她还是没能绷住最后的防线，在从过山车上下来后，差点儿把肠子都给呕出来。

更可笑的是，下来后的崔芒芒连脚跟都站不稳了，还拍着胸脯在一梨和荒木启面前吐槽这个一点儿都不刺激，可逞能刚逞到一半，胃里涌上来的一阵酸让她一下子慌了，紧接着就看见女生深吸一口气，硬是把那翻江倒海要涌上来的东西给压了下去。

"简直就是小儿科级别嘛，看来也就鬼屋能拯救一下我这受到伤害的小心灵了。"崔芒芒招呼着一梨和荒木启二人去玩鬼屋，没走出两步，大概是吹牛吹得有点儿过猛，那来自胃部的力量还是没能被压住，崔芒芒一个跟跄冲着垃圾桶吐了整整半个小时。

崔芒芒张着血盆大口趴在垃圾桶边，荒木启拿来一瓶矿泉水递给女生。

"我说这鬼屋你确定还要尝试？"

崔芒芒听了这话，一个起身，对着荒木启一脸"你竟敢小瞧老娘"

的表情。

"要！干吗不要！自己选的鬼屋，跪着也要玩！"

荒木启无奈地看着天空："你说有些人，还真是不到黄河不死心啊，这天上的牛都飞了一天咯。"

听着荒木启的酸水，崔芒芒丝毫不屑，冲着男生"哼"了一声。

"走着瞧！"崔芒芒放完狠话，冲着远处的一梨挥了挥手，"一梨，我们出发吧！"

02

对于鬼屋这种东西，一般的小女生肯定都会犹豫着拒绝，因为在未知环境中的害怕毕竟是正常人都会有的，对于崔芒芒也不例外，然而和一般小女生不同的是，崔芒芒不会将这种畏惧转化为逃跑，而是迎面而上地暴击。

这一点，荒木启在高中的时候就见识过了。万圣节故意装鬼吓唬别人的荒木启和别的男生比赛，谁成功吓到的女生越多就请对方吃一个礼拜的章鱼小丸子，结果荒木启成功赢得了这场比赛，却在吓崔芒芒的时候，裆部被女生狠狠地踹了一脚。

因为这个而受伤向学校请了半个月的病假，成了全班男生的笑柄。

然而多年后的今天，似乎又发生了类似的悲剧。

鬼屋里，三个人一起出发，崔芒芒自告奋勇在前方探路。一路上，贯穿全场的背景音乐除了一梨的尖叫声，就是扮鬼工作人员被崔芒芒攻击后发出的哀号。

打完人就跑的崔芒芒，兴奋得像只猴子，却在游戏结束后遭到了主办方的罚款，理由是殴打工作人员。

这个消息仿佛晴天霹雳一样，把崔芒芒激动的心情瞬间砍成两半。

交完罚金的崔芒芒像个丢了魂的人似的，呆呆地坐在游乐园的旋转木马上。一旁的小情侣你侬我侬，崔芒芒看着旋转木马里面镜子中反射出的人影，荒木启拿着手机为公主一般的一梨拍着照片。然后又一不小心瞥见了自己那张丧气的脸，仿佛公主身旁的苦命丫鬟。

"人家鬼肯定在想今天怎么这么倒霉，碰上芒子这么一个不怕死的。"坐完旋转木马的一梨搂着崔芒芒的肩膀，开女生的玩笑。

"算了，别想这些不开心的事情了，走，我们去点好吃的！"荒木启看到崔芒芒脸上的表情不对，朝一梨使了个眼神。

一梨立刻反应过来："对啊，对啊，芒子，吃点儿好吃的吧，这些抛在脑后就好了。"

然而崔芒芒纠结的地方显然不在此，她真正无法释怀的是，从进到游乐场的第一秒开始，就抱着一定要比一梨更勇敢的目标，完成了各式各样可能这辈子都不想再尝试第二遍的事情，到最后才醍醐灌顶，男生才不愿意看到你勇敢得像个爷们儿一样，反倒是那些发出尖叫，柔弱地说着"我不行了啦"的女生才真正获得了男生的垂青。

崔芒芒心里哀怨着，自己最终还是输给了女人味十足的一梨。

"我不去啦，我外婆还在家等着我回去做饭呢，还是你们俩去吧。"崔芒芒说完，转身就要走，然后意识到什么不对，又折回来，把礼品袋子里的小黄人拿了出来。

"这个是荒木启抓给你的。还有，今天谢谢你啦，陪着我受了那么多的苦。"崔芒芒把小黄人交到一梨的手上，然后孤身一人消失在了远处的灯火里。

"看起来有点儿生气的样子。"一梨端详着手中正咧嘴笑着的小黄人，看了眼身旁的荒木启。

"像她这种神经大条的女生，一觉醒来就全都忘了。"荒木启戳了小黄人的眼睛一下，然后对一梨说道，"走吧，去吃饭吧，别愣着了。"

一梨看着远方已经不见了的崔芒芒，不知道怎的，突然很羡慕她。

"搞什么鬼啊！崔芒芒你是不是个蠢猪啊！"

躲在房间里的崔芒芒像拳击手似的暴打着床上的公仔玩偶，发疯地又是跳又是闹，像是下一秒就要把房顶给掀了。

"崔芒芒，你这个死丫头要造反啊！"门外传来外婆的警告声，崔芒芒才跟开了口的气球似的，泄气地趴在床上。

要是邱毅浓在就好了，还可以拿他出出气，对方施舍的哪怕一点安慰都能让心好受点儿。崔芒芒又跟往日一样，迷茫地看着天花板，白天在游乐场出的那些糗就跟幻灯片似的一帧帧地过片回放。

崔芒芒拿起手机邀请邱毅浓"face time"，对方却始终没有回应。

"肯定又出去浪了！"崔芒芒丢掉手机，继续呆呆地望着天花板。

荒木启有了结婚对象一梨，岚子外婆正和中圭先生甜蜜火热，就连宅男邱毅浓貌似也有了新的生活。

崔芒芒觉得自己孤独极了，然而窗外传来的狗的狂吠声，让她又心烦意乱起来，拉开窗帘想要怒吼一声，却看见窗外的一只小黑狗正和一只小白狗嬉闹着。

连狗都找到伴了，崔芒芒自怨自艾地拉上窗帘。这下代表着孤独感的那个炸弹，彻底在心头爆炸，把自己炸得体无完肤。

往往在最需要谁的时候，谁就会出现。就在崔芒芒倒在床上已经迷迷糊糊快要睡着的时候，手机响了，是邱毅浓发来的"face time"邀请。

"你死到哪里去了啊？"上来崔芒芒就给对方一通铺天盖地的抱怨，女生定睛一看，才发现邱毅浓身后飘过一个女人的影子。

"想不到啊，邱毅浓，这都敢拐骗女人回家了，果然我不在你这本来面目终于暴露出来了！"

"呸！呸！呸！一般普通朋友关系好不好，能别乱猜嘛！"邱毅浓说着把镜头往脸上拉了拉，好遮住身后的春色，"有话快说，有屁快放，又怎么了，看你一脸'大姨妈'逆转了的表情。"

"还不是你给我出的馊主意，让我在荒木启面前表现得跟一梨不一样，结果今天去游乐园，我在荒木启面前都快糗上天了！"

崔芒芒把今天在游乐园发生的一切讲给邱毅浓听，男生听完爆发出狂笑。

"我说崔芒芒你这领悟能力这智商，不去小学回炉重造，真对不起你那些启蒙老师了。我是让你表现得不一样，没让你表现得像个男人一样，懂吗？竟然还手撕鬼屋里扮鬼的工作人员，这种时候就应该故意装作连步子都不敢挪一步，刚进去就吓得窜到男人怀里的小女生好吗？我真的被你打败了。"

"那你说怎么办嘛！"崔芒芒揉着脑袋，一脸"在世华佗，你快救救我"的表情。

"依我看嘛，正的不行，那咱就反着来，把你那爷们儿的一面全给我收起来，在荒木启面前展示一点儿你没有的。"

"没有的？"崔芒芒有点儿困惑。

"男人最需要女人有的……"邱毅浓使出浑身解数想要激发崔芒芒，但女生显然已经无可救药。

"女人味！女人味！男人最需要的是女人有女人味！"邱毅浓冲着崔芒芒翻了一个大白眼，忽然屏幕后方伸出一只手，涂着香艳魅惑的红色指甲，从邱毅浓的脸上抚摸到脖颈……

崔芒芒还没从刚才那"传道授业解惑"的问题中回过神来呢，就听见了对方挂断的"嘀嘀"声。

"真是见到女人就不知道该怎么走路了，见色忘义的家伙。"崔芒芒嫌弃地扔掉手机，然后寻思了几秒，又立刻捡回来，打开浏览器在搜索引擎里输入了几个字——

"如何变得更有女人味？"

03

可是性格这种东西怎么能说改就改呢？

高中的时候，岚子外婆和张雪梅都想过各种各样的办法试图让崔芒芒变得像普通女生一样，优雅大方、自信美丽。但留着一个假小子头的崔芒芒始终像个男孩一样，做事大手大脚，因为性格与班上的女生格格不入，所以女性朋友非常少。

可突然某一天，崔芒芒开始决心蓄头发，然后衣柜里，桌子里像女生该有的颜色的衣服、配饰逐渐多起来，甚至自己攒零花钱去买了化妆品和香水。

外婆一副过来人的表情，说崔芒芒是恋爱了吧，女生还死活不承认。后来的崔芒芒终于留起了一头柔软的长发，学会打扮自己，在外人看来剑走偏锋的少女终于步入正轨。可只有崔芒芒自己心里清楚，这样的改变无非为了某个人。

固执地以为改变了形象，就能离喜欢的人更进一步，却不料自己这项"喜欢"的权利也被别人视为眼中钉，那个校园欺凌视频中的自己，头发被人拽着用力拉扯，众人辱骂的语言淹没了女生的呻吟。

崔芒芒终于还是抛弃了那些看起来华丽却也是压力的盔甲，做回原来那个比尘埃还普通的自己，直到上了大学，才重新留起长发来。

好不容易等到外婆出门去和中圭先生练舞了，崔芒芒像个贼一样赶忙跑去外婆的梳妆台前，对着自己的脸像刷墙似的一通乱抹。

崔芒芒怎么也不会想到，现在镜子里的自己，正像个背着母亲偷偷化妆的猥琐儿子，涂着口红刷着睫毛。

化妆的原因是荒木启昨天发消息过来说希望崔芒芒作为参谋，帮他给一梨挑选婚戒。从大学开始就一直以素颜示人的崔芒芒，从见面的前一天就开始准备了，上网搜索适合的妆容和发型。

就像邱毅浓说的那样，企图让对方看到自己充满女人味的样子。

/163

"这一仗一定要打得漂漂亮亮的!"崔芒芒最后抿了一下嘴唇,握着拳头,给了镜子中的自己一个大大的加油。

到达约定的地方,荒木启已经早早在等待了。崔芒芒在店门口调整了一下情绪,挺胸抬头走着内八小碎步进去,结果荒木启看见自己的第一秒,脸上就冒出奇怪的表情。

"你今天,这是,要赶去参加什么派对吗?"荒木启打量了一通女生,憋着笑尽量不看崔芒芒。

"很奇怪吗?没见过美女啊,神经病!"崔芒芒像个贵妇似的挎着小包,白眼刚翻到一半突然意识到自己刚才的举动十分不淑女,立刻收起劈开的外八腿。

如果不是在柜台上瞥了一眼镜子,崔芒芒怎么也不会想到明明出门时还一切正常的这张脸,此刻竟然已经花成了这样,不仅眼线掉色,假睫毛也错位了,脸上脏兮兮的妆容让她像极了滑稽的小丑。

"赶快把你的视线从老娘的身上移开。"前一秒还很粗的嗓音,下一秒就变成了,"好啦,赶快挑啦。"

崔芒芒的反应让一旁的店员小姐都忍不住笑了,女生说完就背对着男生赶快对自己这张脸进行抢救。

"先生,您的女朋友很独特哦,看您的眼光,推荐这款给您作为婚戒。"店员小姐拿出了一款样式特别奇葩的戒指,正捏着假睫毛的崔芒芒立刻转过头来澄清。

"小姐,您误会了,我这么年轻靓丽不可能是他的女朋友的,我是……"崔芒芒迎着荒木启向自己投来的尴尬目光,然后一字一顿,"我是他的舅妈。"

"完全看不出来,小姐您保养得太好了。"

崔芒芒瞥了一眼荒木启,用胳膊肘拐了一下男生:"是不是啊,外甥!来,叫声舅妈听听。"

被占了便宜的荒木启看了眼面前的店员小姐,只好咽下这口气说了声:"是!舅妈!"

"依我看,我外甥的媳妇儿应该喜欢这一款……"

崔芒芒连续让店员拿了好几款出来，荒木启挑到最后眼睛都花了。

"哇！这款好漂亮！"男生正头痛的时候，崔芒芒突然冲着一枚戒指发出心花怒放的声音。

店员帮崔芒芒拿出来，女生戴上这枚戒指一脸幸福，嘴巴里还不时发出赞叹的声音。

"小姐，您眼光真好，这枚戒指是我们家限量的一款，是由法国设计师设计了三年的心血之作，本区只有这一对了呢。"

荒木启凑过来，打量了一眼崔芒芒手指上的那枚戒指，二话没说让店员小姐把它包起来。

"一梨一定会喜欢的，就知道你的眼光没错。"荒木启冲着崔芒芒微微一笑。

"真的不会再有补货了吗？"崔芒芒又一次询问店员。

"抱歉，小姐，这一款真的是限量，没有补货了。"崔芒芒看着付完款的荒木启拿过店员小姐包好的袋子，脸上泛起小小的失落。

"走吧，作为感谢，请你吃饭！"崔芒芒看着荒木启一脸的阳光灿烂，心里生出小小的抱怨。

"算了，算了，不就一枚戒指嘛！"崔芒芒小声安慰着自己，肚子恰逢时机地发出求救信号，"今天一定要狠狠地宰他一顿！"

这么想着，崔芒芒又恢复了元气，跟上荒木启的步子。

04

不过，崔芒芒一直有个疑问，明明买婚戒这种事情应该是男生领着女朋友亲自来挑，为什么荒木启却把自己拉了过来？

"当时求婚的时候，有点激动过头了，把准备戒指这件事完全抛在了脑后，所以就想着给一梨一个惊喜，也算作对当时自己的大意所做的一个补偿吧。"

荒木启说完对着崔芒芒做出一个"嘘"的动作："替我保密啊，

千万不要告诉一梨。"

崔芒芒一副"知道了知道了"的表情,没有搭理荒木启陶醉的表情,一句话也不说地扒着饭。

"话说,崔芒芒,你就一点儿不会因为我和一梨要结婚了这件事情而感到奇怪吗?"荒木启一直在等着崔芒芒主动提这件事,可迟迟等不来,只好自己先开口。

"这有什么好奇怪的,如果我是一个男生,身边有那么出色的一个女孩喜欢着自己,肯定会毫不犹豫地答应对方,和她在一起啊。"崔芒芒戳着盘子中的蔬菜,一副水波不兴的语气。

荒木启完全没有预料到对方会说出这样的答案,思忖了几秒,放下筷子。

"啊,崔芒芒,这么多年了,你还是没有一点儿长进啊,对所有事情都一副无所谓的样子。"荒木启的语气忽然变得强烈起来,"你知道一梨她比你强在什么地方吗?"

崔芒芒也跟着放下了筷子,抬起眼睛平静地看着对面咄咄逼人的男生。

"一梨本来处处比我强,这是板上钉钉的事实。"

本以为这样说会激怒崔芒芒,但女生表现出来的一反平常的冷静让荒木启抓狂,男生的手在空中无奈地挥着,找不着降落的方向。

"她比你漂亮!比你聪明!比你贴心!比你懂事!比你善解人意!比你更会讨别人的欢心!可是这些对于我来说都不算什么,她赢过你的地方就是,与其像只缩头老鼠一样在爱面前徘徊犹豫,她更愿意勇敢地抓住!"

虽然不用说,在天平的两端,一梨当然是胜过自己的,可当崔芒芒听到从荒木启嘴巴里亲口说出来的每一个字,她还是听见了自己心碎的声音。男生的话里,甚至每一个标点都像涂满了毒液的飞镖,精准地扎入她的死穴。

崔芒芒的身体颤抖起来,她看着眼前这个自己最喜欢的人却变成了最讨厌自己的人。

"崔芒芒，你知道吗？喜欢上你是我这辈子做得最失败的一件事！"

她不知道为什么男生会突然变得这么暴躁，她只知道在这一刻，她对他仍残存着的那点希望已经渐渐被他亲手燃烧殆尽了。

"对，你说得对！她比我更了解你，更懂得体贴！所以呢？你要我怎么样，大老远地从中国飞到日本来，感谢你，感谢你放弃了我，恭喜你，恭喜你选择了阳关大道，我所做的这些你还不满意吗？"

崔芒芒终于无法按捺住自己的情绪，奋力地反击。

荒木启看着崔芒芒，露出一丝苦涩的冷笑："我满意？呵，我很满意，崔芒芒你从来都没有真正喜欢过我，我不是木偶，我也需要有人能够爱我，我受够了一个人在那里自说自话！"

玻璃杯从桌子上跌落，发出刺耳的碎裂声。

"荒木启，我从来没有真正喜欢过你！"

每一个字似乎都要被牙齿咬碎了，崔芒芒凛冽的目光下，一字一顿地说完，突然站起身，把手伸进衣服，掏出两个胸垫，重重地摔在荒木启的身上。

"我从一开始就不该像个傻子一样回来！"

荒木启看着那两个不明飞行物朝着自己砸过来，然后女生就跑出了餐厅。

荒木启没有想到自己的几句话就让女生变成这样，他看了眼窗外的大雨，掏出钱拍在桌子上便追了出去。

崔芒芒跑出餐厅的那一刻，才发现自己没有拿伞，但内心翻腾的情绪指引着她赶快离开这里，不顾三七二一跑进了大雨里。

荒木启在女生的身后一边跟着追，一边大声喊着对方的名字，可崔芒芒根本没有回头。

崔芒芒心里祈祷着一定不要被荒木启追上，便转身跑进了一个交错着的街巷。

荒木启跟着跟着发现跟丢了女生，一个人拿着雨伞在马路的中央无奈地停了下来。

05

大雨把崔芒芒脸上的妆冲刷成一个调色盘，女生不知道跑了多久终于跑不动了，在马路边上的一个电话亭旁停了下来。

她借着雨水抹了一把自己脏兮兮的脸，才发现自己的眼泪早已经混着雨水流了下来。

"崔芒芒，你不值得为这样的人哭泣，他已经不再是你曾经喜欢的那个荒木启了！"崔芒芒在心里安慰着自己，可胸腔里那股膨胀的悲伤还是让她没有办法振作起来。

为了找回那最后一线希望，补全那份单向、亏欠的爱，只身一人回到日本，却发现原来在自己最喜欢的人眼里，自己是这样的，崔芒芒心底巨大的绝望让她放声痛哭。

刚才在饭桌上荒木启对自己说的话就像被刻录进了磁带里一样，连同对方的表情也被刻进了女生的脑袋里。

那一瞬间，"我爱你"这三个字和脑海中那些美好的青春回忆一起换了颜色。

那么普通平凡的自己不配拥有这样闪着光的爱情，孤独与彷徨，失意与落寞才是属于自己真正的归宿。她感觉自己的耳畔又回荡起高中时那无穷无尽的嘲笑声、羞辱声。

难道，真的到了该放手的时刻吗？女生看着电话亭外陌生的景色，来日本之前满满的决心与希望全部碎成了尘埃，被滂沱大雨打湿，坠落进绝望的深渊。

一个人在电话亭里郁郁寡欢，天空像巨大的网裹覆住行色匆忙的每一个人，让雨中的他们踽踽独行。

不知道是不是上天也看到崔芒芒的难过，雨就这样不知不觉地停了下来。

崔芒芒一走出电话亭就闻到了食物的香味,顺着香气的方向,看见了对面街角处升腾着雾气的一家小店。

跟荒木启在饭桌上的争吵让崔芒芒根本就没有吃饱,看到关东煮,整个人终于来了一些精神。

"老板,我要一碗关东煮!"崔芒芒就这样带着湿淋淋的一身,还有那脏兮兮的脸出现在了小店老板跟前。

"好嘞!"老板笑眯眯地答应道。

"多一份魔芋、福袋。哦,还有竹轮和昆布结!"

崔芒芒点完,老板端着一碗热气腾腾的关东煮给女生。

"难过的时候,就吃一碗关东煮,这所有难过的烦恼的,随着食物的香气飘走啦!"老板好像从崔芒芒这一脸的超现实主义画作中看出了女生刚刚哭过的痕迹。

崔芒芒接过香喷喷的食物,迫不及待地夹起一块送进了嘴巴里。经过充分熬煮的汤底进入到食物的一寸一毫之中,轻轻地咬一口,鲜美醇厚的汤汁就从食物的身体中溢出来,漫长的沐浴,让昆布变得柔软,萝卜块越发细腻,魔芋爽滑的口感让整份关东煮活润起来,竹轮内的炸物少了些油腻,入口之后食物本身的气味仍保留着,反而还多了一层扎实饱满的感觉。

最后再喝一口温和的汤底,口腔溢满了清新与安逸,刚才紧张的身心终于安静了下来。

崔芒芒捧着关东煮,想起原来上学的日子,一到多雨的春季,岚子外婆就经常煮上一大锅的关东煮等自己放学,然后两个人一边吃着关东煮,一边吮吸着食物里的汤汁,盘踞在身上的湿气就一下子被驱散得干干净净了。

"失恋的时候,来吃一碗关东煮,把食物啊想成惹自己生气的男朋友,这牙齿用力一咬,汤汁就溢出来了,舌头立刻感受到这股力量,这老汤的味道是有治愈人心的作用的,看,现在的心情是不是好多了?"

老板看着一碗关东煮很快下肚的崔芒芒,给女生递来一张纸巾。

"擦擦吧，小花猫。"

崔芒芒看着慈祥的老板，不好意思地笑了。

然而就在她准备结账的时候，才突然记起来，刚才跑出餐厅的时候，把包忘在了位子上。女生尴尬地趁掏口袋的时间，脑袋里迅速检索着解决办法。倒是老板大叔，似乎明白了女生的情形。

"大叔，不好意思，我没带钱。"

崔芒芒不好意思地看着大叔，本以为对方会立刻变脸臭骂自己一顿，但没想到对方竟然一脸祥和地说了声没关系。

"最重要的是，人因为食物的存在，而感受到幸福和快乐。钱这种东西，怎么能跟食物带给人的愉悦相提并论呢？下次路过，再给大叔就好啦，别放在心上。"大叔笑脸盈盈地对女生说道。

崔芒芒感动地立刻向对方鞠了一个躬，然后留下了自己的电话号码。

"不开心的时候就吃一份关东煮吧，要开心哦。"

崔芒芒看着身后朝自己挥手的大叔，又看了看雨后初霁的天空，终于一扫心底的尘埃，心情好了起来。

不知道时间怎么就一下子过得这么快，走出街道的女生抬头发现，天边已经挂上了几条狭长的晚霞，崔芒芒却被眼前这空无一人的街道给迷失了方向，她四处张望着不知道该如何找到回家的路。

只好拿出手机，用卫星地图导航。

空荡荡的街巷，只见女生正站在街边低头搜索着导航路线。

"啊，找到了，原来自己绕了这么大一圈。"调出路线的崔芒芒，左右摆了一下手机找到正确的方向。然而就在她转过身的那一刹那，一辆摩托车突然朝着她疾驶而来，崔芒芒看见摩托车上戴着口罩的男人掏出了一把锋利的匕首。

那道银色尖锐的光离女生越来越近，就在女生意识到要躲闪的瞬间，那把匕首朝着她狠狠地刺了过来……

06

绝望之中往往盛开花朵。

崔芒芒以为在那一秒,自己注定要倒在那道银光之下,可万万没想到的是,在对方将匕首刺向自己前,甚至无法察觉到时间的一刹那,自己就被突然出现的荒木启给扑倒在了地上。

此时此刻的画面,荒木启匍匐在崔芒芒的身上,双方急促的呼吸相互交织着。

"你还好吗?"荒木启焦急地看着女生一脸的茫然。

崔芒芒显然还未从刚才那惊悚的一幕中脱离出来,吓得只知道摇头,一句话也说不出口。

荒木把崔芒芒扶起来,女生突然瞳孔放大,大喊了一声"小心",然后就看见荒木启的后背被刚才那个蒙面人给捅了一刀。

男生转过身来,怒视着挥舞着匕首的黑衣人,发出一声怒吼,迎面冲了上去。

"荒木,你小心啊!"崔芒芒看着两个人在街边搏斗起来,手无寸铁的荒木启显然不占上风,崔芒芒四处巡视着周围可以派上用场的工具,却没有任何发现。

她灵机一动,冲着荒木启喊了一声"快用你的超能力啊",男生这才反应过来,然后当荒木启准备使用能力的时候,发现自己根本就没有戴手表。

没有了超能力,只能继续用体力与之对抗,可荒木启明显感觉到后背传来剧烈的疼痛,他强忍着,终于一脚踢掉了对方的匕首,可就在他准备去捡匕首的时候,黑衣人立刻跳上了摩托,扬长而去。

"有种你别跑啊!"荒木启使出全身的力气,仿佛踩了风火轮似的追上去,可显然跑不过对方,这时荒木启突然看到马路边来了一辆正在等红绿灯的摩托,他冲上去把那辆摩托抢了下来,追着已经跑远的黑衣人加速而去。

崔芒芒不明白为什么荒木启没有使用自己的超能力,而是硬要凭靠着自己的力量与对方战斗，但这个紧要关头显然容不得她思考些什么。崔芒芒看着荒木启上了车，后背上的伤口还往外流着血，她终于从刚才的惊吓之中挣脱出来，奋力地跑出这个街口，打了一辆计程车也跟着追了上去。

荒木启追着那个蒙面黑衣人狂飙，好几次眼看着就要追上了，对方突然转弯又超了过去，甚至还转头朝荒木启喊出鄙视的字眼。

背后的伤口不断被摩擦着，让荒木启无法再坚持下去。

两个人相互追击着，僵持了许久。荒木启终于把对方逼进了一个死胡同，对方突然跳下车跑进了旁边的一栋楼房里。

荒木启也摔下摩托朝着对方逃跑的方向追了上去，楼道里响起激烈的脚步声，让安静的空气顿时变得紧张不安。

"你到底是谁？"荒木启一边奔跑着上楼一边冲着对方的背影喊道，这时，空旷的楼道里突然安静了下来，荒木启发现自己已经追到了最顶层，对方却没了踪影。

静谧之中透着危险的气息，荒木启四处寻觅着对方的身影，就在他跑进天台的时候，门后突然冒出一个黑影将他扑倒在地，蒙面的黑衣人和荒木启扭打成一团。荒木启找到支撑点，一脚踹开对方，勉强站了起来。一路追击，两个人的体力都已经竭尽枯竭，僵持之下荒木启拿起地面上的一根铁棍冲着对方打了过去。蒙面黑衣人一个闪躲，避开了荒木启的攻击。后背的疼痛已经让荒木启无法再坚持下去，黑衣人突然怒吼着朝荒木启挥来一拳，正中荒木启的胸膛，他呕出一口血，浑身颤抖着应付着。

这场战斗持续了很久，就在荒木启被对方击倒在地，无法站起来的时候，荒木启突然用脚将对方钩倒，趁着间隙一把扯下了对方的黑色口罩。看到面具底下的人面，荒木启的脑海中猛然浮现一个人的长相，就是那次绑架岚子小姐的那个光头男人。

明明此时应该在监狱里待着的罪犯，为什么又跑了出来？荒木启布满血丝的眼睛，紧紧盯着对方。被扯下面具的黑衣人彻底被荒木启激怒,掐着对方的脖子一把将其推去了天台的边上。

只有一根瘦弱的围栏支撑着荒木启,只需要对方再稍微用力,荒木启就会被推下去。距离地面二十几层高度的天台上,荒木启再一次感受到了死亡的味道。

"你到底抱着什么目的,想要加害那个女人?"风声也无法淹没荒木启愤怒的质问。

"目的?呵,当初你们报警的时候怎么不想想会有今天!"黑衣人再次用力地抵住荒木启的脖颈,冷酷地发出一声嘲笑,"小子,你以为这个世界的游戏规则就那么简单?我不光要她的命,还有你!"

黑衣人说完,猛地一用力将荒木启推下了天台,就在同一秒,荒木启突然听见一声"去死吧你"后,那个黑衣人就倒了下去。

绝望的视野中央,一只瘦弱的手掌探了过来,紧紧扒着天台栏杆挂在空中的荒木启,终于抓住了救命的最后一根稻草。

阒静的心跳间萌生出希望,他听见了崔芒芒的声音——

"荒木启,是我!"

回答时间的恋人

HUI DA SHI JIAN DE LIAN REN

| 第九章 |

只想我最喜欢最喜欢的人
可以活下来

HUIDASHIJIANDE
LIANREN

【亲子丼】

　　当爱情经历了山盟海誓、沧海桑田，会变成什么样子呢，大概就像亲子丼里，鸡肉与蛋汁那样，彼此缠绵着，无法再割舍对方一秒。这拥有了一百多年历史的美味，将感情中那些无法分割、藕断丝连的内涵流传至今。

　　岁月料理过后的爱情，最终会内化成像亲情一样的存在，这份亲情又会连绵不断地延续给下一代。雨淋风霜后的不离不弃，就像是半熟的蛋汁黏附在香滑的鸡肉与饱满的米粒之上。

　　美好中带着陪伴的温暖，幸福地又回到最初的原点。

【"食"间の恋人】

01

昏黄的光线里,崔芒芒的视线温柔地包围着荒木启。

"哪,中圭先生留了一张字条在冰箱上,说是和我外婆去奈良参加舞蹈比赛了。"荒木启想起来中圭先生好像之前跟他提起过要出去几天这件事。

崔芒芒说着帮男生端来热水,女生刚刚按照荒木启的吩咐,到他和中圭先生的家,把男生忘记的那块手表取了回来。

几个小时前,崔芒芒成功地被荒木启从蒙面黑衣男子的匕首下救下,男生却因此而受了伤,最后多亏了崔芒芒的及时出现,黑衣人被成功打晕,两个人五花大绑地将对方带到了这里。

位于城市最贵地段的住宅区,远眺窗外,随时可以欣赏到这座城市瑰丽的身影。

"怎么一直没听你提起过还有这么一个房子。"崔芒芒看着荒木启戴上手表,调试了一下。

"几年前,靠着演出赚了一点儿钱,然后又去做了一些投资,就买下了这个房子,当时想着它将来可以做我们的……"

荒木启说到一半戛然而止,女生忽然打了个喷嚏。

"你刚才说什么?"女生收回眺望窗外的视线,荒木启自顾自摇了摇头。

"没什么。"荒木启突然认真地看着崔芒芒,"芒子,我为今天在餐厅里我说的那些话向你道歉,对不起,你原谅我好吗?"

崔芒芒笑笑:"你说了什么,我都已经忘记了,只记得你把我从刀刃前救了下来。"

虽然表现得不在乎,但女生怎么可能那么快就忘掉男生口中那

/177

些话呢，崔芒芒不想自己再掉入悲伤的深渊，更不想因为这个让荒木启内疚。

"好了，别再想这件事了，赶快换衣服吧，不然伤口就要感染了。"崔芒芒撇开话题。

男生也乖乖听了女生的话，崔芒芒看着荒木启褪下上衣，发出难忍的痛苦声音。她拿来了热毛巾和消毒水帮他处理着伤口。

"不用那么麻烦。"荒木启摁下手表，闭上了眼睛，紧接着，崔芒芒就看见男生后背的伤口发出金黄色的光芒，开始自己愈合。

表盘上的数字开始持续地减少，伤口完全愈合的时候，荒木启摁下手表上的暂停，活动了一下筋骨，换了一件上衣。

虽然已经知晓荒木启身份，崔芒芒看到这神奇的一幕时，还是觉得不可思议。

"所以你的一切能力，都要靠这块手表的帮助吗？"崔芒芒一脸好奇地盯着荒木启的手腕，为了关上女生的好奇匣子，荒木启开始操作他那块手表。

"睁大眼睛，看好了。"

荒木启摁下一个按钮，浩瀚的宇宙立刻在空气中被投射出来，尘埃被染上荧光蓝，眼前这幅美妙的图景就像科幻电影里才能看到那样。

"这个就是我们所生活的宇宙空间，无限放大，可以看到组成这世界的最小的粒子，等价到四维空间，就是目前科学家能看到的最小的不可分粒子，也就是科学家口中的'夸克'。"

荒木启把表所投射出来的光圈范围对准了窗台上一株枯萎的植物，摁下表上的按钮后，那株干枯的植物开始复苏，开出了花朵。

崔芒芒捧着那棵盆栽发出惊叹的声音。

"在时间存在着的那维空间中，时间这个变量可以像四维空间中人们控制物体的移动、加速减速一样被改变，利用一维空间中对时间的控制，加速组成物质的粒子运转，这个速度在四维空间中可以到达与光速匹敌，所以你才会看到枯萎的植物复活和伤口快速愈合，但这个控制并不是可以肆意操纵的，对于四维空间中一切非粒子构成的事物都不起作用，也就是说它对感情、思想这一类东西是无效的。"

"那定格时间又是怎么一回事？"崔芒芒问道。

"当一个物体的运行速度极大地快过另一个物体，那么从这个速度较快的物体的角度来看，另外那个物体就处于一个相对静止的状态了。我之所以能将时间定格，无非通过对时间的控制，将我的速度达到了光速，所以周围的一切才相对静止。"

"那为什么你会出现在喷泉旁突然晕倒的情况？"

"这个要怎么解释呢？"荒木启挠着头，"啊，能量守恒这个物理上学过的吧，时间定格一旦产生，就会导致我的生命与思维空间的时间出现差异，我就需要通过降低运行速度，使自己保持相对静止来填补这个空白，不然在今后的生活里就会出现巨大的紊乱。准确点说，不是晕倒，而是休眠。"

荒木启说出的真相让崔芒芒大吃一惊，但紧随着的，是更大的担心。荒木启发现了崔芒芒忧愁的表情，笑了笑。

"不用担心我啦，这个是为了适应在四维空间的生活所做出的正常反应，不会有副作用的。"荒木启安慰着崔芒芒，但只有他自己知道，这样做不可能没有副作用，不然中圭先生也不会再三叮嘱他不要使用能力。

荒木启说着，忽然想起高中时的故事，他摸了摸那株盆栽，安静地讲起来。

"提到休眠，就想起高中有一次地震，正好是一节自习课，全班同学都跑出了教室，唯独我一个人趴在桌子上不省人事，不过没想到醒来的时候，我一个大男人竟然在你一个小女生的背上，你背着我奋力地朝外面跑还一个劲喊我抓好你。"

回忆的匣子一下被打开，崔芒芒也记起了那些画面。

"如果不是我晚到教室，正好发现你还在那里，你的小命估计就不保了。"

"我当时就在想，你平常吃那么多，果然还是有用的，这力气真不是吹的。"

崔芒芒拍了荒木启的脑袋一下："又贫！"

"从这件事以后，我发现你和整天围在我身边的那些女孩一点儿都不一样。虽然你平凡、普通，但你身上有一种别人无法匹敌的特质，被人嘲笑、被老师训斥，就算再多的糟糕，一顿美味就可以天晴，永远假小子模样，像个小太阳。在你面前我可以毫不避讳地讲自己开心的、不开心的事情，可以褪去所有别人眼中的光环，可以真正做我自己。"

荒木启说着捧住了崔芒芒的脸颊："这也是为什么我会喜欢上你的原因。"

空气都凝固住了，崔芒芒看着视线中央这个目光澄澈的男生，心里的感动终于一点点覆盖住悲伤，她想要紧紧抱住他，可短暂的沉溺之后爬上心头的理智，还是让她推开了对方的双手。

"好了，荒木，都已经是过去的事情了，我们总不能老活在回忆里。"

崔芒芒侧过头去望向窗外，身后的荒木启喊了一句"可是……"，随后声音又暗淡下来。

明明都已经是要结婚的人了，现在在自己面前说这些话又有什么意义呢，崔芒芒看了一眼玻璃窗映射出的男生的身影，不再说话。

房间里又是空旷的沉默。

荒木启的手表忽然发出声响，崔芒芒瞄了一眼荒木启的表，上面的数字引起了她的疑问："那这个数字代表什么呢？"

女生话音刚落，荒木启立刻关闭了手表的界面，搪塞道："啊……这个啊，就是我随便设定了个闹钟。"

崔芒芒察觉出男生是在敷衍自己，想要追问，这时洗手间发出的声响，让两个人立刻跳转回现实。

被绑在洗手间的黑衣人醒了过来，拼命想要挣脱。

"不要挣扎了，你是不可能成功的。说吧，本应该待在牢房里的你，怎么又跑出来祸害社会了？"

荒木启蹲下身子，把贴在黑衣人嘴上的封条揭了下来。

"说,你到底是抱着什么目的要谋害她!"

黑衣人啐了一口脏话,依旧是不屑的语气:"目的,没有目的,就是要让她尝尝这受折磨的滋味。"

崔芒芒看着黑衣人丑恶的嘴脸,莫名地与脑海中的某个画面重合起来。

"除了那次在警局,我好像最近还在哪里见过你?"崔芒芒向荒木启扭过头去,"荒木,你家有没有墨镜?"

荒木启点点头,帮崔芒芒找了一副墨镜,女生把墨镜给被绑着的黑衣人戴上,一下子记起了那个画面。

自己当时在志藤先生的办公室里正准备告辞,一个同样是光头戴着墨镜的男人好像有什么急事的样子,在志藤的耳边窃窃私语了几句。

"你是长谷志藤的手下?"崔芒芒一口咬定,但对方也坚决否认,声称自己根本不认识这个人。

两个人因为不知该如何才能让荒木启说出实话而苦恼,这时崔芒芒的手机响了,是母亲张雪梅打过来的。

电话里的张雪梅说自己正准备登机,从俄罗斯直接飞到日本。

"货物明明就是你贴好标签的那一批啊,怎么会出差错呢?"崔芒芒被电话那头的张雪梅弄得一头雾水。

按照张雪梅的说法,那批由崔芒芒亲自送去给长谷志藤的货物,在对方检查过后发现竟然是假货。合作方决定退回货物,并要求张雪梅赔偿合作违约金,否则就将这件事情交给政府的相关部门处理。

虽然行走生意场多年的张雪梅身经百战,但如果真的像对方所言这批货物出现了问题,而且上报给了政府部门,张雪梅就将面临巨额的赔偿,甚至有可能因涉及不正当交易而担负刑事责任。

"那就奇怪了,从来没有出现过这种问题,到底哪里来的质量问题呢?"

电话里张雪梅的情绪听起来有些消极。

"会不会是竞争对手恶意陷害?"崔芒芒绞尽脑汁帮张雪梅寻

找事情的可能性,但都被对方一一否定。

崔芒芒看了一眼被绑在洗手间的男人,思索了片刻,镇静地问了张雪梅一句:

"那会不会是长谷志藤那个家伙搞的鬼呢?"

02

挂下电话的崔芒芒,就看见荒木启从洗手间走了出来。

"啫,还是什么也没问出来,不过从他身上搜到了这些。"荒木启把一个钱包还有一部手机摆在了桌子上。

"竟然叫M,这年头坏蛋都取艺名了。"荒木启把钱包里找到的名片递给崔芒芒,女生一眼就看到了名片上面印着的旅行事务所的名字,和那天自己去给长谷志藤送货时所在的公司是同一家。

"果然不出所料。"崔芒芒拿着名片,笃定地说道。

"怎么讲?"荒木启疑惑地看着女生。

崔芒芒把那天自己去给长谷志藤送货的事情,还有刚才张雪梅打来电话的内容全部告诉了荒木启。

"所以你怀疑,这个叫M的人是那个叫长谷志藤的人派过来的?"荒木启大致明白了崔芒芒的意思。

"但这仅仅是推测,我们没有任何证据,也完全不知道长谷志藤这样做是为了什么。"

"这个浑蛋的嘴巴很严实,什么也不肯交代。"荒木启看了一眼洗手间里还在试着挣扎的M。

"张雪梅现在在赶来日本的飞机上,趁这段时间,我们或许可以想点办法从M身上下下功夫。"

崔芒芒继续翻着M的钱包,忽然,一张相片从最里面的夹层滑了出来。

照片上是M和一个小女孩的合影,没有猜错的话,那个小女孩应该是他的女儿。

荒木启看着照片上小女孩的笑容,想起来当时在警局做指认的时候，警方最后给家属的记录上有对方的家庭信息。

"你在这里等着我，我马上就回来。"

荒木启没有多跟崔芒芒解释一句，走到洗手间把门锁上后，就出了门。

只用了不到二十分钟的时间，荒木启就带着一份资料回来了。

"刚才有一个电话打进了M的手机，是一个叫宫代的人，我没有接听，想试着查到手机里这个人的号码，但这部手机设置了密码。"

"手机的事，我会想办法把密码解开。"荒木启边说边从资料袋里拿出一份材料，"这个是当时警局反馈给我们的，按照上面写的，那个照片上的小女孩应该就是他的女儿，他与妻子已经离异多年，父母也全都不在了。"

"真是作孽啊。"崔芒芒看着那张照片，无奈地叹了一口气。

"我忽然想到了一个办法，说不定能够让M说出点儿什么。"荒木启灵机一动，好像想到了点儿什么。

"嗯？"崔芒芒凑近了一些，听着荒木启在自己耳边小声地说了几句话。

03

荒木启在给M的水里偷偷加了安眠药，一直到今天早上两人离开，M还在昏睡。

按照材料上的地址，崔芒芒和荒木启来到了位于一处待拆迁区域的M的家。楼道里堆满了破烂废品，空气中散发着腐臭的气味。

"有人吗？有人吗？"荒木启连续敲了几次门，都无人回应。就在男生犹豫着是否要砸开门进去的时候，对面一户人家开了门。

"吵什么吵啊！"对面的人家探出头来对着荒木启和崔芒芒一通教训。

"大妈，我想问下，这家的人呢？"崔芒芒走上前去，试图从对门的口中获得一些信息。

大妈一脸不爽："这家人该死的死了，该跑的都跑了，就剩下个男人还有他那瞎子女儿了。"

"那您知道那个男人和他女儿现在在哪儿吗？"荒木启追问道。

"哼，那个男人就是个小混混，把女儿丢在寄宿学校里，整天在外面胡作非为。"

"那您知道他女儿是在哪个学校吗？"

还没等崔芒芒问完，对方甩下一句"你哪来那么多的问题啊"就把门给关上了。

"大妈，大妈……"崔芒芒还在门外喊着对方，房间里传来一声"你赶快走吧"，就再没了动静。

这时楼道两旁堆积的杂物中突然窜出一只老鼠，吓得荒木启一下子跳到了崔芒芒的怀里。

"我说荒木启，你还是不是个男人啊！"崔芒芒一脸鄙视地看着像考拉似的挂在自己身上的荒木启。

"我从小天不怕地不怕，就怕长尾巴的老鼠还不行啊。"从女生身上下来的荒木启脸上写满了尴尬。

崔芒芒看着老鼠迅速消失的身影，从那堆杂物之中好像发现了什么。她上去扒拉起那堆垃圾，然后从中找到了一件破了的女生校服。

荒木启看着校服上印着的校徽，脑袋里迅速检索。

"我记得这好像是秋治特殊学校的校徽。"荒木启用手机搜索出秋治小学的校徽，和那件破旧校服上的一模一样。

校服上还写了小女孩的名字。

"泽雅，一个听起来不错的名字。"说完，崔芒芒把校服丢给身后的荒木启，扭头跟男生说，"走吧，去秋治学校！"

然而成功见到这位叫泽雅的小女孩，并非两人想象中那么简单。

按照地图上的指引，崔芒芒和荒木启很快到达了秋治学校所在的位置，但这个为特殊残疾孩子开设的学校是女校，就算荒木启靠着时间暂停能进入了学校，作为一名性别特征异常明显的男性，还是极有可能遇到麻烦。

"有了！"

巡视了校园外一周的崔芒芒，忽然看到了一家开在街边的假发店。

荒木启顺着崔芒芒的视线看了过去，就在他想要反抗崔芒芒脑海中那个可怕的主意时，人已经被女生拉进了店里。

"作为大学期间 COSPLAY 社团中的核心成员，你要相信我改造你的能力！"崔芒芒帮荒木启挑好假发，又把男生拉进了一家女装店。

几分钟，崔芒芒目睹穿着一袭长裙，挺着胸部的荒木启从试衣间里出来，终于绷不住笑得直不起腰来。

荒木启看着镜子中别扭的自己一脸黑线，倒是身后的崔芒芒一个劲地捂着嘴夸男生："漂亮极了！"

"你这款在泰国完全不输啊，在芭提雅走一圈，说不定就被哪个老外看上了呢。"

"崔芒芒，你就是故意在整我！"

荒木启一路和崔芒芒斗嘴，走出服装店的时候踩着高跟鞋的脚还差点被绊倒。

"行了，行了，正经点儿，赶快'定'！"崔芒芒拍了荒木启的胸脯一下，示意对方按照自己刚才传授的要领，挺胸抬头。

"知道啦，催什么催！"荒木启拿出手表，然后把手伸向崔芒芒，一辆车正好从学校门口开出来。

"来，妹妹，把手给姐姐。"

崔芒芒拉住荒木启的手的一瞬间，和那次在大雪中的画面一样，周遭的所有事物全部静止了。

"只有十几秒的时间，赶快跟姐姐跑起来！"

荒木启摘下自己的高跟鞋，与崔芒芒相视一眼，然后两人紧紧握着彼此的手跑进了学校。

04

崔芒芒见到泽雅的第一面，心立即柔软了下来。她想起大学时去残障学校做志愿活动时,那些有着先天残疾的孩子天真无邪的眼神。这种纯真的感觉,她在泽雅的脸上也真实地看见了。

趁着午休的时间,崔芒芒与荒木启两个人一唱一和,假装新来的教师,成功进入了孩子们的休息房间,在众多睡得正香的小脸中找到了泽雅。

两个人一路连哄带骗,把泽雅带出了休息室,荒木启再度使用能力趁着车辆出入学校的间隙,将时空定格住,想要趁着这短暂的十几秒,将泽雅带离学校,然而就在马上要跨出学校的那一刻,荒木启的能力突然间消失了,静止的时空忽然开始运转。

开始哭闹的泽雅成功地引起了保卫大叔的注意,保卫大叔立刻发现了行踪可疑的两个人。

荒木启想要再度使用能力,却力不从心地无法再启动。

"你们给我站住!"

身后传来保卫大叔的声音,崔芒芒和荒木启尴尬地停住脚步。

心想着这下完了的崔芒芒,转过身,脑袋里想着该如何解释眼下的这一切。保卫大叔一个起跳,就把荒木启的假发套给摘了下来。

"好哇,你们这些浑蛋,竟然在我眼皮子底下犯事!看我今天不好好教训一下你们!"挺着啤酒肚的保卫大叔马上通过传呼器报告了情况。

然而就在对方要把崔芒芒和荒木启带回去的时候,荒木启突然站住,然后一脸惊恐的表情,手指缓缓地伸向面对自己的大叔后方。

"求求您,不要杀我!"

大叔看着荒木启像投降似的举起双手,也顺着男生的视线扭头看了过去。

就在这一秒,荒木启一把抱起泽雅,拉着崔芒芒的手朝着反方向跑去。

"上车!"荒木启看到一辆运着活猪的货车从旁边开过,立刻抱着泽雅跳了上去。

"什么?"崔芒芒惊讶地看着这辆装满了猪的车,还没来得及犹豫,就被荒木启一把拉了上来。

"大叔，我们保证，明天就把孩子安安全全地给送回来！"荒木启冲着车子后面的大叔喊着，还顺便做了个鬼脸。

保卫大叔在车后面抱着啤酒肚拼命地跟着，追了一会儿发现距离越来越远还是放弃了。

"你们等着，我一定要抓到你们！"

大叔和他喘着粗气的声音最终在马路的末尾化成了一个圆点，消失不见。

说来也奇怪，刚才还哭着闹着的泽雅上了车，见到满车发出嚷嚷声的猪，立刻停止了哭声，还摸着猪头乐了起来。

为了不被送货大叔发现，等红绿灯的时候，荒木启就拖家带口地把崔芒芒和泽雅拉了下来。

"泽雅，不要害怕，我们是你爸爸的朋友，姐姐知道你已经很久没有见到爸爸了，姐姐带你去找他好不好？"崔芒芒蹲下身子对小女孩笑眯眯地说道。

"喂，你这跟人贩子拐卖儿童似的，我来，我来。"说完荒木启也蹲下身子，然后悄悄在小女孩的耳边小声嘀咕了一句话，泽雅立刻变得安静下来。

"那现在哥哥带你去买，好不好哇？"荒木启揉了揉泽雅的脑袋，扭头朝一旁的崔芒芒摆了个"怎么样，我厉害吧"的表情，起身拉着泽雅的手朝街边的一家玩具店走去。

"到底是用了什么招数啊？"崔芒芒一脸不服气地快步跟上荒木启的步子。

荒木启给泽雅买了一只小黄人公仔，泽雅抱着小黄人高兴地蹦蹦跳跳。

"刚才在他们的睡房，所有的小朋友都睡了，就她一个在那里跟一个破得不行的小黄人说话。"荒木启看着眼前高兴的泽雅，说道。

"没想到你还有如此细心的一面啊，又能哄小孩儿，又能跟一车的猪和谐共处。"崔芒芒故意打趣男生，"话说，我就纳闷儿了，你当时是怎么想到，要跳上那辆送猪的车的？"

/187

"那次车祸后,我从医院逃出来,迷了路,就是靠着一辆送猪去城区内的货车,才回到乐团的好吧。"

崔芒芒"扑哧"一声被男生逗笑,然后闻了闻自己身上的味道,一股想吐的感觉涌了上来。

"不行了,这身上的味道我实在受不了了,我们还是赶快回去吧。"

05

崔芒芒和荒木启成功把泽雅带回了家,荒木启一进门,就听见洗手间发出剧烈的响声,赶忙过去看,发现 M 正拿自己的头撞着水管。

"喂,你不想活了吗!"荒木启把 M 压下来,对方布满血丝的眼睛,紧紧盯着男生。

荒木启扯下 M 嘴上的胶布,对方的声音已经有些精疲力竭。

"你们再这样拖延下去,下场会更惨,至于我,反正都已经这样了,还不如死了算了!"

"你死了,那你的女儿怎么办?"

突然冒出的话让 M 的眼神有些恍惚,他惶恐地看着崔芒芒:"你们对我女儿做了什么?"

"我们就是普普通通的人,能把你女儿怎么样?"崔芒芒突然转过身,指了指客厅里正自己玩着的小女孩。

看到自己女儿的 M 突然变得暴躁起来,荒木启又把封条贴在了M 的嘴巴上,崔芒芒去客厅把泽雅带去了另一个房间。

"听着,你给我安静点儿!我们不会把你的女儿怎么样,我们之所以找到她,带她过来,不过是为了让你赶快回头,不要再做傻事了。"

崔芒芒走进来,坐在了 M 的旁边,然后拿出一张照片。

"这是你女儿一直揣在兜里的一张照片,当我跟她说我可以带她去找爸爸的时候,这张照片她一直紧紧攥在手里,我走几步,她就告诉我说'姐姐,我的爸爸长这样,你千万别认错了',我看着她的眼睛,怎么也想象不到照片上这个年轻的、笑容满面的男人会是现在我眼前的你。"

M听着崔芒芒的话,眼眶湿润了。

"说起来,我还挺羡慕泽雅的,我三岁的时候,父母就离婚,从我记事开始,除了在我妈的相册里见过我爸,就再也没有见过他了。小的时候,别人家的孩子有爸爸妈妈,一家三口其乐融融的,而我的世界,从来不知道父亲这个角色到底有什么意义,因为它从来没有存在过。每当我看着小伙伴的父亲把他们高高地扛在肩上,看到他们受到了高年级同学的欺负,他们的父亲会挺身而出,我好像才渐渐明白,父亲是什么。父亲,意味着担当,意味着在自己的孩子最需要自己的时候,会不惜一切地付出,会一直陪伴着他们长大,看着他们结婚、生子、变老……"崔芒芒说着,眼泪也跟着掉了下来,她接过荒木启递来的纸巾,看向M。

虽然没有父亲这个事情一度让崔芒芒被人嘲笑,但坚强隐忍的女生从来没有因为这个在自己面前表现过软弱,直到这一秒,荒木启才窥见了一直隐藏在崔芒芒身体里的脆弱,他心疼地抬起手紧紧握住了她的肩膀,想要给她一些力量。

"难道你就这么狠心,在泽雅最需要你照顾的年纪,离开她吗?你真的愿意让她看着你进监狱,长大后被别人取笑自己的父亲是个坏人吗?"

M抬头看向天花板,但他眼角滑落的泪水还是被发现了。M摇摇头,又失落地垂了下去,崔芒芒揭下了他嘴上的封条。

气氛凝固,M的呼吸中隐约带着抽噎的声音。

"你们猜得没错,是长谷志藤派我来的,但你们是拗不过他的,就凭着他跟警局的关系,就算进去了,他有的是办法把我弄出来。"

崔芒芒忽然笑起来:"真是天底下最蠢的傻瓜!你不过是长谷志藤的一枚棋子,当你失去利用价值的那天,他就会立刻像丢掉一堆垃圾一样丢掉你!你比我更了解他,当那一天真正来临的时候,你的女儿怎么办,你有想过吗?"

崔芒芒的质问似乎让M有点儿动摇。

"你要明白,就算长谷志藤再怎么厉害,这个世界上,正义永远会战胜邪恶,如果你愿意配合我们,我们会尽最大力量保住你。为了你的女儿,好好想想吧!"

06

泽雅喊了一声"我饿了",荒木启便去厨房做晚餐了。

崔芒芒仍然在试图说服M,这时,有人敲了敲门。

张雪梅一进门就开始抱怨飞机的延误和荒木启家的地址太难找,崔芒芒帮母亲卸下行李,然后带她去见了被绑在洗手间里的M。

张雪梅被这只有在电视剧里才看到过的画面给吓了一跳,崔芒芒详细地把自己从昨天到今天的遭遇给张雪梅描述了一遍,张雪梅忽然一下子抱住崔芒芒,摸着对方的脸差点儿哭出来。

"女儿,幸亏你没死,要是你死了我该怎么活啊。"

崔芒芒支开张雪梅,冷冷地说道:"等事情解决了,再抱着我母女情深。"

说完,M的手机又响了,还是那个叫宫代的人,今天已经连续打来好几通了,因为害怕M会暴露些什么,电话一直没有接听过。

"这个叫宫代的人,全名是什么?"张雪梅看着手机,像是有点印象。

崔芒芒拿着手机去询问M,对方依然固执地什么也不说。

张雪梅用尽全力回忆,可还是没有完整地想起些什么。

荒木启喊了一声"亲子丼,做好啦",端着几碗香气诱人的饭,从厨房走了出来。

"伯母,刚下飞机肯定也累了,先吃点儿东西吧,吃完了我们再想这些事情要怎么解决。"

荒木启把泽雅也叫了过来,小女孩端着饭碗自己舍不得吃,非要拿去给爸爸吃。

"你先乖乖吃完,爸爸的马上就做好了,泽雅乖。"荒木启摸摸小女孩的脑袋，泽雅立刻听话地吃了起来。

白色的米饭上盖着鸡肉与半熟的鸡蛋，用筷子简单搅拌一下，在蛋汁的粘合之下，米饭与鸡肉变成亲密的一体，趁热吃下一口，滑嫩的鸡肉溢满了味淋的香味，火候刚好的半熟蛋汁进一步衬托出米饭的口感。

舌头享受着鸡肉与蛋汁混合后带来的愉悦，仿佛真的感受到了两种食材之间微妙的关联。食物带来的温馨，缓慢融化在唇齿之间。

"哥哥，我吃完了，我现在可以去找爸爸了吗？"荒木启点点头，去厨房又拿了一份饭。

"我们给你和你女儿十分钟的见面时间，不要想着乱来，听话的话点点头。"

崔芒芒说完，M点了点头，女生帮他松了绑。

"等会儿，就这么跟爸爸讲，好不好？"荒木启蹲下身子在泽雅面前说了些什么，小女孩很温顺地点点头，带着晚餐去了房间。

崔芒芒把M带进了泽雅所在的房间，小女孩好像是心灵感应一般。

"爸爸，是你吗？"

M走到自己女儿身旁，用力地抱紧她。

"泽雅，是爸爸，爸爸对不起你，这么长时间都没有去看你，爸爸想你。"M抱着女儿，眼里全是泪花，懂事的泽雅一直拍着爸爸的肩膀，安慰着M说没事的。

"爸爸，快吃吧，这是哥哥做的，可好吃了。"崔芒芒牵着泽雅的手走到M面前，M接过晚餐，忽然对崔芒芒和荒木启说了声"谢谢"。

"爸爸，哥哥和姐姐对我都可好了，他们今天给我买了玩具，还带我来见你，你可不可以不要伤害他们？"

小女孩的话一下子让M的脸上挂满了羞愧，他不敢看泽雅的眼睛，兀自低头艰涩地吃着饭。

站在门口的崔芒芒和荒木启相视了一眼，男生拍拍女生的肩膀，空气里净是无言。

吃完饭，荒木启把泽雅带去睡觉，M又重新被绑进洗手间，但就在崔芒芒弄完走出洗手间的时候，M忽然叫住了女生。

男人咬了咬牙，可以清晰地看见他腮帮子鼓动着。

"我可以配合你们。"

M对着崔芒芒说道。

07

"当初我们几个跟着宫代混的兄弟，为他赴汤蹈火，这几年，进去的进去，死的死，就只剩下我一个人。泽雅刚生下来，她妈就跑了，我一个人带着她到现在，她生下来的时候就检查出先天失明，我想过丢下她，可刚走出去几步就反悔了。我没什么本事，就只能跟着宫代混，靠着他给的那点儿钱养活自己和女儿。"

"宫代？"崔芒芒侧过头问正看着天花板的M。

"哦，忘了告诉你们，长谷志藤原来的名字叫金田宫代，我刚开始跟他混的时候，他就用这个名字了，至于原因好像跟他弟弟有关，当然具体的事情宫代从来没有说过，我们这些做小弟的自然也不敢多问。"

"那他为什么派你来谋害我？"崔芒芒追问着，M有些犹豫。

"宫代他针对的对象，其实不是你，而是你的母亲。"

"针对我？"一旁的张雪梅诧异地看着大家。

崔芒芒看着自己的母亲："果然不出我所料，现在看来那批货物出现问题，肯定也是宫代故意制造出来的。"

"那你知道宫代到底因为什么事情要这样针对她吗？"

崔芒芒问完，M摇了摇头："我只知道宫代对于你母亲有着强烈的仇恨，而这仇恨的源头似乎也与宫代的弟弟有关。"

"他弟弟叫什么，你还记得吗？"

"记得宫代提到过一次，但是过去了那么多年，已经记不清了。"M极力回想，最终没有回忆起来。

崔芒芒和张雪梅把能想到的全都盘问了一遍，中间那位宫代又打来了电话，按照三个人的指示，M接了电话，对电话里的那个人说谎，说自己已经成功把崔芒芒解决掉了。

"据我所知，宫代办公室书柜后有一个暗室，那个暗室里藏着一个保险箱，里面是宫代这几年所有海内外生意交易以及他与警局做的那些地下交易的记录，曾经有一个弟兄就因为发现了这个秘密而被宫代杀掉，那个人临死前偷偷把这件事情告诉了我，但这么多年来我从来没有跟任何一个人说起过。"

M说完，忽然喊了崔芒芒的名字，她看见他的眼睛里装满了乞求。

"这么多年，我实在厌倦了自己的人生，我不想让泽雅长大后知道自己有一个这样的父亲。我已经把我了解的所有都告诉了你们，宫代知道了肯定会毫不犹豫地杀掉我，如果我真的难逃厄运，可不可以拜托您帮我好好照顾泽雅长大？"

"我求求您了！"M说完就一下跪在了崔芒芒面前。

崔芒芒扶起M，回应道："你放心，有我在就一定不会让泽雅失去父亲的，你一定可以活着和泽雅在一起！"

M的眼眶又一次湿润了，崔芒芒看着眼前的男人为了女儿苦苦哀求的样子，鼻子里也泛起一阵酸楚。

08

按照计划，明天张雪梅要去和长谷志藤就那批货物的事情见面。根据M的指引，荒木启将假扮成张雪梅的助理，与其一同前去，张雪梅想办法拖延住长谷志藤的时间，然后荒木启趁着这个时间去对方的办公室中将保险箱中的机密资料偷出来。

崔芒芒已经跟张雪梅解释过了荒木启的身份，现在让她唯一担心的是荒木启的能力会不会再像上次一样出现什么差错。

"虽然每次使用的时间都只有十几秒，但理论上说，时空静止可以延长到六十秒，如果真的像上次一样中途出问题，只能看造化了。"

荒木启故意装作不确定的语气让崔芒芒紧张得说不出话，男生突然一下又变回嬉皮笑脸的模样，对着崔芒芒说道："放心吧，我荒木启怎么可能会失败呢，别忘了，我可不只是靠这一种本事行走江湖哦。"

放心不下荒木启的崔芒芒最后还是被男生说服，就这样穿着一身黑、戴着黑色墨镜的荒木启跟着张雪梅出发了。

张雪梅利用自己的嘴上功夫，在对方办公室里软磨硬泡了一天，终于成功让长谷志藤答应她一同共进晚餐。荒木启趁着张雪梅和长谷志藤离开，正要锁上办公室的门时，使用能力静止时空，让自己留在了办公室里。荒木启回忆着M告诉他的暗室的位置，找到了保险箱，然后按照自己跟着一部好莱坞大片学来的技巧，用透明胶在鼠标的左键上粘了一下，然后将截取的指纹套在一个圆环上，倒入具有凝固性能的液体，随后将其在打火机的火焰上加热，液体很快形成了一块和食指指肚差不多大小，并且附带着指纹的薄膜。

"嘀"的一声，指纹识别成功，保险箱被成功打开。荒木启点开手表，将光圈对准保险箱内部，所有资料瞬间被复制成功存储进手表里。

一切计划完成，荒木启甚至还在办公室里逗留了一阵子，才听见走廊有脚步声传来，就在长谷志藤开锁走进办公室的瞬间，时空再度静止，荒木启对着像雕塑一般凝固住的长谷志藤说了声再见，便扬长而去。

"长谷志藤这个卑鄙的家伙，原来背地里做了这么多见不得人的勾当！"张雪梅看着荒木启拿到的资料，生气地说道。

"那我们现在要报警，把这些拿给警方吗？"

荒木启阻止了崔芒芒："现在还不着急，长谷志藤这个人和警局里的人关系不一般，现在仅凭这些证据似乎还不够。"

张雪梅翻着翻着，突然看到了一张照片，是荒木启今天在长谷志藤的暗室里拍到的。

"怎么,你认识这个人?"崔芒芒看见张雪梅的表情有些变化。

大概过了几秒钟,张雪梅才笃定地点了点头。

"他就是宫代的弟弟,金田武未。"

封锁记忆的匣子一下子被这张照片打开,无数往事从张雪梅的脑海深处狂卷而来。

"很多年前,我还在日本做生意的时候,他是我的生意伙伴之一,后来有一年,不知道怎的,他开始做一些不合法的交易,当时我的公司差点被他骗得关门,于是我就报案了,他被警方查出不仅做了违法的商业交易,还涉及故意杀人案,后来被判罪进了监狱,就再也没了消息。

"当时的确听说过金田武未有一个哥哥,好像是当初带他走上这条不归路的人,但从来没有见过本人,当时警察逮捕他后,就再也没听到过有关他哥哥的消息,没想到……"

张雪梅说完,叹了一口气,不断重复着一句"作孽啊,看来这家伙是来找我复仇了"。

"妈,这件事你做得对。你应该振作起来,我们一定要把这件事情的真相调查清楚!"崔芒芒抱着张雪梅的头,安慰地轻抚着她的肩膀。

"那我们接下来要怎么办才好?"张雪梅发出无力的声音。

荒木启看了一眼崔芒芒和张雪梅,将目光转到了 M 身上。

"接下来就要靠他了。"

09

一大早,长谷志藤就接到 M 的电话,没过多久,M 就带着崔芒芒出现在了长谷志藤的办公室里。

头发凌乱,被绑住手的崔芒芒被 M 押在长谷志藤面前。

"哎哟,这不是我们雪奈可爱的女儿芒子小姐吗?你怎么变成这个样子了?"

崔芒芒看着对面的男人露出猥琐的笑容，大骂了一声："你住口！"

"那批我送过来的货物明明没有问题，是不是你在里面做了手脚？"崔芒芒怒视着长谷志藤。

"是又怎么样，不是又怎么样？"

长谷志藤狡猾地打着太极，这时他的电话响了。

"还真是母女连心啊，这不，你母亲雪奈就打过来了，不过啊这时间可有点长啊。"

"长谷志藤你这个浑蛋，我女儿是不是在你手里，你敢乱来我饶不了你！"电话那头张雪梅愤怒的声音，被男人点了免提公放出来。

"你女儿现在可是快活着呢。"长谷志藤给了M一个眼神，M立刻给了崔芒芒一巴掌，女生痛得叫出来。

"听见了吗，你看她多快乐呀！"

电话那头的张雪梅听见女儿的声音，更加歇斯底里地咒骂着。

"说吧，要怎么样你才肯放了我的女儿！"

长谷志藤听完张雪梅的话，冷漠地回应道："果然是个商人，但这次我什么都不要，只要你一个人过来。"男人念了一个地址给电话里的张雪梅后，就挂断了电话。

"芒子小姐，你很快就能跟你的母亲团聚了。"

"你个浑蛋，那些货物就是你做了手脚，你个不要脸的败类！"崔芒芒冲着面前的长谷志藤吐了一口口水。

"没错，就是我做的手脚，我就是要让你妈尝尝这被人陷害的滋味！"男人一边嘶吼着一边擦掉西服上的口水，然后一把箍住崔芒芒的嘴，恶狠狠地说道，"死丫头，你把嘴给我放干净点儿，不然我第一个解决的就是你！"

"你这样就不怕警察来抓你吗？"崔芒芒强硬地对上对方的目光。

男人一下子笑出声："哼，警察？我告诉你，警局里最大的官都是我的人，我还怕他们抓我？我看，他们要抓的人是你妈吧！"

长谷志藤说完一把甩开女生的脸，然后对着旁边的M说了一句：

"赶快备车!"

废弃的地下停车场,张雪梅赶到时崔芒芒被绑在一个柱子上。

长谷志藤这时从车子中出来,跟在其身后的M立刻将张雪梅束缚住。

"雪奈小姐,好久不见。"长谷志藤让M拿了一把凳子出来,"请坐,今天来啊,没别的事情,就是想要跟你叙叙旧。"

"我呸!你这个浑蛋,你一定会遭到报应的!"张雪梅破口大骂,长谷志藤突然伸出手示意对方打住。

接着男人从车子里拿出一张遗像,摆在了张雪梅面前。

"可能你已经不记得这是谁了吧,这个叫金田武未的男人,十年前被你告发入狱,没过多久就离开了这个世界。"

长谷志藤说完,M一下子把张雪梅摁在地上。

"给我弟弟跪着磕三个响头!"长谷志藤冷酷地吩咐道,只见M抓着张雪梅的头,让她在遗像前磕了三次。

长谷志藤抱着遗像,像是变了一个人似的,对着遗像痴痴地说道:"弟弟,你看到了吗?当初害你的这个女人现在正在向你请求赎罪,你看到了吗?"

"他是罪有应得,如果不是你当初带他做了那些违法的事情,他也不会有这样的结局,都是你,你才是罪魁祸首!"

张雪梅的嘶吼一下子点燃了男人的愤怒,他大喊着"你住口"转身一脚把她踹倒在地。

一旁被封住嘴巴的崔芒芒看到这个画面拼命地挣扎着,却无济于事。

"弟弟,现在这个歹毒的女人就在你面前,告诉哥哥,你想要怎么处置她!"长谷志藤像得了失心疯似的把耳朵贴在遗像上,然后从口袋里掏出了手枪,指着张雪梅。

枪口一步步逼近张雪梅。

"你这个人渣!"张雪梅一边说着一边怒视着朝自己靠近的男人。就在枪口快要贴上张雪梅的脑袋时,"砰"的一声,从长谷志藤的嘴巴里跑出来,他看着张雪梅被吓到的样子笑起来。

"这么多年,我等这一刻好久了,但是,你以为我会这样便宜了你?张雪梅,你错了,今天我也要让你尝尝失去至亲的滋味!"说完,长谷志藤就忽然把枪口转向了被绑在一边的崔芒芒。

然而就在他要扳动扳机的时候,一声"住手"从出口的方向传来,紧接着荒木启朝他走了过来。

10

"张雪梅,我们不是在电话里说好了,只有你一个人来吗?"长谷志藤斜视着张雪梅,"既然是你先违反了游戏规则,那我们的游戏,就只好先解决掉他再继续咯。"

崔芒芒忽然意识到现在似乎真的到了失控的局面,她趁着对方不注意,悄悄地解开了 M 事先为她留下的扣。

"我劝你好好想一下,现在回头还来得及,不然你会后悔的。"荒木启说完就把一个档案袋丢到了长谷志藤面前。

长谷志藤捡起档案袋,发现里面全部是自己保险箱里文件的复制版本。

"你竟然打开了我的保险箱!"长谷志藤举着枪步步逼近荒木启。

"快用能力啊!快用能力!"崔芒芒心里一个劲地喊着,但嘴巴被封住了。

"如果不想我将这份资料交给警察,就把枪放下。"荒木启冷静地看着枪口后面的长谷志藤。

"警察?警察算什么,你少拿警察来吓唬我,你以为就光靠这点证据就能打败我,呵,你想得也太简单了吧!"

"简单?我看是你自己想得太简单了吧,从一开始她被押进你的办公室,你所说的一切都已经被录音了。"荒木启看了一眼 M,"放给他听。"

"没错,就是我做的手脚,我就是要让你妈尝尝这被人陷害的滋味……"

听到录音的长谷志藤一下看着拿着录音笔的M："你竟然背叛我！你竟然背叛我！"

就在这时，荒木启突然上去想要一把将长谷志藤手中的枪夺下来，却不料被对方发现。

"荒木启，快用你的能力啊！"崔芒芒终于无法再等待，解开绳子和封条，冲着男生喊道。

听到崔芒芒的声音后，荒木启想要试着使用能力，却发现完全无法启动。

突然"砰"的一声枪响，所有人都被吓得安静了下来。

"崔芒芒！"

荒木启看着挡在自己前面的女生，中弹倒了下来。

枪声响起的那一刻，这个世界上没有人知道崔芒芒那一秒在想什么，她记得那天晚上荒木启对自己说过的话，她只是不想对方因为超能力再度陷入休眠。

和多年前的那次地震一样，崔芒芒奋力地背起荒木启朝着教学楼外跑去，她想要再快一秒，只需要再快一秒，这个自己最喜欢最喜欢的人就可以活下来了。

张雪梅看到女儿受伤，一边呼唤着她的名字，一边将她抱在怀里哭起来。

荒木启像发了疯似的冲上去，就在长谷志藤想要再次开枪的时候，手枪却被从侧面突袭而来的M抢了过去。

荒木启和长谷志藤扭打成一团，男生抵住对方的脖子，把长谷志藤的头用力地向墙上撞去。长谷志藤很快就被男生打得几乎奄奄一息。荒木启转身拿过M手中的枪，对准了倒在地上的长谷志藤。

就在他马上要开枪的那一刻，身后中弹的女生忽然喊了他的名字。

"荒木，不要！"

"里面的人，你们已经被包围了，请赶快放下手中的武器……"

警笛声传来,警察们很快跑进来控制住每一个人。

荒木启猛地跪倒在女生面前,手枪跌落在地上,崔芒芒终于闭上了眼睛。

| 第十章 |

这封信的收件人现在就在我怀里

HUIDASHIJIANDE
LIANREN

【肋眼牛排】

　　化身过无数次烛光中爱情使者的牛排，见证了无数爱情的热烈，也赋予了无数告白罗曼蒂克的前奏。炙烤得恰到火候的牛排，细细地咀嚼下去，既能感受到肉质内部带着些许生味的嫩，又能体会到外层带着焦糖甜味的嚼劲。

　　热恋仿佛就是这唇齿间的感觉，新鲜之中带着激情的疯狂，浅尝无法辄止，反而令人上瘾般欲罢不能。

【"食"间の恋人】

01

手术室外的走廊上,所有人都在祈祷,时间嘀嗒嘀嗒地过去,把每一个人焦灼的心情加速。

终于,从手术室里走出一位医生,荒木启急忙冲上去,询问崔芒芒的情况。

"幸好子弹只是伤到手臂,等伤口养好就行了。"

医生的话让荒木启和张雪梅心里紧绷的那根弦总算松了下来。

安静的病房里,荒木启紧紧抓住崔芒芒的手。

"鳕鱼子,你怎么那么傻,为什么要替我挡子弹,你知道我有多自责、多担心你吗?如果你死了,我怎么办?"

此时此刻,他多想中弹的人是自己,这样他的难过就不会这样庞大,庞大到要完全吞没掉他。心痛到滴血,愧疚与自责盘旋在心头,男生亲吻着她的手,眼睛凝视着还未醒来的女生。

不知不觉,夜幕就这样笼罩住了他们的肩膀,轻轻地守护着这激烈过后的安宁。

清晨,麻药效力过后的崔芒芒睁开了眼睛,她看见身旁的荒木启握着她的手在床边睡着,坐在凳子上的张雪梅也正打着呼噜。

"你醒了。"荒木启模糊中感觉到崔芒芒醒了,他看着女生干燥的嘴唇,倒了一杯水给她,"还难受吗?"

"伤口处还有点儿痛,不过已经没有那么强烈了。"崔芒芒冲顶着一双黑眼圈的荒木启笑了笑。

男生忽然抬起手抚摸着崔芒芒的脸颊,对她说了一句对不起。

"崔芒芒,你怎么这么傻啊,你不要命了吗,替我挡子弹。"

/203

荒木启愧疚得不敢直视对方，手还一直紧紧握着对方，"你知道如果没了你，我所做的一切都失去了意义吗？"

只要自己喜欢的那个人一切都好，就是这个世界上最幸福的事情。崔芒芒看着床边紧张的荒木启，尽管伤口还在痛，心里却溢出了无限的幸福。

"都已经是有未婚妻的人了，注意言行举止。"崔芒芒故意摆出严肃的表情，荒木启只好收回手，"还有，什么所做的一切都失去了意义是什么意思啊？"

荒木启这才意识到自己好像暴露了什么，立刻摇了摇头，说没什么。

崔芒芒摸了摸肚子："我现在唯一记得的是，饿了那么久，肚子需要吃点儿东西了。"

"就知道你睡了这么久，一定饿了，我现在就下去给你买点儿早餐。"荒木启说完就走出了病房，只剩下崔芒芒和鼾声震天的张雪梅。

荒木启刚走出门，崔芒芒就冲着张雪梅大喊了一声："张雪梅！起床啦！"

"怎么了，怎么了？"张雪梅一副被惊醒的表情，巡视四周，最后才把焦点落在已经醒来的崔芒芒身上。

"张雪梅，你女儿都快死了，你还有心思在这儿呼呼大睡。"崔芒芒假装生气地瞥了一眼母亲。

张雪梅立刻跑到跟前来，狠狠地亲了崔芒芒的脑门儿一下。

"芒芒，都是妈妈不好，让你卷进这些和你不相干的事情里来。知道吗？当时看见你倒下的那一刻，我就想着我也不活了，我死也要跟我的女儿死在一起。"

崔芒芒被张雪梅的这句话弄得鼻头一酸，紧紧地把对方抱在了怀里。

"妈，你这是说的什么话嘛，你那么辛苦地在外面赚钱养活我，养活这个家，都是我一直游手好闲，不干正事。"

张雪梅轻轻拍着崔芒芒的背。

"是妈一直以来给你的压力太大了,自从这件事以后,妈也想开了,人的生命真的太脆弱了,在这个世界上,你活得开心就好。"

母女一番对彼此的深情告白后,崔芒芒还是没憋住,"噗"的一声笑出来。

"行啦,行啦,张雪梅女士,这又不是星光大道,看不出来你打了一晚上的呼噜,还悟出了这番人生道理啊。"

"你个臭丫头,这张嘴就贫吧。"张雪梅说着用手捏了一下崔芒芒的鼻子,女生忽然发出杠铃般的叫声。

"张雪梅,你压着我的伤口啦!"

跨过了黎明的房间里立刻充满了聒噪的声音,崔芒芒看着张雪梅,又看了看窗外飞过的鸟,终于如释重负地深呼吸了一口空气。

两个月之后,长谷志藤与其多年一直有着不明勾结的警官被依法查处判决,崔芒芒也养好了伤出院,决定退休的张雪梅打算专心陪女儿的想法被崔芒芒严词拒绝,还是回归了生意场。

就在生活看似跨过荆棘,走入平静的时候,荒木启与一梨的婚期也马上要到了。

02

昨天刚刚拍完婚纱照的一梨,下午神神秘秘地约了崔芒芒出来,说是有重要的事情要告诉她。

平常像豺狼虎豹一样玩命吃的崔芒芒,一直雷打不动的体重,反倒在养伤期间增加了不少。

"反正一切已成定局,就随它去吧!"崔芒芒看着镜子里邋遢的自己,揉了揉肚子上的游泳圈,无所谓地说道。

然后女生真就穿着一身像居家睡衣似的衣服,趿拉着人字拖去见面了。

见面的地点是一梨的家,崔芒芒在偌大的住宅区找了许久,才找到一梨的门牌号，门铃响过后，一梨就出现在了自己面前。

"芒芒，下午好！"

果然是人逢喜事精神爽，一梨一身清新的连衣裙，配合着淡淡的妆容，开门那一刹那，四溢的女人味直接让崔芒芒觉得自己是个粗糙的男人。

"在家里都要穿得这么隆重，也难怪荒木启会跟她结婚。"崔芒芒小小地在心里吐了个槽，立刻笑容满面地走了进去。

房间的装饰完全就是按照公主闺房来的，家里也被收拾得井井有条、一尘不染。崔芒芒对比了一下自己的房间，到处乱丢的内衣、袜子，以及随处可见的头发和零食渣滓。

"哇，一梨你家真的好干净、好漂亮啊！"这句感慨倒真的是完全发自肺腑，因为崔芒芒在这一秒也开始嫌弃起自己了。

一梨谦虚地说崔芒芒过奖，然后拿来了自己烘焙的甜点。

"竟然还会做烘焙！"崔芒芒看着盘子里精致的曲奇饼干和提拉米苏，好像一下子找到了自己被剩下的原因。

"你忘了吗？都是荒木在课堂上教过我们的啊。"

然而崔芒芒不是逃课，就是在课堂上玩手机看韩剧，心不在焉自然不会记得教过这些。

"啊……这样啊。"崔芒芒尴尬地挠挠头，然后拿起一块曲奇饼咬下。

"又会做甜品还可以把家里打扫得一尘不染，这样的女孩子哪个男人不心动啊！"刚才进门时的吐槽现在已经完全变成崇拜，崔芒芒在心里惊叹着。

"哦，对了，今天约你来的正事，就是想让你帮我参谋一下。"说着，一梨拿来一个平板电脑。

"这是昨天和荒木启拍的婚纱照，还没有修过哦，因为店家说只能挑一组满意的后期制作，之前荒木启一直夸你眼光好，所以就想听听你的意见，你说哪组好看哪？"

崔芒芒划着照片，看见其中有一组是以剧院为主题，荒木启和一梨一个拿着大提琴，一个举着小提琴，简直不能再般配。穿着婚纱的一梨变得更加动人，崔芒芒羡慕地看着照片里的一梨，忽然开始幻想自己穿婚纱的样子。

不想还好，一想到自己穿上婚纱站在同一个人身旁，巨大的自卑又像雾霾一般覆盖住了崔芒芒。

虽然曾经的确在梦里幻想过有朝一日抱得男神归，和荒木启夫妻双双把照拍，但这些美好的幻想在这些美好的照片面前，还是化为不切实际的乌有。

"幸亏和荒木启结婚的是一梨，而不是自己。"崔芒芒低头看了看自己的胸脯，又吸了口气让肚腩缩回去一点儿，自我安慰着。可就算再怎么自我安慰，心头的难过还是出卖了崔芒芒。

崔芒芒盯着那张照片，发了许久的呆。

"芒子？芒子？"一梨喊了崔芒芒的名字，女生才回过神来。

"啊，我觉得就这组吧，正好可以和你们的职业相对应，很应景的。"崔芒芒指了指自己刚才看入迷的那组。

但一梨好像发现了什么，拿过平板，一脸神秘地看着崔芒芒。

"芒子，你今天完全一副心不在焉的样子啊，是不是有点儿不想荒木启和我结婚啊？"一梨一语道破天机。

虽然崔芒芒心里恨不得像抽油机一样点一百万个头，但嘴上还是立刻澄清，摇着头说不是这样的。

这时，一梨帮崔芒芒续完咖啡后，向女生凑近了一些。

"芒子，荒木启回到日本之后就决定和我在一起，难道你不想知道这当中的原因吗？"

一梨认真地注视着崔芒芒的眼睛，崔芒芒不知道该怎么回答她，目光躲闪了开去。

"就算知道了又怎么样呢，事情已经发生了，再说你对他那么好，而且你俩又如此般配，在一起是顺理成章的事情啊。"

崔芒芒违心地说完这些话，更加不敢看对方的眼睛了。

一梨突然用手握住崔芒芒的头，把女生的视线移了过来。

"好啦，心里面还是很想知道的，你说吧。"崔芒芒还是没能抑制住内心的好奇，缴械投降。

一梨却提出了条件："那芒子你先诚实地回答我一个问题,必须是你的真心话。"

"行、行、行,你问,真的是啰唆。"崔芒芒喝了一口咖啡,等着对方开口。

"假如我这个人完全不存在,你会答应跟荒木启在一起吗?"

一梨辛辣的问题一下子让崔芒芒停止了吞咽,缓缓放下杯子看着一梨诚挚的眼神。

想要说出内心真实的想法,但毕竟眼前这个人已经是对方的未婚妻,崔芒芒纠结着不知道该如何回答。

"我……"崔芒芒犹豫着。

"如果芒子你真的把我当过朋友,请你一定一定要告诉我你真实的想法。"

"我……"崔芒芒仍旧犹豫着。

"其实你这次回到日本来也是抱着要抢回荒木启的目的对不对?从那次我们三个一起去游乐场我就发现了。虽然你表面上一直装作满不在乎的样子,但你心里一直喜欢着他!我说中了你的心思对不对?"

一梨的咄咄逼人,一步步击垮了崔芒芒的伪装,最终,她内心的力量还是没能坚守住。

"没错!我就是喜欢荒木启!但那又能怎样,你比我完美,比我更了解他,更懂得他心里在想什么、他需要什么。他最后选择的人是你,喜欢我只不过是他一段错误的青春,现在他要结婚的对象是你,你现在来问我这些,我告诉你了,可有什么作用呢?"

崔芒芒刚说完,就看见一梨又露出那标志性的笑容,起身拍了拍手。

"好啦,好啦,收工啦,荒木启你这个家伙快给我出来!"

崔芒芒一副丈二和尚摸不着头脑的样子,看着荒木启鬼鬼祟祟地从卧室里走出来。

"芒子,真的很对不起,其实我和荒木启压根儿没有在一起,更没有要结婚,这几个月来一直是我在配合他故意演给你看的。"

一梨握着崔芒芒的手,崔芒芒诧异地看了看一梨,又看了看荒木启。

"你们联合起来骗我?荒木启你个浑蛋!"崔芒芒上去给了荒木启一脚,却不料正中对方的"守门员",男生痛得弯下腰,崔芒芒却生气地跑出了一梨家。

一梨瞥了一眼荒木启可怜的小眼神:"还愣着干什么,快去追啊!"

说完就看见荒木启一瘸一拐地追了出去。

03

暖春的阳光洒在柏油马路上,崔芒芒觉得自己像是做了一场梦。

梦境的结局是她奔跑着想要逃脱这尴尬的画面,却不料风火轮没了油。女生的人字拖不知道怎么的就烂掉了,她尴尬地在街边蹲下身子,想要试着修好,身后就传来了两声汽车发出的鸣笛声。

"我说这位小姐,鞋子坏了,就赶快上车吧。"

崔芒芒扭头看见车窗里的荒木启朝自己吹了声口哨。

"去死吧你!"崔芒芒很有骨气地就不上车,干脆甩掉人字拖,光着脚在路上走。荒木启只好下车,追上女生后一把拉住了她的手。

阳光刚好把他的侧脸映射出一个完美的弧度,睫毛下的眼睛投射出比太阳还温暖的光芒。

"你知道我等你这一句话,等了多久吗?"

荒木启紧紧地抓住崔芒芒的手,崔芒芒如何也无法挣脱,只好面对这张英俊又温柔的脸庞。

"你个大骗子!荒木启,你这个大骗子。"崔芒芒不知道该怎么发泄自己被骗了那么久的怒气,扬起手就冲对方的脸狠狠地捏去。

荒木启痛得叫出声来,女生撒完气才停下手中的动作。

"下面已经被你给了一脚了,上面又给你这样捏,这些以后可都是给你用的啊!"荒木启说完,崔芒芒寻思了一会儿才反应过来对方话里的意思。

/209

"你个臭流氓!"崔芒芒气得又想要伸手教训对方,却被荒木启猛然凑近的脸给吓得呆住。

她看着他的脸不断向自己靠近,自己的呼吸已完全融化在了对方的呼吸里,她的心跳"扑通扑通"像火箭发射一般加速,然而就在两个人的嘴唇马上要触碰到对方的时候,突然一个莫名其妙的声音跑了出来。

"能不能快点儿亲!这绿灯马上就要过啦!"

唯美浪漫的气氛瞬间被这句话给消磨干净,崔芒芒和荒木启无奈地看着身后背着大包小包,看着像是刚从奈良回来的岚子外婆和中圭先生,又看看彼此,然后动作一致地叹了一口气。

04

就这样,在崔芒芒以为自己最爱的男人马上就要和别的女人步入婚姻殿堂的时候,老天又忽然和她开了个玩笑,剧情一百八十度反转,原来对方一直是在用假结婚骗她说出心里话。

崔芒芒反反复复地琢磨着这几个月来发生的一切,一梨和荒木启毫无破绽的表演真的完全将她带进了这个圈套。但抱怨的同时,女生心里又是塞翁失马一般的庆幸,甚至因为荒木启为了这份感情做出的努力而有些感动。

崔芒芒四仰八叉地躺在床上,看着天花板上的灯光从指缝之间透出来,窗外已经有了昆虫的叫声,她翻了翻日历,才发现不知不觉已经是四月份了。

"崔芒芒,出来陪我看电视!"

客厅的岚子外婆大概是太无聊了,就喊女生出来一起看电视剧,但崔芒芒屁股刚坐下,对方立刻两眼放光地盘问起她的八卦来。

"现在的年轻人真是越来越开放了,在大街上就卿卿我我。"岚子外婆一边吃着铜锣烧,一边故意说给崔芒芒听。

"现在的老年人真是越来越潮流了,这么大年纪坐摩天轮也不怕心脏受不了。"崔芒芒也拿起一块铜锣烧,故意打趣外婆。

"我……我那是……怎么啦,我们老年人还不能体验一下你们年轻人的世界吗?"岚子外婆噘起嘴,瞥了崔芒芒一眼,"话说,你和荒木启今天是怎么回事啊?"

崔芒芒摆出一副不屑的表情:"想听八卦是吧,有个条件。"

崔芒芒看了一眼岚子外婆,对方不耐烦地冲她说了声:"说吧,什么条件?"

"下周的早餐你来买!"

岚子外婆嫌弃地看着崔芒芒,可又拿她没办法,只好勉为其难地答应了女生的条件。

接着,崔芒芒就在外婆的耳边把今天的事情从头到尾讲了一遍。

"真是搞不懂你们这些年轻人脑袋里整天装着些什么,有这工夫还不如好好工作,赚点儿钱,别整天闲在家里。"

岚子外婆听完崔芒芒的故事,心里面不知道怎么回事,甚至有点嫉妒她,但同时又为她感到高兴。

"不过呢,像你这种剩女终于可以正儿八经地谈个恋爱了,也算是一件值得庆祝的事情!"

讲完岚子外婆拿起手机点了寿司外卖,又起身去冰箱拿了两瓶啤酒来,说是要替崔芒芒庆祝告别单身。

崔芒芒俨然被外婆这突如其来的热情给吓坏了,但又不能直接硬生生地拒绝对方的好意,只好借由这个机会让外婆好好地放肆一把。

可事实是,接下来直到凌晨的几个钟头里,喝得微醺的外婆把她自己还有张雪梅的历任感情故事都给崔芒芒讲了一遍。

"我们的芒子啊,虽然长得不是那么惊艳,但也不差劲啊,像男生又怎么了,女人就是应该像男人一样自立自强,能吃又怎么了,说明我们好养活。那些看不上你的男人,只能说明他们没眼光。谁说我们芒子嫁不出去的,谁说的?!"

明显已经喝醉的岚子外婆倒在崔芒芒的肩膀上,嘴里一个劲夸着崔芒芒。

"还不是您和张雪梅说的,您是不知道,张雪梅都偷偷地替我在网上注册了不下十家婚恋网站了,就差报名那些电视上的相亲节目了。"

崔芒芒自顾自说着,正想把上次张雪梅逼自己和一美国 ABC 大叔相亲的事讲给外婆听,低头却发现对方已经挂在自己肩头睡着了。女生记起来自己上次也是这么睡在邱毅浓肩膀上的,看着外婆冒起呼噜的脸,笑着感慨了一句:"怎么跟邱毅浓似的。"

05

看似告别单身的狂欢,但实则听了一晚上外婆的罗曼史。

第二天一大早,崔芒芒就在厕所里抱着马桶吐了半个多小时。

"这是怎么了,吃什么吃得吐成这样?"岚子外婆在一旁给崔芒芒拿着漱口水和毛巾。

终于好受一点的崔芒芒捶着自己的胸脯勉强站起来,拿过毛巾来擦了擦额头上的汗。

"可能是昨晚吃的寿司吧,肠胃很长一段时间都是这样的状态,经常会吐,有时候吐得胸口都疼。"

"可昨晚那寿司我吃了没有问题啊。"岚子外婆奇怪地看着崔芒芒,"你不会是怀孕了吧?"

"外婆!我都这样了你还开我玩笑。"崔芒芒没好气地看了外婆一眼。

"那我劝你还是去医院检查一下吧,老这样拖着,小毛病迟早要拖出大毛病的。"外婆又唠叨起来,崔芒芒洗了一把脸就跑回屋子开始打扮。

不一会儿就化好妆,穿戴好在门口换鞋子准备出发了。

"臭丫头,你又要干吗去?"外婆看着刚才还吐得像个鬼似的女生转眼就满脸带上了春色。

崔芒芒俏皮地对外婆说了句"约会",就高高兴兴地溜走了。

"恋爱这种东西啊，真是让原本不化妆的女人也开始化妆了。"外婆看着崔芒芒的背影，对着试衣镜里的自己念叨了一句，然后给中圭先生打电话约了午餐，也跑回房挑衣服打扮起来。

对于荒木启把约会地点定在超市这件事，崔芒芒怎么也想不通，然而男生一直神秘兮兮地不讲原因。

像迷宫一样的超市里，荒木启推着车子，崔芒芒像个家庭主妇似的跟在一边。

"想吃什么尽管提，今天荒木哥哥全部满足你。"荒木启说着把手搭在崔芒芒的肩膀上。

"说吧，你今天这葫芦里到底装的什么药啊？"崔芒芒抬起眼皮看了一眼比自己高出两个头的男生。

"知不知道情侣之间最浪漫的事情是什么？"荒木启俯下身子，在崔芒芒耳边说道。

女生摇摇头。

"当然是逛超市啦！"荒木启还配合着把手伸向空中，划了一个半圆，"男朋友带着自己的女朋友一起逛超市，多浪漫多温馨啊！"

崔芒芒弹开荒木启的手，说了句"无聊"。

其间，崔芒芒看到有一个小女孩坐在购物车里被爸爸推着走，就羡慕地感慨了一句。

"这还不好办，满足你。"荒木启说完一把将没反应过来的崔芒芒抱起来装进了购物车里，女生一脸惊恐地不停喊着荒木启放自己下来，然而男生假装丝毫没有听见女生的声音。

"准备好，我们要出发咯！"

荒木启一声令下，就推着购物车加速地奔跑起来，一时间超市里所有人的目光都汇集到了两人身上。

刺激过后的结局就是两个人被超市的经理臭骂了一顿。挨完训的两个人拎着大包小包回到荒木启自己的那套房子，一进门荒木启就和崔芒芒精疲力竭地瘫在了沙发上。

崔芒芒看着落地窗外黄昏时刻的城市上空，约会心情只剩最后的百分之五十。

荒木启说是要继续他未完成的神秘计划，把崔芒芒赶去了卧室上网。

过了大概两个小时，崔芒芒已经被透过门缝飘进来的饭香折磨得快受不了了，男生这才把女生从饥饿的囚笼里放了出来。

荒木启用自己的领带蒙上崔芒芒的眼睛，挽着她来到了餐厅。

空气瞬间变得安静，安静到只能听见两个人的呼吸声，崔芒芒的心跳在这黑暗之中疯狂地加速着，忽然，荒木启从身后抱住了她。

他轻轻地在她耳边问道：

"鳕鱼子，知道今天是什么日子吗？"

06

今天是什么日子？

既不是情人节也不是自己的生日，更不是什么纪念日，崔芒芒努力想要把今天靠上什么重要的节日，但怎么也无法匹配到一个合适的答案。

女生摇摇头，这时安静的房间里响起了一首浪漫的情歌。

"你大学去了中国后，我就开始频繁地给你写信，不知不觉写了很多年。记得我在大学时还发过誓，写到第一百封信之前一定要把你追到手，上次乐团去中国表演你没有跟着一起回来，本来想再给你写一封，结果数了数发现正好是第一百封，于是就没有写下去，一直等到今天，不过现在看来，这个曾经的誓言终于可以实现了。"

说完荒木启把蒙在崔芒芒眼睛上的领带解下，昏黄的灯光下荒木启拿出了一个和之前崔芒芒装信用的一模一样的盒子，崔芒芒打开盒子，里面装了满满一盒子的纸片。

"这些全部是国际挂号信的回执单，每一张上面都写着信被寄出那天的日期。"

崔芒芒看着这一张张标注着日期的回执单，眼睛突然有些湿润。

"荒木，谢谢你。"

崔芒芒感动得一把抱住了他。荒木启抚摸着女生的头发，在对方耳畔温柔地说了一句："今天就是这第一百封信寄出的日子，幸运的是，这封信再也不用跨越千山万水，它的收件人现在就在我的怀里。"

荒木启深情地吻了一下崔芒芒的额头，然后打了个响指，整个房间瞬时被五彩缤纷的荧光点亮，天花板上投射出缓慢转动着的蓝色星空，摆满肉类、蛋糕和水果的餐桌上，蜡烛发出朦胧的光，就连背景音乐也合乎时宜地换成了欢快的歌曲。

"好啦，等会儿继续感动，现在请我的女友大人芒子小姐入座吧！"荒木启绅士地帮崔芒芒挪出凳子，又帮她倒好了酒，然后坐到了她对面。

崔芒芒看着面前溢出香味的牛排，又看了一眼坐在对面帅气迷人的荒木启，马上进入状态，沉醉在这浪漫的气氛中。

精选的肋眼牛排被炙烤得外熟里嫩，表层的焦糖层发射着诱人的光芒。采用了日式改良的烹制手法，黑胡椒与照烧酱完美地融合，切下一小块牛肉，入口的瞬间就感受到黑胡椒与照烧酱搭配之下牛肉双层的口感，相互叠加和映衬，向味蕾不断发起挑逗与挑战。

"真的好久没吃到这么好吃的牛肉了！"崔芒芒小心翼翼地咀嚼着，生怕错过食物分毫的美味。

约会心情百分之二百！就连下厨的人也被食客这从心底里迸发出的幸福感所感染。

荒木启陶醉于崔芒芒的陶醉之中，彼此的双眸之中装下烛光下彼此模糊的脸庞，在老年舞蹈班重逢的画面也随着这忽闪忽闪的烛光浮现在他的脑海里。

"鳕鱼子，你还记得你第一次带岚子外婆去老年舞蹈班时，说是要邀请你们一起吃饭，结果你却装肚子疼逃跑吗？"男生故意抬高几个声调，"其实，我早就发现你了，提出吃饭这件事其实是我的主意，不过是为了确定那个人是不是你。后来趁着你逃跑的时候，我使用了能力，然后走到你面前仔细观察，才确定就是你。"

崔芒芒好像记起了当时的画面,的确是自己为了躲避对方借口肚子痛落荒而逃。

"谁会想这么巧,竟然在那里都能碰见你。"

"还有啊,那次抓娃娃机其实也是我……"

荒木启还没说完,崔芒芒就接上去。

"也是你用能力定格了时间才抓到的?"

荒木启点点头,没想到女生的反应竟然是:"没想到你还真是个撩妹高手啊,怪不得那么多小姑娘迷你迷得死去活来的。"

荒木启被这番夸奖冲昏了头,扬扬得意着。

"可最后还不是在你这一棵老树上吊死了。"

"你才是老树呢!"崔芒芒抓了一把蛋糕上的奶油朝着荒木启的脸上抹去。

荒木启丝毫不示弱,也抓起一块奶油返还给女生,两个人浪漫的烛光晚餐忽然就变了味,成了一场奶油蛋糕大战。

两个人互相追着满屋子跑,体力很快消耗完毕,又一次累趴下了。

"话说,当初一梨为什么会答应你演这出戏呢?她那么喜欢你,怎么可能会替你追别的女生。"崔芒芒的话锋一转,问了一个在她心底盘旋已久的问题。

"就允许你帮人家追,还不能别人帮我追啦。"荒木启把视线从崔芒芒身上移开,"因为你没有跟着乐团一起回来,再加上她那天对你说了那么难听的话,回到日本后我就跟一梨大吵一架,后来一梨把之前拜托你帮着她追我的事情都告诉我了,我明确地跟她讲明白了我们之间是没有可能的,然后她就决定放手了。后来是我为了逼你回来,让你坦白心里的真实想法,才又厚着脸皮去找一梨帮忙演这场戏的,没想到她却很爽快地答应了。接下来,就都是你看到的事情啦。"

崔芒芒心里突然冒出"成全"两个字,或许这在某种程度上也算是一梨的成全吧,当事情真相大白,崔芒芒心底里对一梨的看法又有了很大的改观。

这就是爱伟大的力量,它让每一个人懂得为了我们爱的人而选择退让和牺牲，就连放手与割舍，也只是希望对方真正活得幸福快乐。

崔芒芒看着天花板上，视线上方忽然降落下一串钥匙。女生不解地看着男生，荒木启一把把女生揽入了怀里。

"上次你不是问我这个房子是怎么回事，我只说了上半句，至于那剩下的半句是什么……"

荒木启把钥匙放进崔芒芒的手心："从今天开始，你就是这套房子的女主人了。"

"以后的每天，我们都像今天一样，你在我的怀里，我抱着你，好不好？"

荒木启的唇不断靠近崔芒芒，就在男生马上要吻上女生的时候，崔芒芒突然故意使坏，大喊了一声："你有口臭！"

荒木启无奈地看着崔芒芒，不断试着去闻自己嘴巴里的味道，女生却在一旁"咯咯"坏笑起来。

"喂，你晚餐都没怎么吃东西，赶快去吃点儿啦。"崔芒芒拍了一下荒木启的脑壳，想要催促对方赶快去吃饭。却不料男生忽然一个反身，把崔芒芒压在了身下。

"你不就是我的晚餐吗？！"

"荒木启你个臭流氓，放开我！"

荒木启的视线紧紧锁住崔芒芒，无论崔芒芒怎么挣扎都被对方视为故意的娇嗔。荒木启露出一抹坏笑，对着崔芒芒说了一句"现在可由不得你了，因为现在我要一口一口吃掉你"，起身一个公主抱就把女生丢进了卧室。

07

当荒木启的爱意不再只停留于信封里，崔芒芒终于敞开心扉，全世界仿佛都陷入了热恋当中。

没过多久，岚子外婆与中圭先生的关系也更近一步。外婆彻底从悲伤之中走出来，融入了她崭新的生活。

一切似乎都朝着美好的方向有条不紊地前行着，充满了属于这个春天的温暖。

老年舞蹈班的课程结束了,岚子外婆决定邀请中圭先生和荒木启一同来家中开派对。约在周末的晚上,岚子外婆几天前就已经开始腌制食物了。崔芒芒帮外婆打着下手,把一串串酱油肉用绳子绑好,挂在院子里架起的竹竿上。

阳光照射在悬挂着的肉身上,肥肉的部分反射出晶莹的光芒,一推开门就能闻见满院子里飘香的酱油味道。

虽然说岚子外婆料理的水平让崔芒芒经常感到无奈,但对于酱油肉这道需要投入精力的料理,却是岚子外婆的看家本领。这手艺还是外婆跟着第一任外公从中国学习来的,崔芒芒记得小时候,外婆切下几片酱油肉,和芥蓝混合着一炒,自己就能轻松消灭好几碗白饭。

崔芒芒和外婆坐在院子外的台阶上,喝着茶。

"看来这是打算给中圭先生来个大招啊,这么多年都没见您再晒肉了呢。"崔芒芒抱着膝盖,看着旁边拍着自己的小肚腩的岚子外婆。

"为自己喜欢的人做一点儿自己最拿手的事,多幸福啊。"阳光下外婆的小表情,甜蜜得像个热恋中的小姑娘。

"果然您才是恋爱段位高手啊,感觉一辈子都有谈不完的恋爱。"

"怎么样,丫头,这点本事可不是每个女人都有的。"岚子外婆骄傲地噘起嘴,喝茶的时候发出"嘶嘶"的声音。

因为始终保持着一颗年轻的心,所以永远在追求爱情与陪伴,又因为始终沉浸在爱情的滋润中,所以表现出和一般老年人完全不同的心态。这样的人生,年轻这道标签好像很轻易就被摘掉了。这样想着,崔芒芒忽然有点儿自豪,自己身边能有这样一位与众不同的亲人。

"永远对爱保持着旺盛的热情,这才是人生啊。"拍着肚子的外婆仰起头,对着天空一脸灿烂地呐喊道。

和外婆忙活了一上午的崔芒芒,午睡起来胸部一直传来源源不断的疼痛，女生给自己倒了一杯热水，喝下去却像之前一样难以下咽，后背也仿佛灌了铅一样，钝重的痛感让她实在无法忍耐下去。

不一会儿，额头上就已经冒出细细密密的汗珠。崔芒芒回忆着类似症状最初是从什么时候开始，但发现这种疼痛困扰自己已经久到女生完全忘记它开始的时间。崔芒芒想要打给荒木启，叫他陪自己去医院，刚拨下电话，女生才想起荒木启今天在外地演出。

外婆也不知道出门做什么去了，崔芒芒只好自己坚强地忍耐着支撑自己起来，穿好衣服出门打了一辆计程车去医院。

然而车子到达医院时，身体传来的疼痛又消退了不少，崔芒芒排着队在诊室外等候着，在手机上搜索着对应自己症状的疾病，看着手机屏幕上检索出来的五花八门的病名，崔芒芒紧张的情绪有了些缓解。

女生自动对号入座了一个自己看起来最轻的疾病，长舒一口气，但视线又不自主地聚焦上那个看起来最严重的病。女生这样有一下没一下地吓唬着自己，没多久就听见护士小姐喊了她的名字。

崔芒芒不停地安慰着自己不要大惊小怪，就在起身准备走进诊室的时候，手机里收到了一张荒木启发来的照片。

是男生今天演出去到的地方，荒木启拍了一张自拍照，还在自拍照里画了一个崔芒芒。

女生看着荒木启野兽派的画风，嘴角扬起微笑的弧度。

回答时间的恋人

HUI DA SHI JIAN DE LIAN REN

| 第十一章 |

那个她爱了一整个青春的少年

HUIDASHIJIEDE
LIANREN

"食"间の恋人

分手时,多少人企图从食物中寻到解脱的法门,却发现一切美味都变得索然无味。五味的食物入口后都变成了眼泪般的咸涩,咀嚼时享受的声响也成了心碎的回音。

因而说食物是有生命的,食物的味道不仅需要料理者的感情投入,更融合了食客的感情。就像恋人之间的悲欢离合,也是食物的酸甜苦辣。

难过的时候就去吃一点东西吧,让食物替你分担一些悲伤,即使食之苦味,也不乏一种陪伴。

01

　　崔芒芒和外婆为周末的家庭聚会准备了好久，周末晴朗的夜晚，把所有外婆要求的食材一一准备好后，打开电视刚想要偷吃一枚和果子的崔芒芒听见了外婆和中圭先生说话的声音。

　　崔芒芒立刻起身去门口迎接，中圭先生还带了水果、蛋糕和清酒来。荒木启跟在中圭身后，穿了一身休闲的针织衫，朝门口的岚子外婆打了个招呼，然后给了崔芒芒一个拥抱。

　　"喂，我可就在你们眼前啊，要亲回家亲去。"外婆故意这么说。

　　崔芒芒冲外婆吐舌头。

　　"谁说的，我的家就是荒木启的家。"崔芒芒调皮地说，一旁的中圭先生也跟着笑起来。

　　外婆嫌弃地盯了崔芒芒一眼，扭过头对中圭说："真是谈了恋爱的家伙就忘记我们这些老东西的存在啦。"然后拉着中圭进屋去了。

　　这次的家庭聚餐就在院子里进行，桌子上摆满了各式各样卖相诱人的菜肴，四个人落座后，趁着这美好的夜色开始大快朵颐。

　　两位老年人分享着两个年轻人在家中的坏毛病，很快找到了共同话题，热火朝天地聊起来，崔芒芒和荒木启在旁边忙不迭地解释，餐桌上充满了欢声笑语。

　　吃到一半，月亮终于完整地露了出来，中圭先生放下筷子，抬头望了望天，对着外婆和崔芒芒赞叹了一番今晚的月色。

　　大概是前面一直忙着聊天，现在的崔芒芒和荒木启只顾得上吃所以一直点头，两个年轻人虽然明显和两位老年人不在同一个频道，却丝毫没有影响到岚子外婆和中圭先生停下手中的筷子抬头观看天象的情趣。

　　"天文台说有可能会看到流星雨。"中圭对外婆说道，还顺便给自己倒了一小杯清酒。

  崔芒芒听到有流星雨后激动地放下筷子,吆喝着"哇,流星雨,好浪漫哎"之类的话,转头就小声地在荒木启耳边说了句"果然是爷孙俩,追女友的方式都一模一样"。

  荒木启又悄悄地接过崔芒芒的话:"他为了今晚的约会,可是做了不少功课呢。"

  崔芒芒偷笑着看了一眼沉醉在自己世界中的两个老年人,想起外婆光是挑选今天晚上的衣服就花了好几个钟头,忽然间觉得现在这个画面真的可爱极了。

  一顿惬意的晚餐后,外婆和中圭一起坐在院子里把木椅调整至舒服的角度方便观察天空,这时候崔芒芒从屋子里拿出手机播放了一首《樱花小调》,中圭先生从木椅上起来,伸出手邀请外婆跳一支舞。

  崔芒芒和荒木启看着外婆和中圭先生在院落里悠闲地踱起舞步来,满足地笑了笑。

  然后荒木启给了崔芒芒一个眼神示意,两个人就非常机智地选择溜走,给两位老年人创造浪漫的空间。

  溜出来的荒木启和崔芒芒漫无目的地在附近散步,男生自然地搂住女生的肩膀,昏黄的路灯下,两个人的影子被拉长又缩短,缩短又拉长,凉风温柔地拂过,空气里都是甜蜜的味道。

  "原来你竟然有这种怪癖。"

  崔芒芒发出"啧啧"的声音,看着身旁的荒木启,原来刚才中圭先生在饭桌上吐槽了荒木启的洁癖,每天要洗几十遍手,十几次脸。

  "竟然还嫌弃我,我还没嫌弃你可以半个月不洗头呢。"荒木启立刻拿出刚才岚子外婆说崔芒芒最高纪录半个月都没洗过头的事情进行反击。

  "我……我这是保护水资源,你那是浪费水资源。再说了,那半个月正好宅在家里,所以才没有洗头的好吧。"崔芒芒忙着解释,还故意甩开男生的手,假装生气。

/224

荒木启还就吃崔芒芒这一套。看着女生生气,荒木启忽然搂住崔芒芒的脖子,轻轻捏着对方的下巴,然后宠溺地说了一句:"就算你不爱洗头,我太爱洗手,上天也是无法阻碍我喜欢你这件事的。"

荒木启顿了顿:"崔芒芒,无论你是什么样子,我都喜欢你。"

崔芒芒看着几厘米之外荒木启温柔的目光,虽然对方的甜言蜜语听起来怪怪的,但顷刻间还是被这话语给俘获了。崔芒芒在心里演练了一遍,俏皮地说对方"死鬼",但还没说出口就被自己恶心到,然后还没来得及反应,荒木启就亲吻了一下她的脸颊。

"好了,走吧,带你去买好吃的。"荒木启拉着崔芒芒的手,继续向路口的超市走去。

年少时的欢喜冤家,男生惹到了女生,也是拽着对方去买零食赔罪。

多年后千帆过尽,男生等到了女生,终于拉着对方的手走向未来。

如果在某个人面前你感觉到自己不够好的时候,就说明你爱上这个人了。对于崔芒芒来说,幸运的是,那个人,会包容她所有的不完美,无时无刻不张开怀抱,等着她走过来。

就在经过一片花坛的时候,两个人忽然听见了一只小狗发出的"呜呜"声。

两个人循着声音一番寻觅,才发现原来是一只腿受了伤的小狗。

看起来应该是秋田犬的幼犬,后腿受了伤,但伤口附近的血已经凝固,显然像是已经受伤有一段时间了。脏兮兮的小狗可怜地窝在那个小角落里,发出痛苦的声音让人看着十分可怜。

崔芒芒看着骨瘦如柴的小狗应该是饿了很久,便跑去给它买了点吃的,看着小狗很快将食物消灭干净,崔芒芒心里萌生出一个想法。

女生看了眼审判的荒木启。

"荒木,你看这只小狗这么可怜,它的伤口已经感染了,你能不能……"崔芒芒有些犹豫,但还是说了出来。

"你能不能用你的能力,帮它把伤口愈合?"

女生用充满渴求的眼神看着男生。荒木启答应了崔芒芒,可就

/225

在他准备救助这只小狗的时候,他的超能力又出现了状况,怎么也无法启动。

想要在女生面前一展自己英雄本色的荒木启,尴尬地尝试了好几次都不起作用。

"好像出现了一些问题。"荒木启看着没有什么动静的手表,对女生说道。

自从那次长谷志藤事件能力频频出现无法使用的问题后,荒木启就再也没有使用过自己的能力,却万万没想到,时隔这么久,超能力已经无法成功开启。

"可能是手表出现了问题。"荒木启不想让崔芒芒失望,找了一个理由解释,"不然我们先把它送去宠物医院吧。"

女生倒是很理解荒木启,说了一句"没关系",把小狗装进了一个路边找到的纸箱子里,就和荒木启一起出发去了宠物医院,

但更棘手的还在后面,受伤的小狗被包扎好,紧接着荒木启和崔芒芒需要面临这只小狗要去哪里的问题。

想要收养这只小狗的崔芒芒因为岚子外婆对狗毛过敏而不得不放弃,荒木启因为经常要外出工作,没有办法好好照顾,只好把它留在了宠物医院由院方负责将其送去宠物收留中心。

最终,崔芒芒在荒木启的安慰下,一脸不舍地告别了这只与自己有着短暂缘分的小狗。

"真的那么喜欢小狗?"荒木启停下脚步,问了一句。

崔芒芒点点头。

"那种又听话又可爱,主人不开心还能陪她聊天,主人饿了还能给她弄吃的,这样的小狗喜不喜欢呢?"荒木启接着问道。

崔芒芒笃定地点点头,接着反应过来:"哎?还有这种狗?"

就在崔芒芒说完的时候,荒木启突然俯下身子,把脸凑在崔芒芒面前,抬起手学着小狗"汪汪汪"地叫了几声。

"好啦,这种小狗现在就在你面前呢,还不赶快领回家。"

崔芒芒"噗"的一声被荒木启逗笑,然后捏了一把男生的脸。

"幼稚!"

/226

"好啦，好啦，你要相信，它肯定会生活得很幸福很快乐，以后没事常去看看它就好啦，开心一点。"荒木启摸了摸崔芒芒的头，然后伸出手把女生的嘴角上扬。

"走吧，荒木哥哥带你去吃好吃的。"

02

小狗的事情告一段落，超能力的事情却让荒木启头痛起来。

本来想要把这件事情瞒着中圭先生，自己试着想办法找到解决办法，可荒木启尝试了各种各样的方式，仍旧无法唤醒能力，只好把这件事情告诉了中圭先生。

自然免不了一场臭骂。

"我说过多少遍了，不要轻易使用能力，你这个人怎么不听劝呢？"中圭先生把手背在身后，一副老教师苦口婆心教育学生的模样。

荒木启小心翼翼地回了句："我也没有很频繁地用……"

话说到一半就被中圭先生打断，他更加生气了："还不够频繁？你难道不知道对于你的生命而言，用一次少一次，你就不怕到最后你在这个世界上消失吗？"

中圭先生坐在椅子上，手叉着腰，气到最后无可奈何地只能摇脑袋。

"虽然对于你本来生活的那维空间来说，成长变老可以是一瞬间的事情，但是，荒木启，我是真的不想看见你这么年轻，就重蹈覆辙十谷的命运……"

荒木启看着中圭先生的眼睛，就知道他一定是回忆起悲伤的往事了，荒木启走到垂着头的中圭先生面前，拍了拍他的肩膀。

"中圭先生，我……我不是有意要气你的，对不起。"荒木启试图安慰对方，中圭先生却冲荒木启摆了摆手。

过了一会儿，中圭先生才从悲伤之中振作起来，起身看了一眼荒木启，然后转身对他说了句"跟我来"。

位于阁楼里的狭窄的小房间,被"啪"的一声照亮。中圭先生戴上老花镜,扫了扫桌子上的灰尘,然后坐了下来。

"把你的手表上的数据念给我。"中圭先生拿出一张纸和一个计算器。

在荒木启嘴巴里念出一个个数字时,中圭先生在纸上飞快地运算着。

不知道过了多久,中圭先生冲着最后运算得出的数字叹了口气,喊了一声在后面沙发上已经瞌睡的荒木启。

荒木启猛地醒来,接过中圭先生递过来的纸,看着纸面上乱七八糟的公式,再次听见了中圭先生的一声叹息。

"按照表上的数据,计算得出你的三维成像速度、运行速度都明显低于光速,但数值仍在正常浮动范围内,这种情况说明你的超能力只是暂时处于休眠状态,在休眠期间,表上的那个数字将不再减少,同时你也将恢复到与正常人相同的身体状态。依照我的理解,进入休眠状态是你机体的一种自我保护反应。"

"那什么时候才能恢复到原来的状态呢?"荒木启问。

"按照人类现在掌握的科学计算方式,预计是在半年后,但是根据计算数值所反映出的趋势,在度过休眠期后,你的特殊能力也将进入衰退,再次使用,很有可能面临刚才说的那几项指标速度超出正常浮动范围的情况。"

荒木启被中圭先生的这一套套解释弄得有些紧张。

"那超过了会发生什么事情?"

中圭先生摘下眼镜,背过身去,看着阁楼窗外的天空。

"一旦超过了,你就会在这个四维空间中永久消失。"

听到这句话的荒木启,一下子愣住,他看着中圭先生的背影,不知道此刻的他是该安慰中圭先生,还是安慰自己。

"就算是为了你爱的女人,也请不要再使用你的特殊能力了。"

说完,中圭先生离开了阁楼,房间里只剩下荒木启一个人。

沉默的气氛里装满了无奈,那块躺在桌面上的手表,表上静止的数字仿佛变成了某种征兆。

03

自从那次在医院检查完,崔芒芒就一直心慌,好不容易挨到去拿检查结果的日子,崔芒芒不知道为什么,却不想去医院。

但还是去了,早晨去的路上接到了荒木启的电话,对方说是下午临近黄昏的时候要带崔芒芒去看日落。女生不知道对方又要搞什么神秘,匆匆答应下来,就挂了电话。

然而崔芒芒踏进医院的那一刻怎么也不会想到,这一天就是她命运的转折点。

04

东京塔瞭望台。

荒木启找了一个合适的角度,正好可以朦胧地看见远处的富士山,身旁的崔芒芒安静地看着眼前的景色。

"知道为什么今天把你带到这里来吗?"荒木启侧了侧头,问崔芒芒。

女生摇摇头说不知道。

"记得高中有一年女孩节,你写的愿望吗?你说你想有朝一日,和自己最喜欢的人到东京塔上看一次黄昏。"

"啊?"崔芒芒看向荒木启,"你竟然偷看我的心愿。"

荒木启抬起手捏了捏崔芒芒的脸:"鳕鱼子,反正你注定是我的人,早看晚看都一样嘛。"

要是往常,崔芒芒肯定会和荒木启斗嘴,但今天她平静得反常。

"怎么了,今天看起来有点不开心的样子。"

崔芒芒忽然意识到自己的表情不对,赶忙冲着荒木启笑了笑,然后伸手指了指远处的天空,太阳正在缓慢下坠。

荒木启看着远处,搂住崔芒芒,让女生枕着自己的肩膀。

"芒芒，假如我没有了能力，变得像一个正常人，你还愿意接受我的平凡和普通吗？"

"无论你怎么样，我都愿意爱你。"女生的视线看着远方，回答道。

就在崔芒芒有点疑惑为什么荒木启要问自己这样的问题时，男生忽然从口袋里掏出了一个盒子。

紧接着，崔芒芒看见荒木启当着众人的面，打开了那个盒子，盒子里的那枚戒指正是上次去帮荒木启挑戒指时，她看中的那一款。一时间，心里突然翻涌起热烈的海浪，崔芒芒看着那枚戒指心里溢满了感动。

很快，周遭聚满了人，众人视线的中央，是荒木启和崔芒芒。

"芒芒，这是那枚你最喜欢的戒指，其实从一开始它就是只为你而准备的。"

说完，荒木启单膝跪地，温柔地注视着女生。

"芒子小姐，嫁给我吧。"

崔芒芒看着面前的荒木启，光线下有着好看的轮廓，澄澈的瞳孔里沁满了深情。这个已经长得俊朗的男人，就是自己喜欢了无数春夏秋冬的少年啊，她想要立刻伸出手，让这个自己最爱的人为自己佩戴上戒指，但为什么身体不能支配着自己勇敢地把手伸向他呢？

众人的起哄声下，崔芒芒的眼眶红润了。

胸腔里狂卷的暴风，席卷了整座时光的岛屿，将那即将开花结果的绿意全部毁灭。

就在所有人以为崔芒芒会答应荒木启的求婚时，女生却说了一声"对不起"。

崔芒芒看见自己说完的那一秒，荒木启的眼睛里闪过一道惊讶的光，紧接着就变成了失落。

现在的她只想逃跑，哪怕背上所有的不理解，也要逃离这里。就这样，在无数目光之下，崔芒芒拒绝了荒木启的求婚，然后丢下对方，捂住嘴巴跑着离开。

全场一片哗然，荒木启看着崔芒芒的背影，停留在半空拿着戒指的手，终于落寞地垂了下来。

05

在一起的第三十六天,黄昏美得令人心碎。

崔芒芒不知道这一路撞了多少人的肩膀,受了多少人的白眼,她只是想要逃跑,哪怕是漫无目的,没有终点也好。她不敢回头看,她害怕荒木启一旦温柔地喊了她的名字后,她又立刻缴械投降。

眼泪逆着风被推回悲伤的角落,神经末梢跟着聒噪起来,胸部和背后传来的痛苦让她不得不停下来,但是一停下来,脑袋里又像放电影似的将那个片段回放出来。

"进食后出现难以下咽的状况,并伴有持续胸痛和背痛,食道小龛影有明显的不规则狭窄和形态变化,管壁僵硬,初步鉴定认为癌细胞已侵犯食管外组织,请及时入院治疗,做进一步的癌细胞转移检验。"

"医生,是不是我拿错报告单了,不可能啊,我年纪轻轻的怎么可能会得食道癌呢,医生,要不然我再去重新检查一遍吧。"

"食道癌这几年有患者年龄下降的趋势,和平常的饮食非常有关系,暴饮暴食等不规律饮食都有可能导致疾病。当然了,现在医学十分发达,食道癌的治愈率已经明显提高,调整好心态,积极配合治疗,即使是中晚期,也是极有可能控制住癌细胞的。"

"真的是食道癌晚期吗?"

医生对着女生点了点头,崔芒芒起身说了一声"谢谢",然后就像丢了魂魄一样从医院里走出来。

坐在马路边的崔芒芒看着来往过去的车与人,仿佛一下子过了几个世纪。

她觉得自己很可笑,像个傻子一样跑来日本,结果眼看着终于可以和自己心爱的人在一起了,老天突然又告诉自己患上了癌症。

"老天,你为什么要这么对我,世界上有那么多人,为什么偏偏是我？"崔芒芒绝望地朝着天空喊道，周围的人纷纷投来怪异的目光。

"为什么是我？你说啊，为什么啊！为什么！"

崔芒芒喊到自己的嗓子都哑了，终于抱着膝盖痛哭起来。

夜幕笼罩着她的身体，冷风变得凄厉，这座城市冰冷得像南极，有缘可以在一起，到头来却发现是上帝的游戏。

崔芒芒不知道自己在这里坐了多久，只知道当她被外婆发现的时候，路灯早已经全熄灭了。

像极了小时候自己犯错赌气，离家出走，最后还是被外婆找到，然后灰溜溜地被拎回家。

"有什么事情，回家再说吧，有外婆在呢。"

外婆揉了揉崔芒芒的脑袋对她说道，然后伸出一只手，把女生拉了起来。

06

回到家后，崔芒芒把医院的检查结果拿给外婆看，外婆颤抖地拿着那张薄薄的纸片，看到最后一句，紧紧地抱住了女生。

崔芒芒听见外婆啜泣的声音。

"外婆，你别哭，你一哭我也想哭，可是我的眼泪早已经哭干了。"崔芒芒笑着抹掉外婆的眼泪。

"芒子。"

外婆不知道该说什么，只是一遍又一遍地叫着崔芒芒的名字，说到最后，已经泣不成声。

"人家医生都说了，只要我配合治疗，癌细胞是可以控制住的。再说了，我那么年轻经得起折腾，才不管那报告单上写的什么狗屁晚期呢，我一定能好好地活下去，外婆你说对不对？"

崔芒芒假装坚强地给自己打气，可刚说完，心里的酸楚又一下子涌上来。

"我一定可以好好地活下去的,我还要看着您和中圭先生在一起呢。"

崔芒芒一边笑着一边流泪,她抱着外婆,然后亲吻了对方的额头。

"外婆,我有点儿累了,我想回去了,不能再继续陪着你,你别怪我好不好。"崔芒芒看着外婆的脸,叹了口气。

"那荒木启怎么办?"

外婆问完,崔芒芒犹豫了几秒,所有话音被巨大的绝望淹没,她安静着没有回答。

往后的几天,荒木启每天都会来到崔芒芒家门口,喊着要见对方一面,但崔芒芒都让岚子外婆帮自己拒绝了。

直到快要离开日本那天,荒木启终于见到了崔芒芒。

两个人在一家安静的小餐馆见面,崔芒芒帮两人各点了一份店里的招牌——鳗鱼盖饭。

荒木启一落座就被眼前的崔芒芒给吓到,女生剃了一个光头,化了很浓的烟熏妆。

"你这是……"

荒木启不理解崔芒芒为什么突然变成了这个样子。

女生倒是满不在乎的语气。

"怎么?被吓到了,接受不了?"崔芒芒不屑地瞥了一眼对面的男生。

"没……接受得了,只是有些不明白你怎么突然变成了这样。"

"我已经厌倦了自己过去那个样子,人总要迎接新生活。"

"所以这就是你拒绝我的理由吗?"荒木启正要问崔芒芒的时候,鳗鱼盖饭上来了。

崔芒芒故意装作什么也没听见的样子,看着眼前飘着香味的鳗鱼盖饭,说了一句:"好香啊!"

荒木启看出女生是在逃避,又一次追问。

"我以为你早就明白了。"崔芒芒夹起一块鳗鱼,刚到嘴边又放了回去,"我妈上次给我介绍的那个 ABC 史蒂文,向我求婚了。"

"啪"的一声，筷子拍在了桌子。

"人家求婚可是送了一套纽约的别墅，而且结完婚就能拿到绿卡，正好带着我妈和我一起搬过去，这国内的雾霾可是太严重了。"

崔芒芒说完，看见荒木启还没动筷。

"你快吃啊，这家的鳗鱼饭可是很出名的。"

荒木启一句话都没说地看着崔芒芒，崔芒芒低头自顾自地吃。

不知道为什么，今天的鳗鱼饭格外难吃。酱油的味道过重，鱼肉也烤得有些煳了，米粒干瘪没有水分，每吃一口都是苦涩，难以下咽。

崔芒芒不敢面对荒木启的视线，两个人就这样沉默着。

"崔芒芒，你什么时候变成这样一个人了，你原来不是这样的啊。"还是荒木启打破了这沉默。

崔芒芒依旧语气不屑，可笑地"哼"了一声。

"荒木启，麻烦你醒醒，人都是会变的，我早已经不是高中那个每天偷偷暗恋你的崔芒芒了，爱情是选择未来要如何生活，史蒂文能给我更安稳更快乐的生活。"

"更快乐？"荒木启忽然升高了语调，"难道我不能给你快乐吗？我为你做的那些在你眼里什么都不算吗？"

荒木启的声音引来了不少人的侧目，崔芒芒云淡风轻地咬下一块鱼肉，抬起眼皮，看着面前有些愤怒的男生。

"我承认，你的确让我感受到快乐，可是荒木启，我们都不是小孩子了，你以为几句甜言蜜语，看几次星星黄昏，爱情就能长久吗？很抱歉，我无法选择你，因为你给不了我想要的生活。"

崔芒芒说完，掏出钱和上次荒木启给自己的钥匙放在桌子上，准备要走的时候被荒木启叫住。

"你真的这样决定了吗？"

荒木启的语气中带着乞求的味道。

"就这样吧，不要再联系了。"

崔芒芒冷酷地连头也没回，径直走出了这家餐馆。

"崔芒芒，我告诉你，你别再后悔回来找我！"

一个人孤零零地站在那里的荒木启，双手紧紧地握成拳头，朝着桌子狠狠地砸去。

走出餐馆的崔芒芒，还是听见了荒木启最后那句话，走出来的每一步，腿都像灌了铅似的无法挪动。她多想冲回去告诉他自己身不由己的一切，可理智逼着她不能这样做，必须坚强地选择离开。

崔芒芒仰起头不停地眨眼睛，让眼泪回流，深呼吸一口气，然后拿出手机打给了一梨。

07

放手是为了让对方更好，有多少爱情的结局是为了成全，分分合合之后的我们终于领悟，原来笑着哭最痛。

把年少的喜欢变成厮守一生的爱，需要多少的磨炼与勇气。如果没能继续走下去，也请给我再好好看你最后一眼的权利。

几日后，崔芒芒离开日本回了中国。

自从女生离开后，荒木启又去找过她几次，岚子外婆说她已经走了，荒木启追问去了哪里，对方一直说不知道。

从这以后，荒木启的生活彻底陷入了一团糟糕的状况，辞掉了学校的工作，乐团也不怎么去排练。不是故意留起胡子，而是已经颓废到懒得打理自己。每天过着白昼与黑夜颠倒的生活，晚上在酒吧里厮混，白天就关上门在家里呼呼大睡。中圭先生试着让他从泥潭一般的生活里振作起来，但无论怎么规劝，对方依旧保持原样，为此两人还发生过争吵。

时间一分一秒地走过，日历一页一页地被撕掉，他的生活里走了一个人，然后就再也没有人能走进他的生活。

距离崔芒芒那通电话两个月后的某天凌晨，一梨接到了荒木启的电话。

但打过来的人并不是荒木启,而是一个陌生的男人,对方称自己是酒吧的老板,荒木启在酒吧里喝得烂醉,还跟别人打了一架,他在荒木启的电话簿里恰好点到了她,于是打过来叫她把荒木启领回去。

凌晨,一梨从床上爬起来穿好衣服,急急忙忙赶到了那家酒吧,远远就看见荒木启钩着一个浓妆艳抹的女人。

"你这个臭女子!"

荒木启被那个浓妆艳抹的女人甩开,紧接着就破口大骂。

荒木启一只手拿着烟,一只手拎着酒瓶子,转头就看见了一梨。

"女人没有一个好玩意儿!"荒木启晃晃悠悠地对着一梨喊了一句,然后一屁股坐在了马路边上。

"你闹够了没有,还嫌不丢人吗?!"一梨走上前去,看着满脸胡楂、一身脏兮兮的荒木启恶狠狠地说道。

酒味弥漫在空气中,喝醉了的荒木启说着胡话。

一梨上前抢过荒木启的酒瓶:"别再喝了,赶快回家!"

"我不回家,我没有家。"荒木启一把甩开一梨,滑落的啤酒瓶碎在地面上,"我的酒,我的酒,我要喝酒!"

荒木启看着摔在地上的酒瓶,歇斯底里地叫起来。

一梨看着面前颓废到极点的男人,忽然有些心疼。就在她上前准备好好劝荒木启回家的时候,荒木启忽然对着她发起火来。

"你别管我!我要酒,我要喝酒!"荒木启正准备往酒吧里走,还没进门就被门口的酒保拦下来,荒木启大骂着脏话,一副要和对方打架的势头。

一梨实在忍无可忍,走进酒吧买了几瓶酒出来,然后拽过荒木启的衣领,把酒从他的头上浇下来。

"你不是要酒吗?喝吧,使劲喝,喝死了芒子她也不会来管你!"一梨倒完,一把将酒瓶摔碎在地上。

听到崔芒芒的名字的荒木启忽然怔在原地,随即抓住一梨的胳膊,疯狂地摇着女生让她再说一遍。

"你刚才说什么,芒子她,芒子她现在在哪里,你知道芒子现在在哪儿对不对？"

"你知道你现在这个样子，她看了会有多失望吗？荒木启，你知道你现在就像一个自暴自弃的废物吗？！"

荒木启松开一梨，"哼"了一声，朝地上啐了口唾沫。

"我为了她付出那么多，结果她却跟着个有钱佬跑了，她为什么从来不考虑一下我？这么多年，我的感情就这么一文不值吗？我当初为什么会喜欢上她？！"

就在荒木启破口大骂的时候，一梨上来给了他一记耳光。

"你知道芒子她是做了多么痛苦的选择，才决定离开你的吗？你现在这样讲她，你还是不是人！"

"你说她怎么了？她不是跟一个有钱的美国人结婚了吗？"荒木启被这一记耳光打得回过神来。

荒木双眼紧紧注视着一梨仿佛看到一丝希望。

"她那么喜欢你，怎么可能突然答应和别的人在一起，你到底有没有脑子啊！她是因为被检查出了食道癌，不想拖累你才决定回中国的！"

一梨浑身颤抖着，吼着眼前这个不争气的家伙。

"你说什么？食道癌，芒子她得了食道癌？"荒木启难以置信地看着一梨的眼睛，仿佛一道晴天霹雳，把他重重地击倒在地。

一梨犹豫了好久，才决定把崔芒芒临走前找过她的那件事讲了出来。

08

两个月前，崔芒芒在见完荒木启最后一面之后，约了一梨出来。和荒木启的反应一样，看到崔芒芒的新造型一梨被吓了一跳。

崔芒芒给一梨讲了自己被检查出食道癌的事情，一梨看着眼前这个看起来丝毫看不出生病的女孩甚至一度认为，对方是在故意整蛊自己。

可当崔芒芒拿出很久以前，一梨送给她的那条手链时，一梨才相信这一切都是真的。

"一梨,对不起。"崔芒芒看着一梨,不知道该如何开口。

"明明自己答应了你要帮你追荒木启,结果却……你可不可以不要怪我?"崔芒芒欲言又止,一梨握住了她的手。

"那次在中国演出后,荒木启因为我对你说的那些话和我大吵了一架,然后拿了一个盒子给我,里面装满了他写给你的信的回执单,那一刻,我才真正明白,如果一个人真的喜欢另一个人,无论旁人做出怎样的努力,这种感情都是无法被轻易改变的。后来决定帮荒木启以假结婚之名让你回心转意,也是因为我希望自己喜欢的人能获得自己想要的幸福。是你的存在让他觉得生活有了意义和动力,所以我有什么权利去怪你呢。"

崔芒芒看着一梨,眼睛里满是感动。

"一梨,可不可以拜托你一件事情?"

"你说。"

"我走了以后,你可以好好地替我照顾他吗?"

"我……"一梨有些犹豫,不知道该怎么回答崔芒芒。

"其实我之所以剃个光头,只是想让荒木启讨厌我,我知道自己最多也就能活几个月了,所以我求求你,这个世界上真的没有第二个比你更了解他的人了,拜托你,好好地跟他在一起好吗?"

一梨看着面前这个眼眶已经红了的女生,心好像被针扎了一样难受,她不忍心拒绝她。

"好,我答应你。但你也要答应我,一定要好好治疗,一定要好好地活着。"

崔芒芒拼命点头,冲一梨笑着,然而这笑容里藏着多少心酸,也只有她自己知晓。

一梨把这个事情告诉荒木启之后,心里那块石头终于落地,她看着他眼眶也红了,然后从皮夹里翻出了一张崔芒芒临走前留给她的字条。

"我只能帮你到这里了。"

荒木启接过字条，上面写着崔芒芒回国后所在的医院地址，那一刻他心中太久没有被打开过的房间终于透进了一缕阳光，他看见空气里飞舞的灰尘，整个世界一下子都活了过来。

"一梨，谢谢你。"荒木启紧紧握着字条，说完冲女生鞠了一躬，然后就消失在她面前。

一梨看着荒木启飞奔着离开的背影，心里默默地祈祷后，露出了微笑。

09

因为爱，那些流过的眼泪擦过重新再来，原本决定放弃的又被找了回来，这样，生活才拥有了值得奋不顾身的意义。

剃掉胡须，剪了头发的荒木启，终于把自己从颓废的泥潭里拉了回来。

他收拾着行李，已经做好陪在崔芒芒身边的准备，然而在他整理的时候，一张被夹在行李箱里层的医院检查报告单被他翻了出来。

他努力回忆着，想起这个是上次在中国演出时出车祸后，在医院里护士要自己带给崔芒芒的检查报告。因为自己的疏忽，这张检查报告一直藏在这里没有再被拿出来。

荒木启看着满篇自己不认识的汉字，只好打开电脑一点一点地翻译，就在他翻译到最后的时候，看到了写着"发现癌胚抗原量过高，建议患者做专门检测"的一行字。

他这才明白，原来从那时候起，崔芒芒就已经有了癌症的征兆。

"都怪我，我应该把这张报告单给她的，也许她就不会这么晚才……"

荒木启狠狠地抽了自己一记耳光，叹出一口气。他看着报告单沉陷进心底无尽的自责与愧疚当中，他难过地揉搓着自己的头发，歇斯底里地发出一声绝望的哀号。无人能拯救他，唯独看着心爱的人好起来,才能拯救他。

"鳕鱼子,答应我一定要坚持下去,好不好?"

荒木启摸了摸手机壁纸上崔芒芒的笑脸,一滴泪"啪"地落在了那天真的笑颜上。

| 尾声 |

若是年少的喜欢能变成
厮守一生的爱

【厚蛋烧】

　　吃过了那么多次的厚蛋烧,才发现原来你做得最好吃。就像我一生中与那么多的人擦肩或是交集,才发现原来最割舍不了的那个人是你。

　　厚蛋烧很简单,很普通,却是最吃不腻的味道。

　　我对你的爱也是这样,很简单,很普通,却是我这一生做过的,最伟大的事情。

【"食"间の恋人】

01

输液管上的药瓶里"咕嘟咕嘟"地冒着泡,崔芒芒抬头看着这一瓶黄黄的液体一点点消失,进入到自己的血管里,忽然肚子有点儿饿。

"医生说了,你滴完这最后一瓶要过半个小时才能进食,饿了就咽点口水先忍着。"邱毅浓在一边刷着开心消消乐,对崔芒芒说。

"你说大学的时候,巴不得天天生病可以逃课,现在终于生病了,却一点儿都开心不起来。"

崔芒芒将视线从输液瓶上移开,看着窗外的重重树影,叹了口气。

护士小姐进来查房,拿起挂在床头的牌子写写画画,告诉崔芒芒下午要去做化疗之后,面无表情地离开了病房。

"我说崔芒芒,你要这样想,你现在生病只不过是你人生的一个休整期,等到病好了,又可以生龙活虎地蹦起来,所以心态必须调整好,懂不懂?"邱毅浓跷着二郎腿,一副人生导师的语气。

"你这从来没正经过的一人儿,突然说起心灵鸡汤来,感觉……"

"感觉什么?"邱毅浓瞥了一眼崔芒芒。

女生立刻笑眯眯地说:"感觉帅炸了!"

邱毅浓一脸"这还差不多"的神情,放下手机坐在崔芒芒跟前,拍了拍女生的手。

"芒芒,你放心吧,我那天让我们公司那会塔罗牌的大婶给你算了一卦,算出来说你这人福大命大,能活到四世同堂呢。"

"你这是找你们公司那保洁阿姨用扑克给你算的吧,这种东西都不能信的。"崔芒芒把手伸出来,摸了摸邱毅浓的脑袋,视线降了下来。

女生温柔地对邱毅浓说了一声谢谢。

"记得大一那年,我犯急性阑尾炎,又跟几个室友吵了架,是你一直守在医院里照顾我,那个时候我就想,这么善良一姑娘能跟我邱毅浓这么个废柴整天混在一起,真是我上辈子修来的福分。后来毕了业,刷着那朋友圈,最后发现能掏心掏肺聊上几天几夜的也就只有你了。"邱毅浓缓缓地对崔芒芒讲着,病房里的气氛突然变得有些感人。

"喂,邱毅浓,你又给我搞什么深情告白啊,你一说,我又被你搞得想哭了。"

邱毅浓对着崔芒芒翻了个白眼。

"你不知道自从你生病以来,我每天以泪洗面,本来活蹦乱跳一人,一下子……唉,算了算了,谁让我摊上你这条破船,你要是有个好歹,我找谁催稿子去啊。"

邱毅浓刚说完,崔芒芒就揭穿对方。

"也不知道是谁,我刚走,立刻就带着妹子回家了。"崔芒芒假装看着天花板。

"那是我表妹好不好。"

"刚从夜店认识的就认作表妹啦,行啊你小子。"

邱毅浓举手投降:"行、行、行,说不过你,真是要被你这个磨人的小妖精给搞得脑子坏掉了!"

就在两个人你一句我一句地斗嘴时,传来敲门声。

"估摸是你妈给你送午饭来了。"邱毅浓说着起身去开门。

但是就在门被打开的那一刹那,邱毅浓整个人呆在了那里,崔芒芒喊了一句"是谁啊",然后就看见荒木启拖着行李箱出现在了她面前。

"嘿,好久不见。"

02

时隔两个多月后,崔芒芒再次见到了荒木启,眼前的这个男人,戴着一副眼镜,穿着一身丹宁布衬衣和休闲裤,和自己一年前在老年舞蹈班上遇见时一样帅气阳光。崔芒芒的呼吸被荒木启的出现给吓得停住了三秒，紧接着惶恐起来。

"我的帽子呢，邱毅浓，我的帽子呢？"崔芒芒慌张地找着自己的帽子，想要把自己的光头遮起来。谁知道邱毅浓看到这个情况，借口上洗手间溜之大吉。

下一秒，荒木启就握住了崔芒芒的手。

崔芒芒的视线游离着，不敢看面前的男人，因为她害怕自己的视线一旦对上他的，自己所有的防线都将瞬间崩溃。

但就在荒木启那温柔又充满磁性的嗓音传入耳朵的瞬间，崔芒芒深知自己还是失败了，心底巨大的伪装全部破碎成尘埃。

"为什么要自己一个人傻傻地承担下来？"

崔芒芒不知道该如何回答这个问题，她的眼睛依旧躲闪着，直到荒木启的一滴泪水落在她的手背上。

"我这个糟糕的样子，最终还是都被你看见了。"崔芒芒抬起眼睛，朝荒木启笑了笑。

眼前的崔芒芒，虽然化疗之前就剃了光头，但化疗之后，头发再也没长出来，她的脸和身子都瘦了好几圈，脸色也失去了红润。

崔芒芒帮荒木启抹掉了眼泪，躲闪着对方的视线，心里的难过却无处躲藏。

"岚子外婆和中圭先生他们还好吧？"她只好岔开话题。

"你知道没有你这两个多月以来，我是怎么过的吗？"荒木启接着说道。

"不知不觉就已经是夏天了啊，时间过得真快。"女生依旧没有直接回答对方。

"从今天开始，我不会再离开你一步了，我要看着你好起来，我要跟你结婚，我不会再让你从我身边消失了。"

荒木启忽然调高了音调，把崔芒芒的声音吞没。

这次，崔芒芒没有再说话，空气凝结在此时此刻，全世界似乎只能听见那输液瓶里气泡发出的"咕嘟"声。

"对不起，我……"崔芒芒还没说完，荒木启就一把抱住了她。

"是我对不起,如果我早一点儿发现,你就不用一个人承担下所有,是我的错,芒芒你不要再离开我了好吗?"荒木启在崔芒芒的耳边说着。

崔芒芒的眼睛被泪水模糊,眼泪一滴一滴地落在了荒木启的肩膀上。

那一刻坚守了漫长岁月的勇气被打败,崔芒芒终于无法再欺骗自己,藏在她心底那磅礴的爱终于被激发了出来,这一次她真的不舍再放手了。

"我现在一定很丑吧,我已经好久不敢照镜子了。"

"不丑,谁说我的鳕鱼子丑,你在我的眼睛里永远是最美的。"荒木启深情地注视着崔芒芒,帮瞳孔里的那个她擦掉眼泪。

"这辈子你已经把我牢牢锁住了,所以,我一定要看着你慢慢好起来,答应我,不要放弃。"

崔芒芒对他点了点头,荒木启在她的额头上深情一吻。

这一刻,跨越了时间的误解与自责全部在这深情的拥抱之中得到了答案,荒木启再也无法离开崔芒芒,崔芒芒也再不能割舍荒木启。

"真的太感人,太感人了……"

躲在门外悄悄注视着病房内的邱毅浓,看到荒木启与崔芒芒紧紧地拥抱在一起,也跟着感动得泪流满面。

要不是护士小姐经过,朝邱毅浓丢来一个白眼,男生估计要哭得窒息了。

没多久,崔芒芒的点滴打完了,护士进来拔针,张雪梅送来午餐,崔芒芒简单吃了几口饭,就准备去化疗。

病房里只剩下邱毅浓和荒木启。

邱毅浓帮荒木启倒了一杯茶,然后从崔芒芒的枕头底下翻出一本书来,书里夹着的那张照片一下子让荒木启回忆起来,就是有一次他出去演出,发给崔芒芒的那张自拍照,上面还画了一个她。

"她本来连我也瞒着,如果不是我在医院撞见了伯母,我压根儿就不会知道她得了这种病,后来才知道原来她也是瞒着你回来的。

住院的这几个月她每天晚上睡觉前都看着这张照片，有的时候真觉得老天太残忍了，不过好在，这段时间的治疗，控制住了她的癌细胞，医生说再观察一段时间就可以回家治疗了。"

邱毅浓找出手机里那个好久没用的翻译软件，把自己说的话翻译给对方听。

荒木启盯着手中这张照片，沉默了许久，邱毅浓从他的表情里读出了对方的难过，起身拍了拍荒木启的肩膀。

03

化疗完的崔芒芒满脸的疲惫，邱毅浓回去了，只剩下荒木启和张雪梅待在病房里。

荒木启说出去给崔芒芒打一壶热水，就离开了病房。可走出病房没几步，荒木启的鼻子就一阵酸楚，内心翻涌的悲伤让他停住脚步，他靠在病房外，眼泪啪嗒啪嗒地流。

生活往往就是这样，你不知道在什么时间什么地点，就被绝望的暗流缠绕，整个世界都向你投来冰冷的目光。可就算接下来的路再多荆棘，黎明依旧会照常出现，黑暗之中哪怕一丝的光明，也应当成为你坚持下去的理由。

对于爱来说，也唯独在经历了这些生死契阔后，才明白相守的不易、陪伴的真谛。

往后的日子里，荒木启每天都陪在崔芒芒身边，陪着她输液、化疗、检查……一起抵抗着生命的飓风。在荒木启的照顾下，生命感受到了爱的力量，崔芒芒也更加勇敢地面对着自己正在经历的这一切。

上天似乎也被这不离不弃给打动，播撒给了崔芒芒更多的希望。两个月漫长的治疗后，癌细胞终于被控制住，医生宣布崔芒芒可以回家进行治疗。

荒木启也换了一套离崔芒芒家更近的房子，以便能够更好地照顾对方。

所有人一直紧紧绷在身体里的弦终于可以稍微松懈下来，生活在绕了一圈后继续大步朝着充满希望的明天迈进。

04

按照医生的嘱咐，崔芒芒必须严格控制饮食，每天只能吃一些清淡的食物，再就是吃一大把花花绿绿的药丸和胶囊。因为会烹饪，所以荒木启向张雪梅自告奋勇，说是要担当崔芒芒的营养师。

已经连续吃了半个多月粗茶淡饭的崔芒芒，这天趁着荒木启和张雪梅都不在家，自己偷偷点了外卖。

"一定要在五点半之前送过来啊！"崔芒芒在外卖软件上留了言，过了一会儿觉得不放心又给店家打了电话过去。之所以要对方五点半之前送达，是因为荒木启走之前跟她说他六点就会回来。

挂下电话的崔芒芒，看着手机屏幕上那个泛着油光的酱猪肘子，馋得快要流下口水来。

左等右等终于接到了外卖大叔的电话，打开门看到外卖大叔一脸奇怪的表情，像是在示意她什么，然后等她签收完毕就匆忙离去了。

然而就在崔芒芒一头雾水地看着大叔的背影，拿着外卖准备关门的时候，门框外突然伸出一只手，一把抓住了崔芒芒的外卖。

"果然是在背着我偷吃啊，崔芒芒同学！"一直躲在门外的荒木启一下子出现在崔芒芒面前，把女生吓了一跳。

"你……你不是六点多才回来吗？"崔芒芒一脸被抓住现行的尴尬模样，对荒木启说道。

两个人的手还为着外卖久久僵持不下。

"本来想提前回来给你个惊喜，没想到……"荒木启忽然松手，崔芒芒用力抓着外卖的手一下子抽回，紧接着整个人因为惯性，重心不稳快要跌倒。

不过幸好是跌倒在了荒木启的怀里。

"知道你馋了，特意去素食馆让他们单独做了一些菜给你，想给你一个惊喜,谁知道你竟然自己点了外卖。"荒木启趁着崔芒芒没有反应过来,一把拿走了她手中的外卖盒子。

倒在荒木启怀中的崔芒芒失落地看着自己到手的外卖又飞走了。

"你竟然还点了这么油腻的猪蹄,你忘记医生是怎么跟你讲的了吗?"荒木启看看外卖盒子里的猪蹄,摇摇头将其丢进了垃圾桶里。

"我已经那么久没有开过荤腥了,稍微吃一次又怎么样嘛,整天吃那么多药,没有病也给吃出神经病了。"

崔芒芒没好气地坐在椅子上,一旁的荒木启在厨房里倒腾着刚刚买回来的素食。

饭菜的香味飘出来,崔芒芒又开始咽口水了。

荒木启把菜端出来,崔芒芒一脸惊讶地看着面前做成肉食一样的菜肴。

"这些是素食?"

荒木启耸了耸肩,然后在崔芒芒下筷子之前,突然打断女生,拿出药叫她先吃好。

崔芒芒扫兴地把药丸一口灌下,终于可以动筷子了。

吃下去几口,才发现这些看起来像荤食的菜肴原来还是蔬菜和面食做成的,只不过在味道上极力模仿着肉的口感。

"嗯,还不错哎。"崔芒芒脸上浮现满意的表情。

"知道你馋肉了,迫不得已才想了这个办法让你过过嘴瘾。"荒木启用手指擦掉崔芒芒嘴边的菜渣,"那些外卖对你的身体恢复没有好处,你得乖乖听话,好不容易身体好了点儿,可别因为你这张管不住的嘴又给折腾坏了。"

虽然还有点惋惜自己没能吃到垂涎已久的猪脚,但看到荒木启特意帮自己去买了吃的,崔芒芒心里的抱怨全变成了感动,可表面上还是装出了一副不领情的样子。

荒木启看到崔芒芒的表情,伸手捏了一下女生的脸蛋。

"怎么,还在生我的气啊,崔芒芒,你现在可是有家属的人了,得自己爱护自己懂不懂,从今天开始绝对不能再吃那些东西了。"

/249

崔芒芒看着荒木启那认真的神情，幸福地笑了，灵机一动，冒出一句：

"既然要我听你的，那你也要答应我一个要求。"

男生伸出自己的手掌，包住崔芒芒伸向自己的食指。

"说来听听。"

崔芒芒露出一抹坏笑，看向荒木启。

05

崔芒芒似乎早就已经酝酿好了这个计划，周末一大早，荒木启就被崔芒芒拉去了一家婚照摄影店。

"拍婚纱照？早说嘛，害得我提心吊胆了一路。"从车上下来的荒木启，跟着崔芒芒走进店里。

"崔小姐，已经恭候您多时了。"店员为崔芒芒和荒木启端来茶水，然后拿出相册给崔芒芒和荒木启，"崔小姐，按照您之前提出的要求，我们为您挑出了这组婚纱和西服，您二位可以先看一下，如果不满意我们这里还有其他风格。"

崔芒芒接过相册和荒木启一起看，照片里的男生穿着一套深蓝色的西服，女生则是一套裹胸婚纱。荒木启看着男生的西服十分满意，两个人没怎么犹豫就认准了这一套。

"就这套吧。"崔芒芒说完，店员就把照片上的那套西服和婚纱推了出来。

"好了，现在请您二位去准备化妆吧。"店员把崔芒芒和荒木启带进化妆区。

"等会儿不要被我帅瞎哦。"荒木启朝女生挑了下眉头，一副"你就瞧好吧"的表情。

"我等着哦。"崔芒芒说完，跟店员使了个眼色。

然而一切都来得出人意料，以为自己真的会被化妆师打造成白马王子的荒木启，一个多小时后，看着镜子里的自己被硬生生地化成了一个妖艳的女人。

长长的睫毛，浮光的眼影，甚至还有那如同火焰般的红唇。荒木启这才意识到，原来崔芒芒是早有预谋的。

"先生，现在请您换衣服吧。"店员小姐推着刚才照片上的那套婚纱走了进来，荒木启看着这套婚纱彻底傻眼。

"先生，请快点换上吧，崔小姐已经弄好在外面等您了。"这时荒木启的手机响了，崔芒芒发来一条信息，只有几个大字——"快点儿换上！"

荒木启拍了一下脑袋，倒吸一口凉气，只好硬着头皮上了。

一刻钟后，穿着一袭婚纱长裙的荒木启从试衣间踩着高跟鞋，一摇一晃地走了出来。

崔芒芒看着眼前的荒木启，化着浓妆，还戴了一顶假发，再加上一脸的糗样，实在忍不住笑出声来。

"荒木启，你真是太帅了，帅瞎我！"崔芒芒捂着肚子笑，对面的荒木启一脸无言的尴尬。

"崔芒芒，你回家死定了！"荒木启走到崔芒芒跟前，在女生的耳边小声说道。

"荒木启，我为什么突然觉得你今天有点儿像我外婆。"崔芒芒抑制不住地继续大笑，还拿出手机对着男生一通乱拍。

"崔小姐，车已经来了，您看二位是不是要准备去拍摄场地了。"店员过来提醒了一声崔芒芒。

"走吧，我的女朋友荒木启小姐，准备去拍照了。"崔芒芒起身走到正在生气的荒木启身旁，拍了男生的屁股一下，拉起对方的手走了出去。

拍摄地点就是崔芒芒的大学校园，崔芒芒带着荒木启几乎把校园里的每个角落都走了一遍。摄影师一次又一次地摁下快门，照片一张又一张地把每个瞬间都记录下来。

照片里的崔芒芒穿着比她的肩膀宽出许多的西服，身旁穿着洁白婚纱的荒木启抱起她来，两个人灿烂地笑着，又彼此深情注视着。

拍摄完后崔芒芒突然说想喝可乐,叫荒木启去买,结果女生坐在操场上等了好久,才等到男生回来。

"怎么这么久啊。"崔芒芒接过可乐的那一瞬间,碰触到荒木启,发现对方手指冰凉。

"找了好几家店,都有可乐,只不过全都是冰镇的,你这几天不是不舒服嘛,我就想给你买常温的喝。"

崔芒芒被男生的话感动到不行。

"那你的手怎么会这么凉啊?"

荒木启低头看了眼自己被冻得红彤彤的手,傻乎乎地笑了笑说:

"买不到常温的,就只好买了罐冰镇的,然后想着就用手焐热一点儿,再带回来给你。"

崔芒芒握过荒木启冰凉的手,冲着手掌呼了一口热气,心底的感动让她的鼻尖一阵酸,她抱怨地看了对方一眼。

"怎么这么傻啊,万一把手冻坏了怎么办。"

荒木启笑着捏了崔芒芒的脸蛋一下:"冻坏了我也不能冻坏了你呀,就算我的手坏掉了,你的手不就是我的手啊。"

荒木启帮崔芒芒打开可乐:"行了,快喝吧,折腾我还好,倒是你自己啊,明明生着病还把自己累成这样。"

"知道为什么突然想起这一出吗?"坐在操场上的崔芒芒靠着荒木启,一边喝着可乐一边轻轻地问男生。

荒木启摇摇头,揉着崔芒芒的肩膀。

"还记得一梨把我叫去她家帮她挑婚纱照那次吧,当时看到那组照片上的你们俩,我觉得般配极了。当时特别难过,难过照片里穿上婚纱、站在你身边的那个女人不是自己。但又在想,如果那个女人真的是自己的话,拍出来的照片肯定不如一梨的好看,所以就更加难过了。后来知道原来是你们俩一起合伙骗我,我就想将来如果和你结婚,一定要拍一组不一样的婚纱照,然后彻彻底底把你和一梨拍的那组给比下去。"

崔芒芒笑了笑,抬起眼睛看了看荒木启。

"很幼稚对不对?"

荒木启看着崔芒芒,也跟着笑了笑:"将来我们就把这套婚纱照洗出来,洗一张超级大的,然后挂在墙上,等到将来我们有了孩子,我就告诉他这照片都是他妈的主意。"

崔芒芒故意说:"我才不要跟你生孩子呢。"

荒木启低下头,注视着崔芒芒的眼睛:"不要也得要,不仅生一个,还要生两个、三个……生一支足球队!"

"喂!荒木启,你把我当成什么了啊!"崔芒芒使劲捏了一把荒木启的脸,然后男生低头吻住了崔芒芒的唇。

"你对于我来说,就是一切。"

06

晚上八点多,荒木启把崔芒芒送回了家,张雪梅不知道干什么去了不在家,男生就帮女生泡完药,让女生喝下去之后准备要走,崔芒芒却突然拉住荒木启嚷着肚子饿了,非要对方给自己做一份厚蛋烧吃。

本来已经吃过药就不应该再吃油腻的东西了,可是崔芒芒一个劲地吆喝着要吃,荒木启也拿她没有办法,只好洗了手,打好鸡蛋,在厨房里忙活起来。

崔芒芒在厨房门口盯着认真下厨的荒木启,看得入神。

"快快去餐厅里待着,这里油烟味太重。"荒木启摆摆手让崔芒芒赶快离开,女生偷偷地用手机拍了一张男生弯着腰细心料理的照片。

不一会儿,鸡蛋的香气就从厨房里飘出来,荒木启卸下围裙,把一盘金黄诱人的厚蛋烧端到了崔芒芒面前。

精致的蛋卷在盘子里码放整齐,从侧面可以清晰地看见蛋卷的纹路。咬下一口,能感受到鸡蛋里的奶香,醇厚柔嫩的口感在唇齿间回味无穷,鸡蛋独有的味道让味蕾活跃起来,一口接着一口,一盘厚蛋烧很快就消灭干净。

/253

"说实话,吃过那么多人做过的厚蛋烧,最后留下深刻记忆的只有你做的。"

荒木启被崔芒芒夸得满脸笑容,用手抹掉女生嘴角的蛋渣。

"只要你按时吃药,把身体弄得棒棒的,你想什么时候吃,我就什么时候做给你吃。"

"果然有一个大厨男朋友是多少女人这辈子的梦想啊。"

吃饱了的崔芒芒打了个哈欠,突然荒木启的手表发出了奇怪的声音。紧接着男生整个人像接触不良的电视屏幕一样,一下子消失又一下子出现,崔芒芒吓得一个劲喊着荒木启的名字,直到对方的手表停止发出那奇怪的声响,男生才恢复正常。

"你刚才没事吧……"崔芒芒摸了摸荒木启的脸,感受到对方的体温后,才放下心来。

荒木启调试了一下手表,发现手表上静止的数字重新跳动起来,他想起中圭先生之前对他说过,自己的超能力会在一段时间的休眠后恢复。

"今天是几号?"荒木启简单计算了一下,中圭先生预估的日子与崔芒芒告诉他的日期大体上吻合。

也就是说超能力又恢复了,荒木启激动地亲吻了一下手表。

"芒芒,我的超能力终于回来了!"荒木启正准备给崔芒芒演示一下,耳畔又突然响起中圭先生之前给他的警告。

"在度过休眠期后,你的特殊能力也将进入衰退,再次使用,很有可能面临刚才说的那几项指标速度超出正常浮动范围的情况。一旦超过了,你就会在这个四维空间中永久消失。"

荒木启看了一眼表上的数字,的确像中圭先生说的那样,濒临临界值。崔芒芒看着荒木启若有所思的样子,又问了一遍对方到底怎么了。

"对不起,芒芒。"荒木启叹了一口气,把手表关上,然后将那次中圭先生对自己说的话告诉了女生。

荒木启讲完,崔芒芒终于明白这到底是怎么回事,她试着去安慰荒木启,但男生显然一时半会儿没有办法释怀。

这时有开门的声音，是张雪梅回来了，荒木启和崔芒芒的母亲简单说了几句话，就告辞了，临走前对崔芒芒说明天再来看她。

张雪梅催促着崔芒芒赶快去睡，躺在房间里的女生反复斟酌着荒木启刚才对自己说的那些话。

"一旦超过了，你就会在这个四维空间中永久消失。"

意思就是说，荒木启如果再使用自己的能力，就很有可能永远消失掉。崔芒芒的脑袋里浮现刚才荒木启一会儿出现又消失的画面，内心忽然冒出恐惧，多想一步，似乎就能看到那恐怖的结局。惊慌与担忧让她辗转反侧，难以入眠。她放心不下，给荒木启发了一条微信，看到对方说她大惊小怪才稍微放下紧张，决定睡去。

崔芒芒给荒木启发去了晚安的消息后，不知道过了多久，已经快要睡着的她，胸口和后背又传来阵阵刺痛，痛得她无法平躺着继续入睡，她看了眼表，发现已经是凌晨三点多钟。

她艰难地爬起来，想要去客厅拿一片药吃，可就在走去客厅的路上，她一下子昏倒在了地上。

07

天空中突然一道雷电，把荒木启从梦中震醒了过来，他迷迷糊糊地起床准备去上厕所，刚打开灯就看见手机一直在振动。

是邱毅浓打过来的电话，电话那头的他用蹩脚的英语和焦急的语气结结巴巴地说了句话，荒木启隐隐约约从当中听到了一个让他一下子浑身颤抖的词。

迷迷蒙蒙的睡意瞬间被驱赶得一干二净，荒木启挂断电话，随便披上一件衣服就冲去了医院。

当他再次看见崔芒芒的时候，她已经闭上眼睛躺在了推向手术室的担架车上。

"芒芒，你一定要挺住，芒芒，你一定没事的，别怕！"荒木启握住崔芒芒的手,护士拦下所有人,然后将崔芒芒推了进去。

张雪梅吓得哭起来,手术室大门上方"手术中"几个大字被点亮,荒木启沉默着在心里祈祷上天保佑崔芒芒渡过难关。

凌晨安静的走廊,被紧张的气氛笼罩着,像是一种仪式,所有人包括躺在手术室里的崔芒芒都在等待这命运的宣判。

漫长的等待,换来的是一个幸运的结果。崔芒芒被抢救了下来,但与此同时的噩耗是,因为癌细胞的扩散已经严重影响到身体组织,病人随时可能面临生命危险。几个小时前,刚刚在鬼门关转了一遭回来的崔芒芒,现在正躺在重症监护室里安静地睡着,床边的心电监护仪上的几条线缓慢地波动着。

"癌细胞重新扩散了,接下来的时间必须好好住院接受治疗。"医生将崔芒芒再次恶化的病情告诉了张雪梅。

张雪梅看着病房里正昏睡着的崔芒芒,眼睛里装满了恐惧,她颤抖着的身体里找不到支撑她坚强下去的力量。没有什么能比看着自己的亲人忍受病痛折磨更令人难受的了,张雪梅咬了咬嘴唇,叹了口气,可眼泪还是兜不住。

崔芒芒醒来的时候,已经是第二天下午。

崔芒芒睁开眼睛,虚弱地说了一声"我还活着",张雪梅、邱毅浓和荒木启立刻一齐围了上来,崔芒芒被这三个人紧张的表情给逗乐,在氧气罩下努力地笑出来。

"崔芒芒,你知道你这一下子快把你老娘给吓死了吗?"张雪梅摸着崔芒芒的脸,说着说着就掉下眼泪来。

"妈,我这不还好好的吗?我跟你说,这老天爷不会那么轻易把我从你身边带走的。"崔芒芒抬起手帮张雪梅抹掉眼泪,然后看了眼一旁的邱毅浓。

"能不能开心点儿,不知道的还真以为我死了呢。"

邱毅浓一脸委屈地看着崔芒芒:"崔芒芒你的心是有多大啊,这个时候还能笑出来,你知道你越是这样,我就越是难过啊!"

崔芒芒抬起另一只手，邱毅浓以为崔芒芒也要给自己抹眼泪，谁知道女生给了他一个脑瓜崩儿。

"一个大老爷们，哭什么鼻子，不许哭了。"

崔芒芒一个个安慰完，正当她想跟荒木启说几句话的时候，身体传来的疼痛再一次让她感到精疲力竭。想说的话，最终没有说出口，她只是紧紧地握着荒木启的手，沉默地望向对方。

接下来又是一番乱七八糟的检查，护士让家属离开了房间。崔芒芒看着他们一个个离开的背影，那个瞬间，她好像真的感受到耳边传来一种召唤似的声音。

疼痛席卷身体里每一处脆弱的神经，就连呼吸也必须用上全身的力气。昏暗的病房里，崔芒芒看着天花板上微弱的光线，忽然回忆起高中毕业那年。

不知道什么时候，荒木启走进了病房。

男生拿着保温盒，崔芒芒闻见了饭香，却没了食欲。

"在想什么？"荒木启坐在床边，让崔芒芒可以靠着自己。

崔芒芒的手被荒木启紧紧握在手心，她看着荒木启，笑了笑。

"其实，你最初转进我们班的时候，我还有点儿讨厌你。这个男生怎么总是像个吸铁石一样，把各式各样的女生都吸引过来，害得我每天要像个快递员似的帮各种各样的女生传情书给你，可是后来不知道怎的，我竟然发现自己也慢慢像那些女孩子一样喜欢上了你。那时候我就在想，像我这种学习差劲、长得一般的女生，你肯定不会注意到我，于是我就开始努力学习，想着将来一定要有资格站在你旁边。"

崔芒芒叹了口气，接着说道："可就算怎么努力，还是那个老样子，不好不坏。知道当初为什么我决定回中国吗？就是不想让你跟我考同一所学校，怎么可以因为我而断送了自己的大好前程呢。我天真地以为回到中国，就能开始新的生活，但脑子里怎么也没有办法忘记你。我逼着自己忘掉你，不回你的信，也不打听你的消息，但有时候命运这种东西，我们谁也不知道下一秒会发生什么，竟然又遇见了你。"

讲到这里，女生沉默了良久。

"荒木，你可不可以再答应我两件事？"崔芒芒声音颤抖着，荒木启抚摸着她的脸颊。

她似乎已经感受到了身体传来的信号，极力坚持着。

"就算是一千个一万个，我都答应你。"

崔芒芒侧了侧身，抱住荒木启，在他耳边轻轻地说道："如果我不能再陪你了，可不可以让一梨代替我好好照顾你？我知道我这样说，是不对的，但是只有把你交给她，我才能放心地离开你。"

荒木启想要说些什么，崔芒芒伸出手指阻止了男生。

"荒木，我知道这样对你很残忍，但是，这对我也真的很难……所以，求求你，答应我好不好？"崔芒芒红着眼眶，祈求地看着对方。

那一刻，他的难过像是直上云霄的过山车，一下子让他心痛得哽咽起来。但看到崔芒芒渴求的表情，荒木启不忍心拒绝她，只能无可奈何地点点头。

"还有上次在东京塔，我当着那么多人的面拒绝了你，其实一直想跟你说声对不起……我们已经拍了婚纱照，所以荒木……"崔芒芒咬了咬干裂的嘴唇，"你可不可以再向我求一次婚？"

崔芒芒说完，眼泪还是没能忍住，匆忙地从眼眶里跑了出来。泪水模糊了她的视线，她想要努力看清楚眼前这个她爱了一整个青春的少年，疼痛却让她不得不闭上眼。

"好，好，我答应你。"荒木启紧紧地抱住崔芒芒，然后起身跑回家去拿戒指。

这大概是他一生中最奋不顾身的一次奔跑，尽管逆着风却感觉到心中的痛苦变成一双翅膀，在帮助他前进。甚至已经忘记了自己，他的脑袋里只是在想着那个在病房里苦苦等候着他的人。

然而就算再奋不顾身地奔跑，还是没能赶上命运的列车，就在荒木启拿上戒指出现在病房门口时，心电监护仪上心跳已经变成了直线。

戒指落地的声音夹杂在众人的哭泣声中，划破了这个原本安静的世界，荒木启看着闭上眼睛的崔芒芒，嘶吼着她的名字。可是再多的歇斯底里，也无法换回再早一秒，哪怕就一秒的时间，荒木启的身体颤抖着，仿若隔世。

就在他抬起手想要最后抚摸一次崔芒芒的脸颊时，手腕上的表一下子给了他指引。荒木启已经顾不上中圭先生给他的警告，此时此刻他只想要唤醒面前这个他深爱的女人。

一切悲痛在爱情面前都变得轻如尘埃，那个瞬间，他仿佛终于明白自己来到这个世界，拥有这些特殊力量的意义。不是为了拯救自己，而是为了让自己最爱的那个人幸福。

荒木紧紧地握住崔芒芒的手，闭上了眼睛。

身体慢慢地灼热起来，黑暗之中他听见了山崩地裂的声响，在那剧烈的破碎声中，他又一次听见了她爽朗的笑声，无数个画面拼凑而来。

那是他们第一次在教室里目光相对，彼此看对方都不顺眼；那是地震时，她奔跑着把自己背出教室；那是长崎九十九岛的海风，生蚝香味里她满足的神情；那是看到她被别人欺负，心里的愤怒与心疼；那是游乐场里，她对着自己那一脸的醋意……

所有的画面一帧一帧地化成时间长河，将青春完美地打包融合，最终随着戒指落地时那清脆的声响，一闪而过，被黑暗吞没。

灼热一点点冷却殆尽，现实如同时光倒流一般，心电监护仪上显示心跳的那条线渐渐恢复了波动，那一刻，崔芒芒的脑海里仿佛受到了远道而来的电流，也浮现无数个画面，每个画面都是荒木启的声音，这些画面一个个串联起来，像一部时光机似的将过去的岁月一一重现。她看着黑暗之中逐渐变成透明的他，那张脸颊依旧少年意气风发，跟最初的相识如出一辙。她看到他正朝着自己微笑，嘴角的那颗痣又一次跃动起来。她想要抓住，却发现他的脸一下子变成幻影，消散成星。

冥冥之中，仿佛有人用力地把她从死神那儿拉了回来，崔芒芒用力睁开眼睛，她看见面前的荒木启紧紧地握着她的手。

崔芒芒呼喊了荒木启的名字，男生朝她微笑，然后俯下身子亲

/259

吻了她的额头。

"崔芒芒,如果还有来世,我还会喜欢你。"

这一句话后,荒木启的身体忽然间变得透明,像散开的萤火虫,变成粉末消失在了空气里。

崔芒芒伸出手想要触碰,却什么也抓不到。

"荒木启!荒木启!"

她声嘶力竭地喊着他的名字,眼泪决堤一般涌出来,她想起他们第一次相遇,想起他每次带给自己的便当,想起喷泉边上他用奔跑的路线向自己表白,想起他叫自己外号"鳕鱼子"时的表情,想起车祸的瞬间他侧过身子紧紧保护住自己,想起东京塔上他求婚时温柔的眼神……

无数美好的回忆一齐涌入脑海,神经末梢发出锐利的痛,痛得她绝望,痛得她失声痛哭出来。谁也无法控制住她,崔芒芒拔掉那些乱七八糟的管子和针头,下床呼喊着寻觅着荒木启的影子,她看着透明的空气里飘浮着的尘埃,却再也看不到他的一分一毫,只剩下那块他一直戴着的手表,寂寞地躺在地上。

"荒木启,你为什么要这样做,你回来好不好……"崔芒芒抱着那块手表,哭得瘫倒在墙角。

原来心碎的声音,是没有声音的。

08

每个人的一生,其实都是在对爱下一个漫长的定义。在这漫长的定义中,青春打马而过,故人来去重逢。我们的爱在时间长河中努力地溯流而上,历经风浪摇曳,载浮载沉。那些曾经阻碍我们的误解,那隐匿在时间海中的答案,还有那千千万万个关于喜欢的疑问,最后都会化作蒲公英的种子,飘散进风中,播撒进土壤,变得不再重要。

经历了快乐与悲伤,抵达深爱源头的恋人摁下时光里那个"找回密码"的按钮,才发现,原来岁月可回首,却无故人可重来。

唯一能够找回的就是那段美好记忆里,默默爱着他的人。

荒木启自此再也没有出现过,失去了心爱之人的崔芒芒完全陷入低迷,每天过着浑浑噩噩的生活。无论母亲和邱毅浓如何劝慰,都无法将崔芒芒从悲伤中解救出来。

大胃王崔芒芒的食量似乎也因为这件事而发生了天翻地覆的变化,不再做直播的她成了一名全球义工,她总觉得自己一定会再遇见荒木,就像高中时那本《回答时间的恋人》里的结局一样,男主最后和女主重逢,开始幸福的生活。于是,崔芒芒在世界各地一边奉献着自己,一边为了这心中希望的指引,努力地寻觅。

09

一年后,岚子外婆和中圭先生宣布订婚,崔芒芒才从非洲赶到日本。

她拿着荒木启留下的那块手表,去找了中圭先生。

一进门,迎面冲上来一只小狗,崔芒芒觉得这只小狗有些面熟,好像在哪里见过。

"啊,那只小狗啊,是荒木启养的,说是你和他在路边发现的,你特别喜欢想要带回家养,但你岚子外婆对狗毛过敏,所以荒木就去把这只小狗带来自己养了。"

崔芒芒被中圭先生一讲,才想起了当时的画面,她记得当时那只小狗只有两个巴掌那么大,现在竟然已经长这么大了。

"说吧,今天来找我有什么事情啊?"中圭先生帮崔芒芒倒了咖啡,然后女生把那块表拿给了他。

中圭先生看着这块已经关掉的手表,叹了一口气。

"上面的数字变到零之后,没有多久就自己关掉了,我想着换一下电池是否能够开启,但也不行。所以,中圭先生,表上的那个数字到底是什么意思啊？"

崔芒芒说完，中圭先生把这块表还给了女生，喝了一口咖啡，沉默了许久。

"我其实并不是荒木启的爷爷，严格点儿说，我跟他一点儿血缘关系都没有。十几年前，我四十多岁，那时候我还是一个在研究所里工作了大半辈子，却什么成就都没有的小研究员，有一次因为一个科研错误，我被研究所开除了。那天我非常难过，回家的路上如果不是荒木启用他的能力救了我，我可能早就丧命在那车轮底下了。我二十多岁的时候，老婆和儿子也是因为一场车祸丧生，那时候的荒木也只有十几岁的模样，看到荒木启我就想到了我的儿子十谷，后来得知他的身份后，为了报答他的救命之恩，我就开始帮助他在这里小心翼翼地生活着。"

中圭先生抱起狗，摸了摸它的头，接着说道："荒木启他应该早已经把他的身份告诉你了，其实支撑他在这个四维空间里活下去的，就是那块表，他从一维空间来到四维空间，时间是让他展现出与四维空间中正常人类不同特征的根本，换句话说，他的那些能力实质上是以消耗在四维空间生存下去的时间为代价的，一旦这最根本的物质被消耗殆尽，他自然无法再在这个空间中生存下去。"

崔芒芒听到这里，眼睛里的光暗淡下去。

"那他现在在哪里儿，他还活着吗？"

中圭先生环顾四周，在半空中伸出手。

"我也不知道，但唯一能确定的是，就算他还活着，我们也不能再看见他了，就像时间这种看不见摸不着的东西一样，人类虽然找到了计量它的方法，发明了手表、时钟……但是，他所在的那维空间我们是无法感知到的。

"或许，他在与我们相隔着十万八千里的时空中，也或许，他现在就陪在我们身边。"

中圭先生的手在空气中轻轻触碰着，崔芒芒看见那阳光下飞舞着的尘埃，在心底里悄悄地呐喊着：

"荒木，现在的你在哪里？你还记得我吗……"

最后，那块手表和那只荒木收养下来的小狗都留给了崔芒芒。

从中圭先生家告辞的崔芒芒，抱着小狗一个人在街道上漫无目的地走着，转过一个又一个街口。她望着这透明的空气，在心底里一遍又一遍地呼喊着他的名字。

转过一条街口的时候，竟然又邂逅了一年前那家自己忘记付钱的关东煮小店。

店面还是老样子，老板也依旧站在门口煮着汤，崔芒芒循着香味走过去。

"老板，我要一份关东煮！这次带钱啦！"

女生冲着老板挠挠头，不好意思地笑了笑。没想到对方也还记得自己。

"我记得你，记得你，就是那个跟男朋友吵架了的小姑娘，对不对？"

崔芒芒点了点头，接过老板递来的一碗香气四溢的关东煮，在门口吃起来。

"怎么没有把男朋友带过来呀？"

老板叉着腰笑呵呵地问女生。

崔芒芒正犹豫着不知道该如何回答对方的时候，手上的表忽然发出了一串"嘀嘀嘀"的声响，安静的小狗突然聒噪地叫起来，崔芒芒似乎也听到有人呼唤了一遍她的名字。

她转过身，环顾四周，意外地发现面前这棵刚才还光秃秃的树上，竟然已经开满了樱花。花朵在微风中攒动着，发出簌簌的声响，粉红的花瓣伴着清风缓缓落下。那一瞬间，她的脑海中忽然浮现他的面容。

那张帅气的脸清风拂面般的微微一笑，不经意间就溅起了她整个青春岁月的涟漪。

秋凉，气温20℃，午后的阳光隔着枝丫与花朵的缝隙照射下来，地面上摇曳着斑驳的影子。

站在樱花树前的崔芒芒，忽然紧张地对着空气大喊了一声：

"荒木，是你吗？"

【官方QQ群：193962680】
每周丰富多彩的群活动，好礼不停送！
作者编辑齐驾到，访谈八卦聊不停！

扫一扫看更多图书番外，作者专访